이중생활자

차례

서문   4

작가 후기   342

열일곱, 여름, 전쟁   8

드림센스   70

부귀수산   162

부처핸접   202

단골손님   296

차
례

이중생활자라고 하면 어떤 인물이 먼저 떠오르시나요?

저는 어린 시절 마법 소녀가 되고 싶었습니다. 조금 커서는 하늘을 날고 초인적인 힘이 있는 히어로들에게 마음을 빼앗겼고, 누아르 영화 속 첩자들에게 눈을 돌렸다가 벽 너머 세계를 넘나들며 자신과 친구들을 구원하는 인물을 사랑하기도 했습니다. 이 이중생활자들은 현실의 부조리함을 외면하지 않았고, 때로는 견고한 세계를 허물어트리기도 했어요. 하지만 필연적으로 비밀을 가진 인물이었기에 상처와 슬픔이 그들의 일부였고, 그랬기에 그들에게 더 끌렸던 것 같습니다.

이번 '2022 안전가옥×왓챠 스토리 공모: 이중생활자'의 슬로건은 '비밀스럽고 종잡을 수 없고 아슬아슬해서 매력적인 이중생활자를 찾아서'였습니다. '이중생활자'라는 키워드는 캐릭터를 중심으로 한 이야기를 만나고 싶다는 바람에서 비롯됐습니다. 매력적이고 강렬한 캐릭터는 우리를 무한히 확장되는 이야기의 세계로 데려가 줄 수 있을 거라 믿기 때문이죠. 안전가옥의 지난 공모전과는 다르게 단편소설, 시리즈 대본, 웹툰 스토리 등 세 가지 분야에서 작품을 모집했고, 각 분야마다 심사 위원들이 괴로워질 만큼 흥미로운 작품들이 많았습니다.

이번 공모전에 응모된 단편소설은 200여 편이었습니다. 공모를 준비하며 '이중생활자'라는 키워드를 단편소설 안에서 녹여 내는 게 쉽지 않을 수 있겠다는 우려를 했습니다. 하지만 늘 그렇듯이 그건 기우였습니다. 반짝이는 이야기들 사이, 심사 위원들의 마음을 사로잡은 다섯 편의 작품을 《이중생활자》 앤솔로지에 수록했습니다. 책을 펼친 여러분께서는 일상에서 쉽게 만날 수 있는 친근한 인물의 이중생활부터 판타지 세계의 낯선 직업까지, 또 어린이

부터 노년의 주인공까지 등장하는 다양하고 아름다운 세계를 만나실 수 있습니다.

〈열일곱, 여름, 전쟁〉은 스파이라는 전형적인 이중생활자를 작가가 직조한 낯선 세계 안에 던져 넣으며, 열일곱 소년들의 딜레마를 감성적으로 풀어냅니다. 강렬하고 매력적인 이야기이면서, 우리 현실에 대한 날카로운 은유이기도 해요.

〈드림센스〉는 이 세계를 지켜 내려는 어린이 주인공과 히어로이자 직장인인 이중생활자 교사의 애환이 담긴 파트너십이 돋보이는 작품이에요. 꿈꾸는 모두를 응원하는 이야기이기도 합니다.

〈부귀수산〉은 엄마와 딸의 관계를 여러 캐릭터를 통해 변주하며 이중생활자라는 키워드를 이야기 안에 묘하게 녹여낸 작품입니다. 한 겹씩 드러나는 비밀이 '부귀수산'이란 공간과 닮았습니다.

〈부처핸접〉은 랩 하는 스님이라는 낯선 이미지와 오컬트를 버무린 아주 독특한 코미디입니다. 읽으면 읽을수록 절로 미소가 지어지는 사랑스러운 주인공과 문장마다 숨어 있는 라임이 매력적인 작품이에요.

〈단골손님〉은 일상을 급격하게 스릴러로 전환시키는 매력적인 이중생활자가 등장하는 작품입니다. 서늘한 현실의 묘사와 서로를 들여다보는 두 주인공의 모습에 마지막까지 긴장을 늦출 수 없지요.

아마 모든 작품을 다 보시고 나면 이들의 그다음 이야기가 궁금해지실 겁니다.

우리가 발 딛고 사는 현실에서도 한 사람의 삶에는 여러 역할이 겹쳐 있습니다. 그런 면에서 우리는 모두 이중생활자일지도 모르죠. 이 다섯 작품을 통해 온전히 다른 삶을 살아 보고 싶은 우리의 욕망이 조금이나마 해소되길 바라 봅니다.

안전가옥 스토리 PD
신지민 드림

열일곱, 여름, 전쟁

최현수

이야기를 쓴다. 주로 소설과 희곡.
이야기가 필요한 이름들을 종이와 무대 위로 호명하기 위해 읽고 쓴다.

암국(暗國)은 과연 지독히 어두웠다. 영에게는 처음으로 명국(明國)을 떠나는 밤이었다. 깜깜한 해안선을 따라 한 시간쯤 걸었다. 칼날 같은 바닷바람이 옷깃을 파고들었고, 발밑으로 둥근 돌멩이들이 구르는 소리가 났다. 영이 속한 부대를 지휘하는 지명이 앞장서서 걸었다. 영보다 몸집이 두 배는 큰 남자였다.

"단순하게 생각해. 배달부 알지? 매일 아침 자전거를 타고 신선한 우유를 실어 나르는 사람 말이야."

영은 우유를 입에 대어 본 적이 없었다. 어린 시절 자신이 살던 마을에 우유 공장을 운영하는 이웃이 있었지만 한 방울도 얻어 마실 수 없었다. 그건 모두 명국 출신들에게만 거래될 만큼 아주 귀한 것이었으니까.

"예, 알고 있습니다."

"너는 그 우유 배달부 같은 거야. 조금 다른 점이라면, 네가 우유를 배달하는 배달부이자 우유 그 자체라는 거지. 그 우유가 적어도 도시 하나를 날려 버릴 수 있을 만큼 강력한 파괴력을 지녔지만 어떤 검역 시설도 잡아낼 수 없는 생체 폭탄이라는 점도, 그리고 그게 네 몸속을 흐르고 있다는 것도."

영은 마른침을 꿀꺽 삼켰다. 혈관 속을 타고 흐르는 말간 액체가 언제든지 자신을 시체 더미로 던져 버릴 수 있다는 말에 긴장되었다.

"네가 잠입하는 곳이 어딘지 알고 있나?"
"암국의 특수 용병 훈련소 중 하나라고 했습니다."
"그래. 마법사에 대해서는 들어 봤고?"
"데이터 디스펜서들 말입니까?"

암국에는 마법사라고 불리는 특수 용병들이 있었다. 영은 미리 암기한 내용을 거침없이 쏟아 냈다.

"암국은 영토 전체가 데이터로 변환된 필드입니다. 마법사들은 그 데이터들을 조작해 무기를 생산합니다. 암국이 명국의 공격에도 끝까지 버틴 이유가 바로 마법사들이 철옹성처럼 지키고 있기 때문…."
"거기까지."

지명이 제자리에 우뚝 섰다. 영도 그를 따라 걸음을 멈췄다. 허연 달빛 아래 꽉 틀어쥔 그의 주먹이 떨리고 있었다.

"그 빌어먹을 마법사들 때문에…."

지명은 뒤돌아서 영을 노려보았다. 어둠 속에서 그의 눈은 맹수의 것처럼 빛났다. 지명은 고개 숙인 영의 어깨를 툭툭 쳤다.

"네가 이번 임무의 적임자로 뽑혔지."

지명과 영은 계속 걸었다.

"빈틈을 노려 놈들의 가장 깊숙한 곳으로 침투해. 오만한 암국 놈들에게도 분명 허술한 곳이 있을 거다. 네 임무는 그 마법사 놈들을 최대한 많이 죽이는 거야."

그때 안개 너머로 한 남자의 실루엣이 보였다. 그의 옷차림을 본 영이 곧바로 주머니에 손을 찔러 넣었다. 플라스마 건의 방아쇠에 검지를 감은 순간 지명이 손짓으로 영을 저지했다.

"우리 사람이다."
"암국의 군복을 입지 않았습니까?"

분명 암국의 국기가 그려진 완장을 팔에 차고 있었다. 남자가 지명을 발견했는지 오른손을 척 들어 경례했다. 영은 그 상황이 무척 당황스러웠다.

"제 발로 나를 찾아왔다. 처음 있는 일도 아니지. 암국이 우리 손아귀에 들어오는 건 그저 시간문제야."

남자는 지명의 경례를 확인한 후 손을 내렸다. 영에게 미소를 짓기까지 했다. 그는 모래 해변 위에 놓인 헝겊 자루로 둘을 안내했다. 무언가 안에 들어 있는지 작게 꿈틀거렸다. 매듭을 풀자 동그란 머리가 솟아 나왔다. 낯선 얼굴의 한 남자아이였다. 속옷만 입고서 추위에 덜덜 떨고 있었다. 눈과 입이 검은 끈으로 묶인 채였다. 아이는 비명을 질렀지만 소리는 나오지 못하고 입속에 고여 있었다.

"이제 꺼내라."

지명이 영의 주머니를 가리켰다. 영은 명령에 따라 플라스마 건을 꺼내 들었다. 이미 장전을 마쳐 미세한 기계음이 웅- 하고 울렸다. 지명이 떨고 있는 아이를 가리켰다.

"누굽니까?"
"쏘고 나면 알려 주겠다."

지명은 표정이 없었다. 아니, 슬며시 웃고 있었나? 너무 어두워서 잘 보이지 않았다. 영이 플라스마 건을 아이의 관자놀이에 가져다 댔다. 아이가 더 크게 몸부림쳤다. 영은 끝까지 지켜보았다. 검지로 방아쇠를 당기자 플라스마 건이 살아 있는 생명체를 즉사시킬 수 있을 만큼 치명적인 전력을 발사하는 것을. 아이의 반대편 관자놀이에 주먹만 한 구멍이 뚫리는 것을. 모래사장 위로 울컥울컥 흐르는 붉은 피를. 어둠 속에서도 그것들만은 선명히 알 수 있었다. 영은 아무런 일도 일어나지 않았던 것처럼 지명에게 물었다.

"누굽니까?"
"앞으로 네가 대신 살아야 할 목숨이다."

지명은 남자에게서 받은 작은 보따리와 손바닥만 한 카드를 영에게 건네주었다. 영은 카드를 자세히 보았다. 눈과 입이 자유로운 아이의 얼굴이 있었을 자리에 차갑게 굳은 표정으로 정면을 응시하는 영의 사진이 있었다. 그 밑에는 아이의 생년월일과 '시안'이라는, 앞으로 영이 불리게 될 이름이 적혀 있었다. 지명은 아이가 입고 있었을 암국의 군복도 마저 건네주었다.

"네가 죽어야 전쟁이 끝난다. 명심해라."

영은 오른손을 들어 경례했다. 자루를 어깨에 둘러멘 남자와 지명이 안개 너머로 완전히 사라질 때까지, 영은 계속 그 자리에 서 있었다. 까만 수평선이 진한 푸른빛으로 물들고 있었다. 곧 신입 대원들의 입소식이었다.

*

영과 마찬가지로 열일곱 살인 아이들이 암국 국기를 향해 똑바로 서서 군가를 불렀다. 겉으로 보기에 아이들의 성비는 비슷했다. 군가는 입소식이 끝난 후에도 영의 머릿속을 떠나지 않았다. 끝없는 돌림노래처럼 계속되었다. 고개를 세차게 흔들어도 잊힐 기미를 보이지 않았다. 노래가 자꾸만 그에게 매달리는 것 같았다. 그것이 무엇을 말하고 있다는 느낌이 든다면 나는 이상한 사람이 되는 걸까? 영은 그 노래의 가사가 무슨 의미인지 한 번도 생각해 본 적 없었다. 그저 암국의 군가라 외워야 했을 뿐이다.

영은 처음으로 가사를 살펴보았다. 부분적인 암국 영토의 아름다움에 대한 칭송을 제외한다면 군인들은 싸우고, 지키고, 마침내 승리했다. 영은 각각의 단어를 입속에서 천천히 굴렸다. 싸우다, 지키다, 승리하다.

영에게 싸우는 것은 숨을 쉬는 것과 같았다. 영은 태어나 처음 울음을 터뜨릴 때부터 군인이 될 때까지 한시도 싸우지 않은 적이 없었다. 영의 출생을 도운 의사는 감염병에 유난히 취약한 그가 단명할 거라 말했다. 하지만 영은 보란 듯이 싸워 이겼다. 누가 가르쳐 주지 않았지만 말도 제대로 못 하는 나이일 때부터 싸우는 법을 본능처럼 알았다. 군대에서도 마찬가지였다. 여럿이 덤빈다면 모를까, 누구도 홀로 영에게 덤비지 않았다. 하지만 영을 위해 함께 싸워 주는 사람도 없었다. 영 앞에서는 모두가 비겁해졌다.

영은 두 번째 단어에서부터 생각이 막혔다. 지키는 것. 군인은 지켰다. 무엇이든 지켜야 했다. 명국에서는 가족과 마을과 나라가 모두 연결되어 있다고 가르쳤다. 가족을 지키는 것이 곧 나라를 지키는 것이라고 했다. 영은 나라를 지켰을까? 쉽게 대답하지 못할 질문이었다. 영은 그 단어가 무척 마음에 들지 않았다.

10초 정도쯤 흘렀을까. 아주 잠깐의 시간이었지만 영은 혼란스러웠다. 생각하면 할수록 가사의 단어들이 생생한 그림처럼 눈앞에 튀어 올랐다. 영의 숨이 가빠졌다. 명국을 떠난 지 얼마나 되었다고 벌써 암국인들처럼 생각하게 되었나? 모든 것에 의문을 달고, 깊이 파고들고, 꼬투리를 잡는 것은 암국인의 관습이었다. 명국의 군인으로서 영은 참을 수 없었다. 아주 어릴 적부터 배운 대로, 영은 손바닥으로 자기 뺨을 후려쳤다. 그때 옆에 앉아 있던 한 아이가 몹시 놀란 표정으로 영을 바라보았다. 영보다 키가 머리 하나 정도 더 컸다.

"너 왜 그래?"

아이의 눈을 보았다. 동그란 밤색 눈이었다. 진심으로 왜 그런 짓을 하는지 모르겠다는 듯 순진했다. 암국 출신의 아이였다. 영은 갑자기 오기가 생겼다. 더 세게 자신의 뺨을 때렸다.

"미쳤어? 왜 자꾸 때리는 거야. 그만해."

아이는 힘이 셌다. 왼손으로 영의 손목을 꽉 움켜쥔 채 놔주지 않았다. 영은 코웃음 치며 속으로 생각했다. 내 몸속에 뭐가 있는 줄도 모르면서. 아이가 곤란해하는 표정을 보는 게 내심 즐거웠다. 영은 아이의 손을 홱 뿌리쳤다.

교실로 아태가 들어왔다. 광대가 뾰족하고 짧은 머리를 틀어 묶은 여성 교관이었다. 절도 있는 걸음이었다. 입소식 단상에서 신입 대원들에 대한 보호와 책임을 약속할 때처럼 표정이 엄숙했다. 아태는 아이들의 이름을 차례대로 확인한 후, 훈련소에서의 생활 수칙을 알려 주었다. 앞으로 진행될 훈련의 순서와 계획도 설명해 주었다. 스무 명 남짓한 아이들은 꼿꼿하게 앉아 짧게 고개를 끄덕였고 이따금 큰 소리로 예, 하고 대답했다.

영은 문득 뺨 한쪽이 간지러웠다. 옆에 앉은 아이가 허공에 대고 손을 꼼지락거리고 있었다. 자세히 보니 자기 손끝에 덜어 놓은 희멀건 연고를 공중으로 띄워 영의 뺨에 바르고 있었다. 언제 그랬냐는 듯 뺨의 통증과 열기가 가셨다. 일순간 영의 가슴속에 뜨거운 불꽃이 확 일었다. 함부로 자신을 동정하는 아이에게 증오심이 솟았다. 영이 아이를 홱 밀치며 벌떡 일어나 주먹을 꽂으려고 힘껏 어깨를 틀었다.

"그만!"

아태가 영을 향해 큰소리로 경고했다. 아이가 비틀거리며 일어나는 것을 본 아태는 손끝으로 복도를 가리켰다.

"야, 너 뭐냐?"

아이가 영을 불렀다. 복도에서 물구나무를 선 채 땀을 뚝뚝 흘리고 있었다. 분명 영을 원망하는 표정이었다. 아이는 팔 힘에 비해 버티는 힘이 부족했다. 균형도 제대로 잡을 줄 모르는 것 같았다. 영은 나란히 물구나무를 선 채 천연덕스럽게 대답했다.

"뭘?"
"왜 가만히 있는 사람한테 지랄이냐고."

아이의 팔이 부들부들 떨렸다. 얼굴이 빨간 풍선처럼 부풀어 올랐다.

"네가 먼저 건드렸잖아."
"도와준 거지!"
"필요 없어."
"너 무슨 문제 있냐?"

결국 아이가 균형을 잃고 바닥에 나동그라졌다. 넘어지면서 영을 살짝 밀었다. 다분히 의도적이었다. 영은 바닥에 착지하기 무섭게 아이에게 달려들었다. 그때 아이가 허공에 대고 손바닥을 보였다. 영의 주먹이 젤리처럼 반투명한 물질 속에 내리꽂혔다. 끈적한 진흙에 처박힌 듯 주먹은 쉽게 빠져나오지 못했다. 아이가 씩 웃었다.

"상관없어. 나도 문제거든."
"치사한 새끼. 이거 빨리 풀어라."
"뭐야, 너 빠져나올 줄 모르는 거야? 그럼 스페셜리스트?"

영이 다른 손으로 내려쳤지만 아이는 허공에 또 다른 방어막을 만들었다.

"이비. 데이터 디스펜서야. 너는?"
"네가 만든 걸로 뚜들겨 패는 사람."

영은 이비의 방어막을 단번에 찢어발긴 뒤 발로 차 그를 멀리 날려 버렸다. 이비가 복도 끝까지 데굴데굴 굴러가는 사이 영이 번쩍 뛰어올라 주먹을 날렸다. 이비는 넘어진 와중에도 재빠르게 젤리들을 만들어 영의 공격을 막았다. 영의 두 주먹이 젤리에 잡히자 이비가 남은 한 손으로 영의 복부를 가격한 뒤 복도의 반대쪽 끝으로 던져 버렸다.

이비와 영은 복도 양 끝으로 던져졌다 다시 달려들어 서로를 죽일 듯이 싸웠다. 이비는 영의 주먹을 가볍게 튕겨 냈고, 영은 이비가 만들어 내는 모든 걸 찢고 부쉈다. 둘의 얼굴은 빠르게 멍투성이가 되었다. 거친 호흡을 내쉬며 서로가 마지막 일격을 날리기 직전, 멀리서 아태가 큰소리로 호령했다. 영과 이비의 몸이 허공에서 돌처럼 굳었다.

"시안, 이비. 앞으로 둘은 팀이다."

둘은 딱딱한 바닥으로 힘없이 고꾸라졌다.

*

영은 누군가와 단둘이 방을 쓰는 것이 낯설었다. 어릴 때부터 늘 북적이는 곳에서 살았기 때문이다. 좁은 집에서 자기 방도 없이 많은 친척과 살아야 했다. 그들은 서랍 속에 든 작은 양말처럼 한데 구겨져 지냈다.

집을 떠나 군대에 입대하고 나서도 마찬가지였다. 좁은 숙소에서 매일 밤 더러운 발과 얼굴들이 서로 포개어져 잠들었다. 끈적함과 악취는 어디든 공기처럼 존재했다. 영은 좁기는 마찬가지이나 책상과 침대가 각각 두 개뿐이라 비교적 쾌적해 보이는 기숙사 방에 조금 놀랐다. 함께 방을 쓰는 사람이 이비라는 사실만은 몹시 불쾌했다.

이비는 저녁 식사 이후 신입 대원들과 함께 파티에 간 모양이었다. 그들의 입소를 환영해 주기 위해 상급 군인들이 마련한 자리였다. 영은 몸이 좋지 않다는 핑계로 그곳에 가지 않았다. 마침 혼자가 된 차에, 맥이 뛰는 손목 부위에 심어진 작은 마이크를 입에 가져다 댔다.

"오후 6시 38분, 현재까지 특이 사항 없음."

영은 자신이 다녀온 공간들을 보고했다. 입소식이 열렸던 훈련소 운동장, 교관이 훈련에 대해 안내해 준 교실, 여러 훈련이 이루어지는 훈련관, 신입 대원들과 함께 저녁 식사를 했던 훈련관 부근의 식당, 그리고 기숙사까지. 모르는 이가 듣는다면 영이 그저 일과를 기록하는 거라고 여길 만했다. 영은 추후 훈련소 공간을 더 자세히 살펴보겠다는 말을 남기며 손끝으로 손목을 세 번 두드렸다.

문득 맞은편 침대가 눈에 들어왔다. **이비.** 이비의 이야기는 따로 하지 않기로 했다. 자신도 모르는 새 흥분해 버린 실수를 굳이 보고할 필요는 없었다.

영은 어젯밤 지명이 건네준 작은 보따리를 꺼냈다. 그 안에는 시안이 착용했던 소지품들이 있었다. 암국으로 넘어올 때 영이 따로 챙긴 작은 가방도 들어 있었다. 가방에서는 영과 닮은, 영보다 조금 어린 남자아이의 사진이 나왔다. 최소한의 물품만 챙기는 것이 허용되었을 때 영은 가장 먼저 동생의 사진부터 챙겼다. 사진 속에서 아이는 말갛게 웃고 있었다.

가장 적절한 순간에 죽어야 한다. 모든 걸 터뜨려 버리고 한 줌 먼지로 사라진다. 그리고 동생의 곁으로 간다. 반드시 이 전쟁을 끝내야 한다. 포로로 잡혀 전쟁터에 징용된 부모님을 해방시키기 위해서라도. 영은 주문처럼 그 문장들을 외웠다. 짐을 정리한 뒤 침대에 누웠다. 매트리스가 푹신한 편은 아니었으나 맨바닥에서 자는 것보다는 나았다. 영은 이불을 턱 끝까지 올리고 일찍 잠들었다. 첫날 밤은 편안히 눈 감으며 마친다, 고 생각한 건 혼자만의 착각이었다.

이비가 새벽에야 방에 들어왔다. 각성제에 만취한 것 같았다. 문을 여는 소음에다 바닥을 쿵쿵 밟는 소리에 영은 잠이 확 달아나 버렸다. 영은 이불 속에 얼굴을 파묻었다. 이비를 죽여 버리고 싶다는 충동이 솟았다. 이비는 화장실에서 한참 동안 샤워를 한 뒤 머리를 제대로 말리지도 않고 침대에 풀썩 엎드렸다. 영은 살며시 고개를 들어 이비를 내려다보았다. 축축하게 젖은 머리가 베개와 침대보에 스며들었다. 이비는 기절하듯 순식간에 잠들었다.

영은 하마터면 소리를 지를 뻔했다. 이비의 귓속에서 커다랗고 푸른 빛 덩어리가 나와 좁은 방을 꽉 채울 만큼 부풀었기 때문이다. 각성제의 부작용일까? 이비는 그의 말대로 데이터 디스펜서이자 문제아였다. 빛 덩어리는 점점 벌겋게 변하더니, 짧은 이미지들의 연속으로 바뀌어 하나의 영상으로 부드럽게 연결되었다. 마치 아무 곳에서부터 재생시킨 영화 같았다.

신입 대원들이 모여 음료와 함께 각성제를 몰래 주고받는 장면이 나왔을 때, 영은 그것이 이비가 꾸는 꿈이라는 걸 알 수 있었다. 누군가의 꿈을 훔쳐보는 건 분명 떳떳한 일이 아니었지만 방이 환해져 빨리 잠들 수도 없었다. 이비는 꿈속에서 계속 두리번거렸다. 무언가를 찾고 있었다. 이따금 이비가 바라보는 관점으로 영상이 중계되었으나 그의 시선이 닿은 곳엔 아무것도 없었다. 이비는 누군가의 이름을 중얼댔다. 영에게는 무척 낯선 이름이었다. 그러다 영은 깨달았다. 그것이 자신의 가짜 이름인 '시안' 두 글자라는 것을. 이비는 계속 시안을, 그러니까 영을 찾고 있었다. 영은 문득 생각에 빠졌다. 이비는 왜 자신을 찾고 있었을까?

이비가 크게 잠꼬대하며 몸부림치자 꿈 영상이 뚝 꺼져 버렸다. 방은 다시 칠흑처럼 어두워졌다. 영은 깊이 잠든 이비를 내려다보았다. 그는 누가 건드려도 모를 만큼 평화롭게 잠들어 있었다. 흉터 하나 없이 말끔한 볼, 가볍게 닫힌 눈, 기다란 속눈썹. 높이 솟았다 천천히 가라앉는 이비의 등을 보며 영은 목덜미가 뜨거워지는 것을 느꼈다. 내가 또 무슨 생각을 하는 거지? 영은 습관적으로 자신의 뺨을 때리려다 그만두었다. 오전에 그러했던 것처럼 투명한 이비의 손아귀가 자신의 팔을 감싸는 게 느껴졌다. 영은 뺨을 때리려던 그 손으로 이불을 덮었다. 이비의 숨소리를 들으며 조용히 잠들었다.

분이 안 풀려서 널 골탕 먹이려고 했다. 각성제를 잔뜩 탄 음료를 네게 먹이고, 모두가 보는 앞에서 네가 개망신당하는 모습을 보고 싶었다.

파티에는 누가 왔는지, 얼굴과 이름 정도만 기억난다. 그것 말고는 아무것도 기억나지 않는다. 나는 네가 오지 않은 빈자리만 찾았다. 네가 없는 곳만 들여다봤다. 너에게 주려 했던 각성제는 내가 다 마셔 버렸다. 나는 기꺼이 사람들 앞에서 개가 되었다.

이른 새벽, 해가 뜨기도 전에 아태는 신입 대원들을 운동장으로 불러냈다. 영은 코를 골며 자는 이비를 그냥 내버려 두고 나왔다. 아태는 열아홉 명밖에 모이지 않은 것을 보고 인원이 다 채워질 때까지 아이들에게 제자리뛰기를 시켰다. 아이들의 이름을 한 명씩 호명한 후에야 이비가 없는 것을 발견한 아태가 영에게 물었다.

"어디 있나?"

그때 기숙사 로비에서부터 누군가 번개처럼 달려왔다. 머리가 이리저리 뻗친 이비였다. 이비는 대열 속으로 들어와 영의 옆에 섰다.

"왜 안 깨웠어?"

이비가 원망하듯 속삭였지만 영은 코웃음 칠 뿐이었다. 혼자 일어나지도 못하면서 어떻게 훈련을 받으려고?

교관은 영에게 파트너인 이비를 깨우지 않았으므로 훈련이 끝난 뒤 그와 함께 운동장을 열 바퀴 더 돌라고 명령했다. 영은 이비를 매섭게 노려보았다. 이비는 눈도 제대로 뜨지 못한 채 졸면서 달렸다.

디지털 디스펜서는 디지털로 변환된 필드 안에서 모든 사물의 원형을 변형시킬 수 있었다. 모든 것이 데이터로 변환되었기 때문이다. 암국의 데이터 필드 안에서라면 1인용 요트가 수십 개의 총기가 달린 소형 전투함으로, 기본형 무기인 플라스마 건이 무한정 전력을 쏘아 댈 수 있는 무시무시한 바주카포로 수준이 향상되었다. 훈련소에 소집된 아이들은 집중력과 상상력이 뛰어났다. 이미 데이터 변환술 훈련을 거쳐 선택받은 극소수였기 때문이다. 그들은 말 그대로 전장의 '마법사'였다. 단, 사람은 디지털로 변환되지 않았다. 그래서 사람을 보이지 않는 거대한 손으로 꽉 쥐어 터뜨려 버리거나 산산조각으로 분해해 버릴 수는 없었다.

영은 자신이 디지털 디스펜서가 아닌 것이, 그리고 이비를 단숨에 구겨 버릴 수 없다는 사실이 몹시도 유감스러웠다. 이비의 문제점은 실력이 남들보다 월등히 뛰어나다는 것, 그래서 훈련 때마다 시간이 남아돌았다는 것이다. 모두가 뛰는 자세와 호흡법을 배우고 있을 때 이비는 이미 활개를 치고 다녔다.

이비는 훈련 시간마다 영의 속을 긁었다. 훈련은 데이터 디스펜서와 스페셜리스트 각각 한 명씩으로 이루어진 팀 단위로 받게 되어 있었다. 전투 현장에서 데이터 디스펜서는 가공할 만한 위력의 무기를 만들어 내기 때문에 스페셜리스트는 온갖 무기를 다룰 수 있는 기술력을 갖추어야 했다. 이비는 때로 작동 방식을 알기 어려운 무기들을 예의 상상력으로 만들어 놓은 뒤 사용법을 제대로 알려 주지도 않은 채 영에게 떠넘겼다. 영이 힘겹게 그 무기들과 씨름하고 있으면 이비는 휘파람을 불며 여유를 부렸다. 이비의 이름은 사실 '시비'라는 단어에서 비롯된 게 아닐까. 그렇다면 영은 이제부터 그의 이름을 '이런 시이비랄 새끼'라고 부르고 싶었다.

영은 훈련장에 모인 다른 아이들을 둘러보았다. 그들은 팀원과 함께 노력하며 교관이 지정해 놓은 먼 곳의 목표물들을 성실히 파괴해 나갔다. 이비가 비아냥거리는 말투로 말했다.

"안 도와줘도 되지? 넌 혼자서도 잘하니까."

영은 이비가 아무렇게나 만들고 던져 놓은 괴상한 모양의 무기를 내려다보았다. 거대한 철통 바나나처럼 생겨 총구가 달린 것만 알아볼 수 있었을 뿐, 방아쇠도 없었고 안에 총알이 들어 있는지 전력이 들어 있는지도 알 수 없었다. 영은 철통 바나나를 땅에 던져 버리고 싶은 마음을 꾹꾹 참다가, 바나나 끝을 손바닥으로 세게 내리쳤다. 그 순간 총구에서 기다란 광선이 뿜어져 나와 바닥에 구멍을 뚫었다. 검게 그을린 구멍에서는 바나나 향이 나는 연기가 피어올랐다. 영은 도저히 참을 수 없었다. 그는 거대한 철통 바나나를 어깨 위에 올려놓은 뒤 이비를 향해 조준했다. 그 끝을 손바닥으로 찰싹찰싹 때리자 번쩍이는 광선이 이비를 향해 날아갔다. 허리에 광선을 맞을 뻔한 이비가 꽥꽥거렸다.

"미친 새끼야! 나 맞을 뻔했잖아."

영은 아랑곳하지 않고 광선을 쏘아 댔다. 이비가 요리조리 몸을 날리며 광선을 피할 때마다 달고 진한 바나나 향이 진동했다. 아이들의 시선이 점점 둘에게 모였다. 소리를 지르며 도망치는 이비를 영이 쫓아 달렸다. 그 모습을 멀리서 지켜보던 아태는 못마땅한 표정으로 고개를 저었다.

훈련이 끝난 뒤 둘은 교관실로 불려 갔다. 아태가 무섭게 둘을 쏘아보며 말했다.

"그래, 맞다. 너희들은 아직 어리다. 성숙함을 기대하기에는 어린 나이다."

아태는 천천히 원을 그리며 돌기 시작했다.

"그래서 가르치려고 한다. 너희 둘을 가르치기 위해 교관은 최선을 다한다. 하지만 너희가 협조하지 않는다면 우린 조금의 망설임도 없이 너희를 훈련소 밖으로 내쫓을 것이다. 알겠나?"

이비와 영은 허공에 대고 예, 라고 소리쳤다. 아태는 둘을 위아래로 훑어보고는 자신의 책상으로 돌아가 서랍에서 금속 팔찌 두 개를 꺼냈다.

"하나씩 팔에 차도록."

영과 이비는 팔찌와 아태를 번갈아 보더니, 하는 수 없다는 듯 팔찌를 받아 들었다. 팔찌가 팔목에 딱 고정되도록 팔 위쪽으로 쭉 끌어당기자 아태는 팔찌에 달린 버튼을 눌렀다. 머리부터 발끝까지 순식간에 전류가 통과하는 느낌에 둘은 깜짝 놀랐다. 팔찌의 버튼이 푸른빛에서 붉은빛으로 바뀌었다.

"동기화가 끝났다. 이제 테스트를 해 보겠다."

아태는 둘 중 덩치가 조금 더 큰 이비 앞으로 다가갔다.

"배에 힘!"
"예?"
"힘주라고."

아태가 이비의 배에 냅다 주먹을 꽂았다. 이비가 뒤로 힘없이 밀려났다. 그런데 영의 입에서도 신음이 터져 나왔다. 전혀 예상하지 못한 통증에 놀란 표정이었다. 이비는 중심을 잃고 비틀거렸다. 온몸이 덜덜 떨려서 쉽게 일어나질 못했다.

"페인 체인(pain chain)이라고 하는 거다. 고통을 공유하게 하지. 서로 같은 신호를 띠는 페인 체인은 세상에 단 한 짝밖에 없다. 일어서!"

이비가 책상을 짚고 겨우 일어났다. 그의 눈에 눈물이 그렁그렁 맺혔다. 영은 통증을 꾹 참아 내느라 이를 앙다물었다.

"데이터 디스펜서와 스페셜리스트는 한 몸이다. 전장에서 둘은 마치 한 쌍의 신발이나 젓가락처럼 함께 움직여야 해. 한쪽의 고통은 곧 다른 쪽의 것이고, 그건 기쁨도 마찬가지다. 너희 둘 사이에 각자의 것은 없다. 오직 서로의 것이 너희를 살린다. 페인 체인을 통해 너희가 배울 점이 있기를."

교관실을 나온 영과 이비는 서로를 무섭게 노려보았다. 먼저 입을 연 쪽은 이비였다.

"너 조심해라."

"좆 까."

영이 지지 않고 으르렁댔다.

그 이후로 둘의 싸움은 눈에 띄게 줄어들었다. 싸움이 생길 만하면 팔에 찬 페인 체인이 눈에 들어왔기 때문이다. 억지로 떼어 내려 할수록 페인 체인은 더 깊게 살을 파고들었다. 둘은 서로 주먹을 꽂기 일보 직전, 양손을 내려놓고 한숨을 푹 쉴 뿐이었다. 하루빨리 문제의 팔찌를 떼어 버리고 싶었다.

페인 체인을 찬 지 2주 정도 흐른 밤이었다. 이비가 마치 감전된 것처럼 부르르 떨며 깨어났다. 손등으로 이마를 쓸자 차가운 땀이 묻어 나왔다. 끔찍한 악몽이었다. 이비는 문득 옆 침대를 건너다보았다. 눈을 감고 있는 시안은 숨이 막히게 좁은 미로를 통과하는 사람처럼 인상을 잔뜩 찌푸렸다. 이비가 꾸는 악몽을 그도 본 것일까? 그렇다면 그 고통을 고스란히 느끼는 게 가능했다. 이비는 페인 체인이 감긴 자신의 손목을 쓸어 만졌다.

이비는 악몽을 돌이켜 보았다. 무언가 이상한 걸 들은 것 같아 마음이 뒤숭숭했다. 하지만 그럴 리 없었다. 시안이 명국을 칭송하는 노래 따위를 알고 있다니…. 그가 너무 미운 나머지 꿈을 지어낸 거다. 이비는 고개를 내저었다. 다시 시안을 보았을 때는 악몽에 힘겨워하는 그가 안쓰럽기까지 했다. 낮에는 시안을 못 잡아먹어 안달이었지만, 상대가 가장 취약할 때 고통스러워하는 모습을 보고 고소해하는 건 비겁한 짓이었다. 이비는 시안이 걷어찬 이불을 다시 턱 끝까지 덮어 주었다.

영이 깨어났을 때 이비는 자리에 없었다. 그는 방에 달린 벽시계를 올려다보았다. 새벽 운동이 시작되려면 시간이 아직 한참 남아 있었다. 그는 눈을 질끈 감았다. 방금까지 자신을 괴롭히던 악몽이 떠올랐기 때문이다.

영이 명국의 부대에 있을 때, 유난히 그를 괴롭히는 무리가 있었다. 그들은 좁은 화장실에 영을 가둬 놓고 신나게 군가를 부르며 그를 흠씬 때리고 마구 짓밟았다. 명국을 칭송하는 노래 아래, 그들은 위대한 국가에 헌신하는 군인이었다. 못된 적을, 그러니까 아무런 죄가 없는 영을 징벌하는 자신들의 정의에 흠뻑 취했다.

영의 눈에는 꿈속에서 자신을 해충 취급하던 그들의 얼굴이 신문에서 보았던 그 얼굴들과 겹쳐 보였다. 자신의 동생을 괴롭히던, 명국 출신으로 짐작되나 끝내 체포되지 않은 부랑자들의 얼굴이 영을 향해 힘껏 웃어 댔다. 그들은 끝내 영의 동생을 죽였다. 단지 동생이 명국에 흡수된 주변국인 주국(朱國) 출신이라는 이유, '진짜' 명국 출신이 아니라는 이유에서였다. 그것 말고는 동생의 죽음과 자신을 향한 괴롭힘을 설명할 방법이 없었다. 영은 머릿속에서 생각을 떨치기 위해 다시금 손바닥을 들어 올렸다. 손은 허공을 가르며 그의 뺨 위로 떨어졌다. 세게, 더 세게.

그 시각 훈련소 운동장을 달리던 이비가 바닥에 나뒹굴었다. 보이지 않는 손이 자신의 뺨을 세게 후려쳤기 때문이다. 시안이 저지르는 짓이라고 볼 수밖에 없었다. 멈추지 않는 고통에 이비는 화가 머리끝까지 났다.

땀에 흠뻑 젖은 이비가 씩씩대며 기숙사 문을 벌컥 열어젖혔다. 아니나 다를까 침대에 앉은 시안이 스스로 뺨을 때리고 있었다. 이비는 그의 손을 강제로 떼어 놓은 뒤 그의 턱으로 주먹을 날렸다. 하지만 자신의 턱까지 아플 거라고는 미처 생각하지 못했던 걸까. 이비는 자기 턱을 감싸 쥔 채 비명을 지르며 바닥을 굴렀다. 영은 갑자기 이비가 나타나 놀란 눈치였다. 자리에서 일어나려 하자 엎드려 있던 이비가 그의 팔을 잡아끌었다. 페인 체인이 감긴 부분이었다.

"그거 진짜 별로야. 하지 마. 제발."

네가 맞으면 나도 아프다고. 이비가 다 죽어 가는 소리로 중얼댔다. 이비는 그가 왜 스스로 뺨을 때렸는지 알 수 없었다. 마구 소리를 지르면서 이유를 묻고 싶었으나 턱이 너무 아팠다. 영은 자신을 젖은 눈으로 바라보는 이비를 마주했다. 제발, 이라는 말을 계속 듣고 싶었다. 영은 이비가 더 애걸하길 바랐다. 이유는 없었다.

하지만 다음 날 아태가 페인 체인을 가져갔기에 그럴 일은 다시 생기지 않았다. 영은 페인 체인을 푸는 즉시 이비가 자신을 때릴 거라고 생각했다. 하지만 그는 싱글벙글 웃을 뿐, 가끔 영을 쏘아보다가 말았다. 영도 이비에게 더 이상 주먹을 꽂지 않았다. 그는 시비를 걸지도, 멍청한 질문을 하지도 않았기 때문이다. 교관실을 나서던 이비는 한동안 페인 체인이 감겨 있던 팔뚝 부근을 쓸어 만졌다.

이비는 시안의 볼에 붉은 멍이 맺혀 있는 것을 발견했다. 자신에게도 같은 부위에 같은 모양의 멍 자국이 있었다. 그를 처음 만났을 때부터 이비는 궁금했다.

"넌 왜 그렇게 너 자신을 싫어하냐?"

이해할 수 없다는 듯 내려다보는 눈. 영은 그 순간 모든 걸 털어놓고 싶었다. 어젯밤 이비가 잡았던 팔뚝 부분을 쓸어 만졌다. 이비는 영원히 이해할 수 없을 것이다.

'난 너랑 다르니까.'

*

묻고 싶었지만 묻지 않았다. 다 묻지는 않았다는 말이다. 네게도 묻어 버리고 싶은 것이 있었을 거다.

남에게 맞는 것도 아프고, 남을 때리는 것도 아프다. 넌 두 가지를 다 했다. 너에게 뺨을 맞았을 때 나는 너의 손바닥을 생각했다. 남의 뺨도 아닌 자기 것을 때리는 손바닥의 비참함에 대해 생각했다. 네가 그 비참함을 알고 있는지 묻고 싶었다. 설령 모른다고 해도 묻고 싶었다. 혹시 알고 싶은 것은 아니냐 묻고 싶었다. 너의 슬픔을 너는 아느냐고, 알고 싶냐고 묻고 싶었다.

*

영은 잔혹하게 몸이 굴려지는 훈련을 두려워하지 않았다. 몸이 힘든 것 따위는 문제가 되지 않았다. 그보다 더 무서운 건 신입 대원들을 대상으로 한 정신교육이었다.

아태는 수업 때마다 암국의 국가와 군가를 들려주거나, 애국심을 불러일으키는 영상을 보여 주었다. 꼿꼿하게 앉은 스무 명의 아이들이 열심히 그것을 보고 들었다. 시청각 교육이 끝나면 아태는 아이들을 둥그렇게 모아

저들끼리 이야기를 나누게 시켰다. 열다섯 명이 암국에서 태어나 자랐고, 나머지는 명국의 침략을 피해 주변국에서 건너온 난민이었다. 기꺼이 암국의 특수 용병이 된 까닭은 그저 마지막이라는 생각 때문이었다. 암국은 주변국에서 난민이 된 이들을 받아 주고, 암국군에 자발적으로 지원하는 사람들에게는 안전한 미래를 약속했다.

"여기가 아니면 버티지 못했을 겁니다."

모두가 자신의 출신과 배경을 말하는 가운데 영의 차례가 왔다. 영은 시안의 카드에 적혀 있던 출생지와 짧게 요약된 생애를 적당히 섞어 이야기를 지어냈다. 적당히 불우한, 적당히 안타까운 사연이었다. 계속된 침략, 끝없는 전쟁, 뿔뿔이 흩어진 가족들. 영이 지어낸 시안은 스스로를 지키고자 군인이 된 아이였다.

영은 아이들의 반응에 적잖이 놀랐다. 자신이 입을 열기만 하면 아이들이 하나둘 훌쩍였기 때문이다. 그 정도로 슬픈 이야기를 한 건 아니었다. 영은 아이들이 멍청하고 순진하다고 생각했다. 앙숙이던 이비의 표정마저 울상이 되어 가는 걸 보니 속이 뒤집혔다. 너까지 왜 그래?

다음은 이비의 차례였다. 평소답지 않게 이비는 입을 열기 어려워했다. 이야기를 시작하기 전에 죄송하다는 말만 열 번 넘게 했다. 아이들이 점점 그를 불쌍한 눈으로 바라보기 시작했다. 그가 말하기까지 도와주겠다는 듯이. 영은 그 눈빛들이 경멸스러웠다. 함부로 동정하는 그 눈빛들, 잘 알지도 못하면서 다른 사람을 가엾게 여기는 오만함에 가슴이 뜨거워졌다.

길게 심호흡한 이비가 드디어 이야길 꺼냈다. 그는 사실 자신의 어머니가 암국군의 상급 군인 중 한 명이라고 고백했다. 아이들은 직급을 듣고 어렵지 않게 군 계급도를 그려 그녀의 위치를 찾아냈다. 몇 명은 놀란 듯 작게 입을 벌렸다. 애써 표정을 숨기지 않는 이도 있었다. 이비는 그러한 어머니 밑에서 자라며 어려서부터 데이터 디스펜서 교육을 받았다 해도 과언이 아니라고 했다.

  "책이란 책은 닥치는 대로 읽었습니다. 수십 종류의 악기도 배웠습니다. 어머니가 아낌없이 지원해 주셨습니다."

  어려서부터 어머니가 아들이 아니라 군인을 키운 것임을, 이비는 추호도 알지 못했을 것이다. 피아노의 아름다운 선율과 음계의 법칙 속에서 걸음마를 배우고, 물감과 도화지로 말하는 법을 배운 어린 이비를 영은 잠시 상상해 보았다. 해맑고 천진하게 웃었을 이비의 얼굴에 이제는 그림자가 드리워졌다.

  "어머니의 얼굴에 먹칠하지 않는 자식이 되고 싶습니다. 떳떳한 군인이 되고 싶습니다."

  이비가 말을 끝내자 모두가 박수를 쳤다. 아이들은 모든 사람의 이야기가 끝날 때마다 박수를 쳐 주었지만, 이번에는 왠지 모르게 박수 소리가 더 큰 것 같았다. 영은 억지로 박수를 치면서 이비를 흘겨보았다. 누군가는 군인이 되라고 집안에서 아낌없이 지원해 주는데, 누군가는 군인이 되지 않으면 당장 내일 아침 생사를 알 수 없게 되는 처지였다.

  영이 마음을 다독여야 하는 시간은 배경 공유 시간만

이 아니었다. 교관은 암국의 역사를 강조하며, 암국군이라면 반드시 가슴에 새겨야 할 이야기들을 짚었다. 영은 명국에서 질리도록 암기했던 내용들을 떠올렸다. 명국에서는 질문을 해도 받아들여지지 않았다. 의문을 가지면 그 대가로 뺨 한 쪽씩을 내어 주어야 했다. 명국의 아이들은 아주 어려서부터 질문하지 않도록 자랐다.

암국의 아이들이 질문하기 위해 손을 번쩍 들 때마다 영은 소스라치게 놀랐다. 손을 드는 아이들이 죄다 미친 게 아닌가 의심했다. 기꺼이 대답을 내놓는 아태의 모습에 구역질이 났다. 도대체 왜 그들이 질문하게 놔두는가? 영은 명국에서 자신을 가르쳤던 교사가 되어 그들 모두의 뺨을 한 대씩 갈기고 싶었다. 자신들의 위치를 알도록 짓밟아 주고 싶었다. 과연 역사에 대해서는 얼마나 다른 내용을 다룰지, 영은 이를 부득부득 갈며 아태가 하는 말을 최대한 흘려듣기 위해 안간힘을 썼다.

영의 예상은 산산조각이 났다. 아태가 암국에 흡수된 주변국들에 대해 가르칠 때였다. 명국의 교사는 영의 출신국인 주국을 비롯해 여러 나라가 명국에 자발적으로 흡수되었다고 말했다. 영은 사실이 아니라고 정정하고 싶었다. 주국을 비롯한 여러 국가가 침략 초기에 명국에게 저항했다. 그들은 애초부터 자발적으로 굴종한 것이 아니었다. 침략 이후 주변국 출신의 사람들은 저항의 대가로 전장에 강제 징용되어 고통스러운 노동에 투입되었다. 영은 그렇게 끌려가 생사조차 알지 못하게 된 자신의 부모를 떠올렸다.

아태는 명국의 교사가 가르쳤던 내용을 토씨 하나 틀

리지 않고 똑같이 말했다. 자발적으로 굴종한 주변국들에 대해. 주변국 출신자들은 그들의 새로운 조국을 지키기 위해 스스로 투신하는 것이라고 말했다.

"암국은 그런 비겁한 흐름에 휩쓸리지 않고 끝까지 싸워 본질을 지켰다."

영은 속이 뒤집혔다. 암국이라고 해서 다른 건 없었다. 전혀 예상하지 못한 일이었다. 자리에서 벌떡 일어나 뭐라도 해야 했다.

"거짓말입니다!"

모두의 시선이 영에게 날아갔다. 옆자리에 앉은 이비는 그가 또 무슨 짓이라도 벌일까 걱정스러웠다. 영은 자신의 가족들을 떠올렸다. 죽은 동생의 얼굴을 떠올렸다. 전쟁이 끝나야 가족들이 산다. 오직 나만 이 전쟁을 끝낼 수 있다.

"얘가 뭘 잘못 먹었나 봅니다. 하하."

옆에 있던 이비가 어색하게 웃으며 시안을 끌어 앉혔다. 아태는 둘에게 수업이 끝나는 즉시 훈련소 전체를 열 바퀴 뛰고 오라고 명령했다. 이비가 억울하다는 표정을 지었지만 어쩔 수 없었다. 말대꾸라도 한다면 스무 바퀴가 더 추가될지 모를 일이었다. 이비는 시안을 쏘아보았다. 시안은 무언가에 사로잡힌 듯 어두운 표정으로 바닥만 바라보았다.

구석 자리에서 시안을 주시하는 아이가 눈에 들어왔다. 갈색 곱슬머리에 쌍꺼풀이 짙은 아이였다. 이름이 량이었던가? 이비는 입소식 파티 때 인사를 나눈 아이들 중 그의 이름을 기억해 냈다. 량은 스페셜리스트였다. 이

비는 수업이 끝날 때까지 시안을 주시하는 그를 곁눈질
했다.

수업이 끝난 뒤 이비는 시안과 함께 훈련소 운동장을
달렸다. 열 바퀴를 다 돌다가는 저녁 식사를 놓칠 것 같
아 마음이 급해졌다. 날씨가 전보다 훨씬 더워진 것인
지 이비는 금방 땀에 젖었다. 뾰족해진 머리칼 끝에 맺
힌 짜고 따끔거리는 땀방울이 눈과 입속으로 흘러들었
다. 나란히 달리는 시안에게서도 홧홧한 열기가 느껴질
정도였다.

"벌써 여름이다, 여름."

멍하니 달리는 시안에게 슬쩍 말을 걸었다. 하지만
그는 들은 척도 하지 않았다. 문득 오전에 미루에게서
전해 들은 이야기가 떠올랐다. 그 이야기를 들려주면
시안의 기분이 풀릴 것 같았다.

영과 이비는 모든 훈련이 끝난 뒤 녹초가 되어 기숙
사에 들어왔다. 예상대로 저녁 식사도 하지 못한 채였
다. 배를 잡고 드러누운 이비는 짧게 앓는 소리를 하다
미루의 이야기가 생각나 벌떡 일어났다. 그는 옷과 수
건을 들고 화장실로 들어가던 시안을 불러 세웠다.

"야, 시안."
"왜?"
"우리 바다에 가자."
"뭐?"
"바다에 가자고. 훈련소 근처에 해변 있잖아."
"미친놈."

영은 화장실 문을 쾅 닫고 들어가 버렸다. 이비는 작게 욕지거리를 내뱉으며 침대를 뒹굴었다. 그가 화장실에서 나오길 기다렸다 다시 매달렸다.

"미루가 얘기해 줬어. 근처 해변으로 갈 수 있는 방법 이 있다고."

"미루? 걔 신입 대표 아냐? 신입 대원들을 책임지고 통솔해야 할…."

"그러니까 같이 가는 거지. 지금 여름이고 덥잖아. 이 건 밤에만 할 수 있는 거야. 애들 데리고 몰래 다녀오 자. 응?"

"꺼져."

이비는 답답해 미치겠다는 듯 사자 울음 같은 소리를 냈다.

"데이터 디스펜서와 스페셜리스트는 한 몸인 거 몰라? 무조건 같이 가야 해."

이비가 협박조로 말했지만 영은 완벽히 그를 무시했 다. 이비는 슬쩍 영의 눈치를 살피며 그 아이의 이름을 꺼냈다.

"참, 거기 량도 온대."

"량?"

영이 미간을 찌푸리며 물었다. 전혀 들어 보지 못한 이 름이었기 때문이다. 영은 이럴 때마다 입소식 파티에 가 지 않은 것이 후회되었다. 신입 대원들을 속속들이 다 알 고 있는 이비가 설명해 주기를 기다렸다.

"갈색 곱슬머리. 쌍꺼풀 진한 애. 아까 수업에서 너 계 속 쳐다보더라."

이비는 그의 반응을 살폈다. 혹시 량이라는 아이를 아는지, 그 아이에 대해 어떻게 생각하는지 짧은 반응으로도 알 수 있었다. 한편 영은 자신을 주시하고 있던 그 아이에 대해 좀 더 알아봐야겠다고 생각했다. 그 아이는 누구지? 왜 나를 주시하고 있었지? 어딘가 수상했다. 만약 자신을 의심하고 있다면 결투마저 감수해야겠다고 다짐했다. 영은 선선히 고개를 끄덕였다.

"그래. 가자."

이비는 등을 보인 채 드러누운 그를 보며 못마땅했다. 자신이 가자고 할 때는 끝까지 거절하던 그가 량의 이름을 꺼내는 순간 순순히 승낙하다니. 차라리 량의 이야길 꺼내지 않았다면 더 좋았을까. 하지만 시안이 다시 결정을 바꿀까 봐 말을 더 얹을 수는 없었다. 그저 섭섭한 마음을 얇은 이불로 푹 덮어 버리는 수밖에.

*

거짓말 내기 같은 게 있다면 너와 하고 싶다. 우린 각자의 거짓말을 털어놓는 거다. 어렸을 때, 내가 좋아하던 모든 것들이 다 군인이 되기 위한 훈련임을 알았다면 나는 죄다 그만두었을 거다. 어머니가 내게 붓을 쥐여 주셨다면 나는 너에게 총을 쥐여 주어야 한다. 어머니가 나를 건반 앞에 앉히셨다면 나는 너를 전함의 조종실에 앉혀야 한다. 어머니가 내게 글자를 읽도록 시키셨다면 나는 네가 죽인 사람의 수를 세도록 시켜야 한다.

나는 네게 붓을 쥐여 주고 싶다. 내가 건반을 누르면

네가 옆에서 내 손등을 바라봐 주면 좋겠다. 내가 시를 읽어 줄 때마다 내 무릎에 누워 눈을 감는 네 새파란 숨을 보고 싶다.

너는 내게 어떤 거짓말을 들려줄까. 듣자마자 나는 잊어버리고 싶다. 네가 그 거짓말을 계속할 수 있게. 너는 나를 영원히 속여도 좋다.

*

몰래 떠나기로 한 밤, 이비는 량을 비롯해 아이들 일곱 명을 데려왔다. 뜨겁고 습한 열대야 속에 열일곱 살 아이들이 있었다. 답답한 훈련소 생활에 온몸이 근질거리던 참이었다. 살이 닿기만 해도 서로를 잡아먹을 듯이 바라보게 되는 후덥지근한 어둠 사이로 옅고 비린 풀 냄새가 흘러갔다. 이비와 미루가 앞장서서 대열을 이끌었다. 기숙사의 경비가 느슨해진 사이 몰래 빠져나와 훈련소 후문으로 향했다. 거대한 게이트에서는 그들과 함께 생활하는 신입 대원 유카가 보초를 서고 있었다.

"먼저 다녀오고 나서 우리 애들도 보내 줄 거지?"
"당연하지. 얼른 갔다 올게."

미루는 정확히 두 시간 뒤에 돌아오겠다고 약속했다. 싱긋 웃으며 유카에게 윙크까지 했다. 유카는 거대한 게이트에 달린 작은 쪽문을 열고 아이들을 내보냈다. 마지막으로 미루가 나가자마자 아무 일도 없었다는 듯 쪽문을 잠갔다. 부디 별일 없어야 했다. 유카도 나머지 신입 부대원들과 함께 밤바다를 다녀와야 하니까.

어둠 속에서 한 줄로 선 아이들은 귀신같이 길을 찾았다. 시큰한 땀내 사이로 풍기는 희미한 소금 냄새의 출처를 찾아 코를 킁킁거렸다. 잔뜩 흥분한 들짐승 흉내를 내는 한 아이 때문에 여기저기서 작은 웃음이 터져 나왔다. 뜨거운 손바닥으로 앞사람의 등을 힘껏 밀어내며 앞으로 나아갔다. 얇은 고무판 열여섯 개가 짝짝 바닥을 때리며 행진하다 우뚝 멈춰 섰다. 행렬의 맨 앞에 서 있던 이비가 주먹 쥔 오른손을 척 들었다.

"조용!"

앞사람에게 바짝 붙어 가던 미루가 반색하며 물었다.

"왜?"

"들어 봐."

이비의 말에 모두가 숨죽여 귀를 기울였다. 행렬 끄트머리에 있던 영도 소리에 집중했다. 지렁이가 기어가는 소리마저 들릴 만큼 주변이 고요해졌다. 영은 서서히 알아차렸다. 마른 풀잎들이 바스락대는 틈으로 미세하게 흐르는 출렁임을. 멀지 않은 곳에서 떨어져 나온 어느 격랑의 조각을. 꾹 닫혀 있던 이비의 입에서 폭죽처럼 소리가 터져 나왔다.

"파도 소리다!"

이비가 마구 질주하기 시작했다. 열여섯 개의 고무판이 망설임 없이 바닥을 차올렸다. 이비가 소리치자 아이들이 더 이상 참지 못하고 와하하 웃음을 터뜨렸다. 미루가 비명을 지르며 앞으로 치고 나갔다. 영은 자신의 가슴 속에서 무언가 끓어오르는 걸 느꼈다. 점점 온도가 높아져 더는 몸이 버티지 못하게 된 순간이 오자 입이 저절로 벌어지며 소리를 토해 냈다. 눈앞에 바다가 보였다.

바다를 보니 신기하게도 짠 냄새가 코를 훅 찔렀다. 사방에서 불어오는 차가운 돌풍에 온몸이 짜릿해졌다. 슬리퍼에서 탈출한 발가락들이 부드러운 모래 속을 찔러 들어갔다. 아이들은 달리는 걸 멈추지 않고 옷을 벗어 던졌다. 거칠 것 없는 몸들이 공중에 붕 떠올라 맹렬한 파도 위로 돌진했다. 아무것도 보이지 않는 바다, 오로지 촉감으로만 느낄 수 있는 어둠의 바다를 아이들은 겁내지 않았다.

밤바다에서는 누군가를 쉽게 구별해 낼 수 없었다. 간간이 들려오는 웃음소리와 장난 섞인 목소리로 주변에 누가 있는지 알아차리는 정도였다. 바다에는 데이터 디스펜서와 스페셜리스트의 구별도 없었다. 누군가는 버려진 나무판자로 만들어 놓은 패들에 엎드려 헤엄을 치기도 하고, 저들끼리 서로를 번쩍 들어 올려 다이빙을 연출하기도 했다. 이비처럼 짓궂은 아이들은 근처에 누가 있든 손에 잡히는 대로 올라타거나 바닷속에 상대의 머리를 처박았다. 그저 함께 뒹굴며 노는 게 재밌었다. 영은 그들 주변에서 유유히 수영하며, 이따금 이비의 어깨에 앉았다가 함께 바닷속으로 풍덩 빠졌다. 어둠 속에서 영은 명확히 구분할 수 있었다. 천진하게 웃음을 터뜨리는 이비를. 칠흑 속에서 푸른 빛 덩이처럼 반짝이는 이비의 웃음을. 영은 이비가 알아차리지 못하도록 몰래 웃었다.

그때 공중으로 작은 빛 덩이 몇 개가 날아오르더니 동시다발적으로 폭발했다. 검은 하늘 위에 오색찬란한 빛줄기가 무지개처럼 쏟아졌다. 데이터 디스펜서 몇 명이 해변에서 나뭇가지와 마른 잎으로 폭죽을 만들어 쏘아 올린 것이었다. 쉬지 않고 터지는 폭죽은 선명한 잔상을 남기고 사라졌다. 아이들은 환호성을 질렀다. 감상에 젖어 말을 잃기도 했다. 영은 멍하니 그것들을 바라보았다. 오래 응어리진 것이 불꽃과 만나는 순간, 태어나 가장 강렬한 빛을 뿜어내며 터져 버리고는 언제 그랬냐는 듯 순식간에 사라졌다. 아름다운 환상이었다. 영은 눈앞에서 이리저리 불꽃이 날아들 때마다 가슴 한쪽이 저릿해지는 걸 느꼈다. 혈관을 타고 온몸을 휘도는 액체가 더욱 아프게 자신의 존재를 알려 왔다.

바다에 뛰어들 땐 아무 생각도 들지 않았다. 그저 파도 속을 뒹구는 자신의 몸이 느껴지고 아이들의 웃음이 들릴 뿐이었다. 폭죽이 빛줄기를 퍼뜨릴 때마다 자신의 가슴을 날카롭게 할퀴는 것 같았다. 그 사이로 이비의 웃음이 점멸했다. 머릿속에서 생각들이 마구 뒤엉켜 어지러웠다. 영은 눈을 꾹 감고 수면 위로 냅다 누워 버렸다.

돌아갈 시간이 다 되어 갈 때쯤 아이들 몇이 먼저 해변 위로 올라섰다. 벗어 두었던 옷을 부지런히 주워 입었다. 영은 여전히 바다에 남아 배영을 하고 있었다. 밤하늘의 별들이 쏟아지는 풍경을 계속 눈에 담고 싶었기 때문이다. 그때, 갑자기 물컹한 어둠이 시야를 뒤덮었다. 누군가 영의 발목을 잡고 바닷속으로 확 잡아당긴 것이었다.

"장난치지 마, 이비!"

하지만 이비는 이미 아이들과 해변에서 옷을 갈아입고 있었다. 그런 장난을 칠 만한 이는 이비 말고 없었다.

누구지? 영은 제대로 정신을 차릴 틈 없이 다시 바닷속으로 빨려 들어갔다. 발버둥을 쳐 겨우 떠오르면, 마치 장난을 치듯 손이 나타나 자신을 검은 수면 아래로 처넣었다.

"도와줘!"

이비는 해변에서 량의 목소리를 들었다. 무언가 잘못되었음을 느낀 아이들이 이비와 함께 다시 바다로 달려갔다. 량의 외침은 계속되었지만 어두운 탓에 그가 어디에 있는지 잘 보이지 않았다. 허연 달빛을 받은 긴 팔다리들이 서로 엉켜 뒤죽박죽이었다. 이비는 당혹스러워하며 눈을 감고 소리에 집중했다. 아이들이 몇이나 있지? 량을 부르는 목소리는 셋, 넷, 다섯…. 자신과 량을 제외하면 시안이 없었다. 이비는 조급해진 마음에 큰 소리로 그를 불렀다.

"시안! 시안!"

아이들은 이비를 따라 량과 시안의 이름을 외쳐 댔다. 대답이 없자 이비는 도로 윗옷을 벗고 바다에 뛰어들 준비를 했다. 그때, 어둠 속에서 량과 함께 쿨럭대며 물을 토해 내는 누군가의 소리가 들렸다.

"찾았어!"

바닥에 두 몸이 풀썩 주저앉았다. 이비는 그제야 시안을 찾았다고 확신했다. 누군가 가는 나뭇가지 끝에 불을 붙여 들고 왔다. 흔들리는 불빛 아래서 그는 가까스로 정신을 되찾은 듯 보였다. 량은 자신의 윗옷을 벗어 차가워진 영의 몸을 감싸고 손바닥으로 마구 문질러 댔다. 이비는 그 모습을 보고 한동안 멍하니 서 있었다. 검은 파도가 가슴 속에서 술렁댔다. 량은 영을 번쩍 들어 아이들과 함께 훈련소로 달려갔다.

슬며시 눈을 떴다 다시 기절하기 직전, 영은 량의 얼굴을 잠시 보았다. 그리고 떠올렸다. 어둠 속에서 허우적대며 도움을 요청할 때 옆에서 자신을 지켜보고만 있던 두 눈을. 그 눈의 주인이 자신을 안고 달리고 있는 것을.

바다에 다녀왔다고 해서 새벽 운동에서 예외가 될 수는 없었다. 줄 맞춰 운동장을 달리는 대원들 중 유독 피곤해하는 여덟 명의 아이들이 있었다. 영과 이비는 한 시간도 채 자지 못하고 나와 달려야 했다. 이비는 아예 눈을 감고 달리느라 영 쪽으로 몸이 기울어졌다. 계속 영과 어깨를 부딪혔다. 영은 반쯤 정신이 나간 이비를 밀어내려다 그만두었다. 툭툭 부딪히는 그 느낌이 나쁘지 않았다. 오히려 좋았다.

영은 홀로 생각에 잠겼다. 문득 지난밤이 너무나 행복했었다는 걸 깨달았다. 이대로 아이들과 함께 있고 싶다는 생각을, 더 나아가 암국의 사람이 되고 싶다고 생각했음을 인정해야 했다. 영은 지난밤 함께 놀았던 아이들을 생각했다. 그때 파도처럼 절망이 밀려왔다. 난 너희가 될 수 없다. 난 너희를 죽여야 한다. 영은 나란히 달리는 이비를 흘겨보았다. 폭죽이 날카롭게 가슴을 찢었다. 난 네가 될 수 없다. 나는 널 죽여야 한다. 죽음 앞에서 마음이 흔들린 것이다.

너무 깊게 생각한 대가였을까. 영은 그만 발이 엉켜 바닥에 세게 넘어졌다. 갑작스러운 충돌에 대비할 재간이 없었다. 턱과 손바닥이 찢어져 피가 흘렀다. 그때 누군가 손을 내밀었다. 고개를 들자 량이 보였다. 그는 어딘가 불편한 듯 얼굴을 찡그렸다. 목소리만은 소름 끼치도록 다정하고 친절했다.

"어서 일어나."

*

미루에게 네 이야길 한 적이 있다. 너에 대해 털어놓는 내 눈만 보고도 그 아이는 다 안다고 했다. 상관없다고 했다. 다 괜찮다고 했다.

나는 그 말이 좋았다. 그래서 계속 네 얘길 하고 싶었다. 미루에게서 괜찮다는 말을 계속 듣고 싶었다. 널 바다에 데려가도 괜찮을까? 널 바다에 빠뜨려도 괜찮을까? 우리가 까만 바닷속에 잠겨 함께 웃어도 괜찮을까?

언젠가 괜찮다는 말을 너에게 들을 거다.

그럼 다 괜찮아질 거다.

*

영이 홀로 스탠드에 앉아 숨을 고르고 있었다. 멀리서 누군가 다가와 뒷자리에 앉는 소리가 들렸다.

"어제 많이 놀라서 그랬어?"

량은 영의 어깨에 손을 올렸다. 아까 전과 마찬가지로 다정하게 물었다. 영은 대수롭지 않다는 듯 대답했다.

"그냥 실수였어."

일순간 영은 량의 숨결이 목덜미에 닿는 것을 느꼈다.

"근데, 안 괜찮은 게 하나 있어. 네가 약해 빠졌다는 거야."

영이 슬며시 고개를 돌렸다. 량의 코끝이 그의 볼과 닿을 뻔했다.

"네 동생처럼 비참하게 죽길 바라는 거야?"

영의 머리칼이 쭈뼛 섰다. 자신은 한 번도 동생이 있다는 얘길 한 적이 없었기 때문이다. 그가 량의 멱살을 움켜쥐고 자리에서 벌떡 일어났다. 하지만 량은 기다렸다는 듯 영의 손목을 꺾어 단숨에 그를 제압했다. 량은 벽 쪽으로 영을 몰아세웠고, 영은 자신의 목에 감겨드는 량의 손아귀에 속수무책으로 당해야만 했다. 영에게는 그 손아귀가 익숙했다. 지난밤 어두운 물속에서 자신을 힘껏 끌어당겼던 그 손이었다. 영이 량을 노려보았다.

"너 누구야?"

"네가 진짜 누구인지 알고 있는 사람."

영은 날렵한 몸짓으로 압박을 풀고 빠져나왔다. 뒤이어 자신을 제압하려는 량에게 반격을 가했다. 하지만 량은 능숙하게 그의 공격을 막아 냈다. 마치 어떻게 공격할지 다 꿰뚫고 있다는 듯 여유로웠다.

"널 오래 지켜본 사람."

영이 멈칫했다. 량이 웃으며 물었다.

"질문을 바꿔 보는 게 어때?"

그는 설마….

"너 어디서 왔어?"

량은 공격을 멈추고 영을 바라보았다. 예의 미소가 입가에 걸려 있었다. 멀리서 보면 둘은 전투 연습을 하는 것처럼 보였을 것이다. 어깨를 툭 건드리는 량의 손을 피해 영이 뒤로 물러섰다.

"좋은 질문이야. 너와 같은 곳에서 왔어."
"명국?"
"주국."

주국 출신이라면 영과 같은 부대에서 훈련받았을 것이 분명했다. 주국 출신인 군인들은 많지 않아 한 부대 안에서 관리했으니까. 자신을 괴롭히던 무리 중에도 주국 출신이 한 명 있었다. 출신이 다르다는 이유로 잔혹하게 짓밟는 집단 속에서, 그는 짓밟히기 전에 재빨리 남을 짓밟았다. 영의 심장이 입속에서 튀어나올 듯 쿵쾅거렸다.

"여기 너 혼자만 온 것 같지? 아냐. 여기에 나랑 너 말고도 한 명 더 있어."

영은 적잖이 놀랐다. 어젯밤 함께 해변에 다녀온 아이 중에도 있었을까? 아니면 숙소에 남아 잠든 아이들 중에?

"암국은 네가 생각하는 것보다 넓어. 전국에 이런 시설이 아홉 개나 더 있는데, 거기에도 우리 같은 사람들이 있다."
"왜 진작 알리지 않았지?"
"난 암국을 살피러 온 게 아니야. 널 보러 왔지."

영이 의문스럽다는 표정을 지었다.

"네 동생은 이미 죽었어. 거기서 한발 더 나아가야 네가 산다. 네가 살고 나라가 산다. 그래야 이 전쟁이 끝난다. 알겠냐?"

"무슨 소리야, 대체?"

영은 몹시 혼란스러웠다. 영에게 죽은 동생이 있다는 것을 그가 어떻게 알고 있는 걸까?

"네가 머릿속으로 무슨 생각을 하는지 다 알고 있단 말이야. 그건 명국의 상급 군인들도 다 알고 있어. 그들은 우릴 훤히 꿰뚫고 있어. 그분들 말씀대로 네 본질은 흔들리고 있어. 자칫하면 임무에서 배제되어 쥐도 새도 모르게 뒈졌을지도 모르지만 한 번 더 기회를 주는 거야. 흔들리지 마. 네가 누구인지 잊지 마. 비참하게 죽기 싫으면 정신 바짝 차려. 우리가 **제대로** 죽어야 이 전쟁이 끝난다."

량은 잔뜩 굳어 버린 영의 어깨를 두어 번 치며 웃었다. 그리고 유유히 대원들 무리 속으로 들어갔다. 영은 그 자리에 우뚝 서서 허공을 응시했다. 량이 자신의 정체를 의심하고 있는 줄로 알았는데 알고 보니 명국에서 자신을 감시하러 온 군인이었다. 영은 기록 장치가 심어진 자신의 손목을 내려다보았다. 이 장치로 목소리뿐 아니라 생각과 감정마저 읽을 수 있는 걸까? 영은 부들거리며 자신의 손목을 꽉 움켜쥐었다. 피부 아래에 이식된 작은 전선들을 몽땅 뜯어내 버리고 싶었다. 가슴이 화끈거렸지만 작은 신음조차 내지 못했다. 꽉 깨문 영의 입술에서 피가 흘렀다.

먼 곳에서 영을 걱정스럽게 바라보는 사람이 있었다.

이비였다.

이비는 시안이 달라진 이유를 알고 싶었다. 그가 밤늦게까지 훈련관에 있다 새벽에 기숙사로 들어오는 일이 잦아졌다. 그와 한 팀인 사람은 자신인데, 누구와 훈련을 하는 것일까? 그는 함께 바다에 다녀온 친구들과도 만나지 않았고, 이비가 찾을 때는 가끔 량과 함께 있었다. 이비는 기숙사에서 시안을 기다렸다. 잠들기 직전에야 그를 보았고, 그때마저도 짧게 인사만 나누었다. 시안은 어디선가 달리고 온 듯 숨을 몰아쉬며 화장실로 들어간 뒤 오랫동안 나오지 않았다. 훈련을 제외한 시간에는 자신에게 눈길조차 주지 않는 그가 의문스럽기만 했다. 문제가 있다면 자신과 정면으로 부딪치지, 결코 숨기거나 삭힐 사람이 아니었기 때문이다.

시안은 량과 가까워진 것일까? 그래서 자신과 거리를 두는 것일까? 이비는 다시금 량을 언급했던 그 밤을 후회했다. 량을 신경 쓰지 않도록 자신이 제대로 처신했어야 옳았다. 이비는 량이 시안을 들쳐 메고 훈련소로 달려가던 때를, 운동장 스탠드 아래서 그 둘이 결투 연습을 하던 때를 떠올렸다. 그 기억 속의 량을 칼로 도려내고 싶었다. 그 자리에는 자신이 있어야 했다.

이비는 잠든 시안의 등을 바라볼 때마다 가슴 속이 바싹 말라 갔다. 더는 잠자코 있을 수 없었다. 데이터 디스펜서와 스페셜리스트는, 아니, 둘은 한 팀이었으니까.

시안이 밤늦게까지 들어오지 않은 날이었다. 이비는 기숙사에 돌아온 그를 보지 않고서는 도저히 눈을 감을 수 없었다. 시안을 생각하면 할수록 량의 잔상이 그와 겹쳐 보였다. 이비는 신경질적으로 이불을 걷어차며 일어났다. 기숙사 방문을 벌컥 열고 어두운 복도를 통과했다.

운동장으로 나가자 건너편에 있는 훈련관 창문이 보였다. 누군가 금방 자리를 비운 듯 불이 꺼졌다. 이비는 훈련관으로 걸어가며 따끔하게 한마디라도 해야겠다 생각했다.

잠겨 있는 훈련관 정문을 지나 모퉁이를 돌려고 할 때였다. 멀리서 시안의 발소리가 다가왔다. 그런데 어딘가 이상했다. 목소리가 함께 들렸기 때문이다. 이비는 재빨리 모퉁이 뒤로 숨어 벽에 달라붙었다. 시안이 량과 함께 있는 것일까? 어둠 속에서 발소리가 멎었다. 시안의 목소리가 더욱 선명해졌다. 이비는 귀를 기울였다.

량의 목소리는 들리지 않았다. 대신 시안이 혼자서 중얼거리는 것 같았다. 이비는 바람 소리가 섞여 든 그의 목소리에서 몇 개의 단어를 추려 냈다. 명국, 작전, 임무…. 시안은 대체 무슨 말을 하는 것일까? 순간, 폭발, 거의…. 그의 어조에는 변화가 없었다. 말에 담긴 단어 각각의 정보량만이 중요한 듯했다. 그리고 다음 문장에서 그 모든 단어가 제각기 정확한 순서로 조합되었을 때, 이비는 자리에 주저앉을 뻔했다.

시안의 발소리가 빠르게 사라진 뒤에도 이비는 쉽게 움직일 수 없었다. 방금 자신이 무엇을 들은 것일까? 시안이 대체 무슨 소릴 지껄인 걸까? 아무것도 믿을 수 없었다. 이비는 어둠 속에서 자신의 오른손을 들어 뺨을 세게 내리쳤다. 엄청난 충격으로 되려 정신이 몽롱해졌다. 후끈거리는 고통 뒤로 아까 들은 그의 목소리가 잔물결처럼 밀려왔다. 틀림없이 시안이 한 말이었다. 이비는 화가 나서 뭐든 부숴 버리지 않고선 견딜 수 없을 지경이었다.

이비는 어둠 너머로 기숙사 건물을 올려다보았다. 방금 시안이 들어왔는지 창문 하나가 밝아졌다. 이비는 주먹을 틀어쥔 채 창문 너머의 그를 바라보았다. 창문에서 불빛이 완전히 사라지던 찰나, 이비의 눈앞이 새까맣게 흐려졌다.

*

눈을 뜨고 가장 먼저 본 것은 미루였다. 미루는 놀란 마음을 가까스로 추스르며 다급히 누군가를 불렀다. 군의관이 다가와 간단한 진찰을 하기 위해 이비의 눈을 뒤집어 까고 손가락을 세어 보게 한 이후에도 이비는 상황을 제대로 파악하기 어려웠다. 분명 마지막으로 본 것은 시안이 있는 기숙사 창문이었다. 눈을 떠 보니 온몸에 심한 중상을 입어 하얀 환자복 아래로 여러 회복 장치를 달고 있었다. 이마가 절절 끓었고 베개가 축축했다. 이비는 상황이 갈무리될 때까지 조용히 기다렸다가 미루에게 물었다.

"무슨 일이야?"
"기억 안 나? 너 겨우 살아났어."

미루는 이틀 전 훈련소에서 일어난 일을 설명했다. 한

밤중 긴급 경보를 받고 아태와 달려간 곳은 무기고였다. 군사훈련을 받는 훈련소의 아이들에게 무기를 제공하는 공간이었다. 그곳은 강력한 보안 시설로서 보호를 받고 있어 훈련소에서 중책을 맡고 있는 아태마저도 까다로운 허가 절차를 밟고서야 출입할 수 있는 곳이었다. 그런데 누군가 복잡한 보안장치를 넘은 데다, 대략 3m 두께의 철문이 마치 어린아이가 가지고 논 장난감 찰흙처럼 뭉개져 있었던 것이다. 안에 있던 무기 중 일부가 치명적으로 손상되어 당장 훈련을 준비하는 데에도 차질이 생겼다. 아태와 미루가 지원 병력을 요청한 뒤 해당 사건을 파헤치기 위해 무기고 안쪽으로 조금 더 들어갔을 때, 둘은 바닥에 쓰러져 있는 이비를 발견했다. 미루는 이비를 들쳐 메고 의무실까지 뛰어와 직접 응급조치까지 했다며 당시 상황을 실감 나게 재연했다. 겨우 맥박이 돌아온 뒤에도 한동안 눈을 뜨지 못하던 그가 이틀 뒤에 깨어난 건 기적이나 다름없다고 말했다.

"네가 그런 거, 아니지?"

미루는 질문을 끝내자마자 후회했다. 이비가 그런 짓을 할 만한 사람이 아니라는 것을 알고 있었음에도, 그가 아니라 다른 누군가 무기고에 치명적인 손상을 입혔을 가능성을 두려워했기 때문이다. 철문을 뭉개고 무기고 안에 들어가 무기까지 망가뜨려 버린 사람이 이비가 맞다면 대체 왜 그런 것일까? 미루로서는 감히 상상도 할 수 없는 일이었다.

"퇴원하고 나면 심문이 있을 거야. 우선 훈련에서는

열외 대상이야."

이비는 침대에 누워 미루가 말한 사실들을 되뇌었다. 이마에 손등을 올리니 아까보다 열이 조금 식어 있었다. 눈을 뜨기 전 꾸었던 꿈의 장면들이 서서히 떠올랐다. 꿈에서 그가 있던 곳은 무기고의 가장 깊숙한 어둠 속이었다. 수천 개의 총구와 수만 가지 탄약들, 단숨에 삶을 쓰러뜨리는 것들이 무기고 중앙에 거대한 무덤처럼 쌓여 있었다. 그중 두 개의 총구가 작게 빛나며 눈동자가 되었다. 이비의 어머니였다.

그녀는 무덤 속에서 천천히 일어났다. 발치에 놓인 무언가를 들어 이비에게 건네주었다. 평화롭고 온화한 미소만 보자면 작은 장난감이라고 생각될 법도 하지만 이비가 받아 든 것은 권총이었다. 그 안에 실린 총알의 무게가 끔찍하리만큼 선명하게 느껴졌다. 이비는 태어나서 단 한 번도 해 본 적 없는 말을 했다.

"싫어요."

이비가 다시 고개를 들었을 때는 시안이 그의 앞에 서 있었다. 이비는 당장 그 권총을 던져 버리고 싶었다. 시안에게만큼은 절대 주고 싶지 않아서였다. 하지만 자신의 손이 멋대로 움직여 천천히 시안에게 닿았다. 악을 쓰며 몸부림쳐도 소용없었다. 시안이 권총을 받아 들었을 때, 이비는 온 정신을 집중해 무덤이 된 무기들을 바라보았다. 무기들이 크게 진동하며 허공으로 떠오르자 그 위로 거친 불길이 일었다. 시뻘건 화염이 이비와 시안 주위를 휘감았다. 불 속에서 무기들이 새까만 눈처럼 부드럽게 녹아내렸다. 시안은 권총을 들어 총구를 입에 물었다.

이비가 그를 막기에는 너무 늦었다.

이틀 뒤 저녁 무렵, 이비는 퇴원 명령을 받고 의무실을 나섰다. 체력을 회복했다는 군의관의 진단이 있었지만 이비는 무기력해 보였다. 차가운 바위처럼 굳어 있었다. 자신의 상태를 확인하러 온 아이들 앞에서도 이비는 냉담하기만 했다. 그 아이들 중에 시안은 없었다.

"너 무슨 생각해?"

이비가 미루와 단둘이 남았을 때였다. 나란히 걷던 미루가 그에게 물었다. 미루 앞에서 이비는 무엇이든 말할 수 있었지만 지금은 아니었다. 미루의 걱정 섞인 말은 단 한 문장도 듣지 못한 표정이었다. 오로지 한 생각에만 몰두한 것처럼, 혹은 아무런 생각도 하지 못하는 것처럼 보였다.

"이비."

미루가 부르기 무섭게 그가 복도 끝으로 사라져 버렸다. 미루는 복도에 혼자 남겨진 채 이비의 뒷모습을 되새겼다. 며칠 전까지만 해도 침대 위에서 사경을 헤매던 그였다. 이비의 걸음은 뚜렷한 목적을 향해 나아갔다.

이비가 기숙사 방문을 벌컥 열었다. 혼자서 훈련을 마치고 방금 들어온 영이 뒤돌아 그를 바라보았다. 영은 평소처럼 무심하게 이비를 맞이했다.

"왔어?"

"나 깨어났을 때 너만 없더라."

이비가 영을 무섭게 노려보며 말했다.

"무슨 일 있는 거지?"

영은 대답하지 않았다. 이비는 검은 파도가 소용돌이치는 소리를 들었다. 파도가 높이 떠올랐다가 자신의 가슴 위로 세차게 쏟아졌다.

"네가 얘기해 주지 않으면 난 몰라."

이비의 목소리가 낮고 무거웠다. 영은 화장실로 들어가려다 멈춰 섰다.

"모르면 상상하게 돼."

영이 천천히 고개를 들어 이비를 바라보았다.

"상상에 빠지면 끝이 없어. 결국 상상을 하다 보면…."
"무슨 말이 하고 싶은 거야?"

영이 묻자 이비가 자신의 뒷주머니로 손을 가져갔다.

"의심하게 돼."

영의 몸이 딱딱하게 굳어 버렸다. 이비가 다시 앞으로 내민 오른손에는 미세한 기계음을 내는 플라스마 건이 들려 있었기 때문이다.

"뭐 하는 거야?"
"나는 널 안다고 생각했어. 그런데 넌 한 번도 네 얘길 한 적이 없어."
"정신교육 때 내 얘기 들었잖아."
"그거? 다들 그렇게 살아왔어. 전쟁 속에서 겨우 살아남은 아이들 얘기, 조금씩 바꿔서 자기 얘기처럼 꾸며 내는 건 일도 아니겠지."

이비가 왼손으로 오른손을 지탱했다. 겨우 세 걸음 정

도 떨어진 거리였지만 이비는 조준에 정확도를 더했다.

"적당히 해."

"밤마다 뭘 하고 다니는 거야?"

이비가 들어 올린 플라스마 건의 총구가 영의 이마를 향했다. 영이 양 손바닥을 천천히 올려 보였다. 이비는 전혀 장난하는 것처럼 보이지 않았다.

"훈련관에 다녀왔어. 그게 다야."

이비가 헛웃음을 지었다. 작은 한숨에 분노가 섞여 있었다.

"혼자? 대체 무슨 훈련?"

영은 한동안 이비를 피해 다녔다. 그를 피하려고 훈련소 곳곳을 지겹도록 달리고 또 달렸으나 온몸에 끓는 열이 식지 않았다. 량이 경고한 이후 영은 마음을 다잡으려고 노력했지만, 그 열이 모든 다짐을 집어삼켜 소용없었다. 영은 다시 한번 목덜미가 뜨거워지는 것을 느꼈다. 반면 이비는 한없이 차가워 보였다. 자신처럼 순식간에 끓고 식었던 이비는 그 어느 때보다도 싸늘했다. 단단히 결심이라도 한 걸까? 그렇다면 무슨 결심을? 영은 그를 피해 다닌 이유를 말할 수 없었다. 하지만 적당한 변명마저도 턱 끝에 걸려 나오질 않았다.

"네가 혼자 중얼거리는 걸 들었어."

영의 팔다리가 순간 뻣뻣해졌다. 늘 주변을 철저히 살핀 줄로 알았다. 손목에 대고 훈련과 일과에 대해, 훈련소의 기밀 정보에 대해 보고하는 자신을 보고 있었다니.

"누구야? 네가 보고하는 상대."

이비는 플라스마 건을 더욱 세게 쥐었다. 영은 그의 검지가 방아쇠를 서서히 감고 있는 걸 보았다. 이비가 굳힌 결심은 그것이었다.

"이비…."

"변명할 자신 있어?"

순간 영의 가슴 속에서 팽팽하게 당겨졌던 끈이 툭 끊겨 버렸다. 이비의 오른쪽 눈에서 눈물이 흘러내렸기 때문이다. 이비는 눈 한 번 깜빡하지 않았지만 그의 싸늘한 표정은 미세하게 뒤틀리기 시작했다.

"어디 해 봐. 아주 그럴듯한 거짓말이면 좋겠다."

이비가 울고 있었다. 그의 눈물이 멈추지 않고 턱 아래로 뚝뚝 떨어졌다. 미세한 기계음은 훌쩍이는 소리에 묻혀 더는 들리지 않았다. 이비는 고개를 돌리지 않았다. 진실을 마주하려고 안간힘을 썼다. 영은 자신보다 덩치가 큰 이비가 한없이 작아 보여 가슴이 아팠다.

그때 깨달았다. 영은 태어나서 한 번도 자신을 위한 선택을 내린 적이 없었다. 늘 누군가를 위해 달리고, 구르고, 몸을 날렸다. 영은 혼란스러웠다. 도대체 누구를 위해 자신이 이곳까지 왔는지 기억나지 않았다. 그런 것 따위 생각하고 싶지 않았다. 영은 살고 싶었다. 그저 그것뿐이었다. 하지만 삶은 영이 꿈꿀 수 없는 미래였다.

"난 시안이 아니야."

이비가 놀라 되물었다.

"뭐?"

"시안이 아니라고."

이비는 그를 더욱 매섭게 노려보았다. 영은 목소리가 흔들리지 않도록 한 단어씩 힘을 주어 뱉었다.

"내 진짜 이름은 영이야."

이비의 눈동자가 커졌다.

"입소하기 전에 아이 하나를 죽였어. 그 애 이름이 시안이야. 여기서 너와 함께 방을 쓰고 같은 군인으로 자랐을 수도 있는 아이를 내 손으로 직접 죽였어."

이비는 시안의 입에서 흘러나오는 말을 믿을 수 없었다. 부디 거짓말이기를 바랐으나 그는 장난하는 것처럼 보이지 않았다. 시안이 제발 말을 멈추기를, 그런 말도 안 되는 소리는 집어치우기를 바랐다. 이비는 자신도 모르게 플라스마 건을 내동댕이칠까 봐 손목이 아릴 정도로 힘을 주었다.

"플라스마 건. 방아쇠 한 번만 당겼을 뿐인데 순식간에 죽더라. 넌 사람 죽여 본 적 없지?"
"그만해."

애걸하듯 말하는 이비의 목소리가 갈라졌다.

"넌 나랑 달라."

영이 한숨을 쉬었다.

"명국에서 날 보냈어. 난 이 훈련소에서 최대한 많은 군인을 죽일 거야. 내 몸속에 도시 하나쯤은 거뜬히 날릴 폭탄이 실려 있거든."

플라스마 건의 작은 총구가 쉬지 않고 흔들렸다. 이대로라면 방아쇠를 당겨도 코앞에 있는 영을 맞히지 못

할 것이었다.

"제발 그만 말해."

"살고 싶다는 생각도 했어. 바다에 함께 다녀온 아이들을 보면서. 특히 너를 보면서. 근데 난 애초에 살 수 없는 몸을 가졌어."

이비는 시안을 향해 조금씩 다가갔다. 시안과의 거리가 줄어들수록 이비는 혼란스러워 죽을 지경이었다. 총을 들이밀기 전까지도 그는 이 상황이 그저 장난으로 끝나는 환상을 꿈꿨다. 사실 네가 눈에 보이지 않아서 불안했어. 이건 널 골리려는 장난이야. 널 미워해서 외로웠어. 하지만 동시에 그를 죽여야 한다는 의무가 이비를 지독하게 괴롭혔다. 그를 죽이지 않으면 모두가 죽을 것이다. 밤바다의 폭죽 아래서 이따금 선명하게 빛나던 얼굴이 지금 자신이 바라보는 시안의 얼굴과 같은 것일까? 단단히 결심이라도 한 것 같은 그의 표정에 이비는 몸서리쳤다. 그렇다면 무슨 결심을? 당장 그의 얼굴을 깔아뭉개고 마구 짓밟고 싶은 충동 때문에 이비는 두려웠다. 온몸이 후들거렸다.

이비는 플라스마 건 끝으로 영의 가슴 한가운데를 찔렀다. 영은 한 발자국도 물러서지 않았다. 마치 이 순간을 기다렸다는 듯. 그때 이비는 자신의 가슴 중앙에도 차가운 금속성의 무언가가 닿는 것을 느꼈다. 이비는 짧은 순간 자기도 모르게 생각했다. 그것이 영과 함께 나눠 갖는 고통이라면 자신이 조금 더 많은 몫을 가지고 싶다고. 이비가 작게 욕지거리를 내뱉었다. 모든 게 망해 버렸다.

"영아."

이비는 겨우 소리 내어 그를 불렀다. 처음 부르는 그의 진짜 이름이었다. 시안이라고 불리던 그를 진짜 이름으로 부른다 해서 달라지는 건 아무것도 없었다. 이비는 그 사실을 모르지 않았다. 하지만 그를 영이라고 부르는 순간, 이비는 플라스마 건을 쏘려던 결심이 철저히 무너졌음을 인정해야만 했다.

"우리 그냥 도망가면 안 될까?"

이비는 상상력의 대가였다. 괴상한 것이든 훌륭한 것이든 닥치는 대로 만들어 낼 수 있었다. 그런 이비가 꺼낸 우리의 미래가 고작 도망이라니. 영은 이비가 대단히 멍청하고, 여전히 순진하다고 생각했다. 상상력이 너무 뛰어난 나머지 현실을 외면해 버리는 이 아이가 안쓰러웠다.

하지만 영은 그 말을 듣자마자 고개를 끄덕일 뻔했다. 다 없었던 일인 셈 치고 홀연히 떠나 버린다면. 어둠 속에서 웃었던 그때의 바다로 숨어 버린다면. 영은 이비의 말이 너무나 유혹적이라 아무런 대답도 할 수 없었다. 이비가 되고 싶어 흔들렸던 매 순간을 잊기란 불가능했다.

"이비."

그때, 커다란 사이렌이 기숙사 건물을 뒤흔들었다. 훈련소 안에 있는 모두를 소집하는 소리였다. 다급한 교관의 목소리가 각 방에 달린 스피커로 울려 퍼졌다.

"대원 전원에게 알린다. 현재 특수 용병 훈련소 제3구역, 제4구역에서 몇 차례의 폭발이 일어났다. 폭탄이, 아니, 사람이 터졌다. 적국에서 잠입한 군인으로 확인되었다. 폭발로 인해 해안선의 보호막이 집중적으로 약화되었다. 지금 이 시각 훈련소에 있는 대원 전원의 소집을 명령한다. 신입 대원들도 예외 없이 투입되어 침입에 대비하도록 한다."

기숙사의 방문이 차례대로 열리며 모두가 뛰쳐나가는 소리가 들렸다. 예비 훈련이 아닌 실제 상황이었다. 신호탄은 이미 쏘아 올려졌다. 영은 량이 해 주었던 말을 떠올렸다. 이곳에는 살아 움직이는 폭탄이 영과 량 말고도 하나 더 있었다.

영의 눈앞에는 플라스마 건을 거두고 무릎을 꿇은 이비가 있었다. 망연자실한 채 흐느끼는 이비가 있었다. 이비. 영은 오로지 한 가지만 생각했다. 자신이 난생처음 가졌던 꿈을, 단 한 가지의 미래를 이비에게 주어야겠다고. 이러고 있을 때가 아니었다. 당장 움직여도 시간이 촉박했다. 영은 이비의 어깨를 쥐고 세게 흔들었다. 그를 살려야만 했다.

"이비, 정신 차려. 이비!"

영은 처음이자 마지막으로 이비의 빰을 후려쳤다. 눈물이 흘러내리는 두 눈의 초점이 반짝이며 영에게 맺혔다.

"폭탄이 더 터지기 전에 놈을 찾아야 해. 나 말고 둘이나 더 있어. 아이들에게 연락해서 그들을 찾도록 도와줘. 통신 기능이 있는 생체 칩이 손목에 심겨 있으니까 어떻게든 찾을 수 있을 거야. 찾는 즉시 죽여야 해."

"갑자기 무슨 소리야?"

이비는 전혀 이해가 안 된다는 표정이었다.

"난 지금 널 살리려는 거야."

영은 이비의 눈을 향해 똑바로 말했다. 그의 동공에 다시 생기가 차오르길 기다렸다.

"이게 내가 너에게 마지막으로 해 줄 수 있는 일이야. 제발 부탁이야."

이비의 눈동자가 영을 바라보았다. 전과는 달리 영의 눈에는 어떤 결심이 맺혀 있었다. 영의 말을 듣고 이비는 그 말의 뒷면을 짐작했다. 어쩌면 정말 모든 게 마지막일지도 몰랐다. 이비는 영의 지시를 점검하며 가장 먼저 해야 할 일을 떠올렸다. 심장이 빠르게 뛰기 시작했다.

"모든 일이 끝나면 량을 찾아야 해. 걔도 폭탄이야."

이비가 주머니에서 무전기를 뽑아 들며 물었다.

"그다음에는?"

내 손으로 죽일 거야.

*

이비는 손바닥보다 작은 무전기의 주파수를 맞추었다. 최대한 많은 대원에게 빨리 연락해야 했다. 하지만 도대체 누굴 믿을 수 있을까? 이비의 손가락이 우뚝 멈췄다. 가장 믿을 만한 사람, 영을 제외하고 이비가 가장 신뢰할 만한 사람. 이비는 주파수를 미루에게 맞췄다.

"미루, 들려?"
"들려. 무슨 일이야?"

"이 훈련소에도 폭탄이 돌아다니고 있어. 폭탄은 총 셋. 우선 하나를 찾아야 해."

"뭐?"

미루가 믿을 수 없다는 듯 되물었다. 이비는 마음이 조급해졌다.

"길게 설명할 시간 없어. 우선 폭탄한테는 손목에 통신 기능이 탑재된 생체 칩이 심겨 있어."

"생체 칩. 알겠어."

달리기 시작한 미루의 숨이 점점 가빠졌다. 미루는 물품 보관실에 들어가 생체 칩 인식기를 꺼내 들었다. 미루의 손이 멈칫했다.

"이거 교관님 명령이야?"

미루의 질문에 이비는 쉽게 대답할 수 없었다. 대신 눈을 질끈 감고 이렇게 대답했다.

"네가 날 믿는다면 서둘러."

이비는 무전기를 주머니에 넣고 영을 따라 기숙사 건물을 빠져나왔다. 많은 사람이 한꺼번에 운동장으로 몰려가고 있었다. 외부로 연결되는 훈련관 로비 통로 쪽에서 생체 칩 인식기를 들고 있는 미루가 보였다. 아이들은 대뜸 그것으로 자신들의 손목을 훑는 미루가 미심쩍었지만, 신입 대표인 그녀가 하는 일이었기에 순순히 손목을 내주었다.

그때 누군가 항의하는 소리가 들렸다. 영은 멀리서도 그게 유카의 목소리라는 걸 알 수 있었다. 손목을 보여 달라는 미루에게 그녀는 완강히 저항했다.

"지금 빨리 대피해야 한다니까!"

그때 생체 칩 인식기에서 날카로운 기계음이 울렸다. 근처에 있던 아이들의 눈이 휘둥그레졌다. 누군가의 손목 아래에 무언가 정말 심겨 있을 거라는 생각은 해 본적 없었다. 눈치가 빠른 아이들은 혹여나 그것이 일련의 폭발 사고와 관련 있는 건 아닐까 의심했다. 바다를 보러 갔던 날 쪽문을 열어 주던 유카가 폭탄이었다니. 미루는 당황스러운 나머지 넋이 나가 버렸다. 플라스마 건을 뽑기 위해 허둥대며 주머니에 손을 찔러 넣었지만 이미 늦은 것 같았다.

한 발의 총성이 로비를 가로질렀다. 유카가 터지기 위해 자신의 혀를 깨물었을 때였다. 그녀가 미루 앞으로 힘없이 고꾸라졌다. 영의 플라스마 건에서 잔연이 피어올랐다. 이 아이들에게 즉시 사살은 어쩌면 무리한 부탁이었을지도 몰랐다. 손에 피를 묻히는 건 자신 하나로 족하다고, 영은 생각했다.

아이들은 황급히 운동장 바깥으로 달려 나갔다. 여남은 명의 신입 대원들이 줄 맞춰 서 있는 게 보였다. 량도 그중 한 명이었다. 영은 빠르게 뛰며 이비에게 외쳤다.

"저기 있어."

이비는 영과 갈라져 량의 뒤편으로 달려갔다. 그리고 주변에 모인 사람들이 모두 들을 수 있도록 크게 소리쳤다.

"물러서십시오!"

이비가 거대한 모래바람을 만들어 량의 주변을 휘감았다. 무시무시한 굉음에 대원들이 놀라며 뿔뿔이 흩어졌다. 아태가 달려들려고 하자 미루가 온몸으로 막고 자초지종을 설명했다. 모래바람이 거대한 갈색 알처럼 량을 감쌌다. 이비는 여차하면 량을 하늘 높이 날려 버릴 생각이었다. 모래바람에 온 정신을 집중하고 있었던 이비에게는 그 속으로 뛰어드는 영을 막을 도리가 없었다.

"이봐."

모래바람에 주먹질을 하던 량이 그 목소리를 듣고 뒤돌아섰다. 영은 싸늘한 눈빛으로 량을 쏘아보았다. 아이러니하게도 그곳은 옛날의 좁은 화장실처럼 아늑했다. 차갑고 더러운 그곳이 아늑하다는 생각마저 들게 만든 장본인이 자신의 눈앞에 있었다. 자신을 화장실에 욱여넣고 군가를 부르며 흠씬 짓밟던 량. 왜 처음부터 량을 알아보지 못했을까? 그의 얼굴은 꿈에서도 잊을 수 없었는데. 영은 량이 자신의 얼굴을 잊지 못하도록 만들겠다고 다짐했다. 주머니에 있던 플라스마 건을 모래바람 너머로 휙 던져 버렸다. 둘은 누가 먼저랄 것도 없이 서로에게 달려들었다. 마치 오랫동안 기다린 것처럼.

작게 몸을 웅크려 내리꽂히는 발길질을 그대로 받아내던 때, 영은 물러 터지고 피가 흐르는 상처 위로 돋아날 새살을 생각하곤 했다. 그 살이 다시 터지고, 찢어지고, 새살이 돋아나는 과정이 반복되는 동안 영은 감각에 무뎌졌다. 어떤 물리적 상해나 고통에도 무감해졌다. 량이 간과한 사실이 있다면 그것이었다. 영은 발길질도, 주먹질도 두렵지 않았다. 다만 두려운 것은 자신의 마음 깊숙이 파고들어 온몸을 절절 끓게 만드는 이비였다. 밤바다의 달빛 아래에서 파랗게 터지는 웃음소리였다.

쉬지 않고 주먹을 내리꽂는 량이 어느새 가소롭게 느껴졌다. 깊은 고통을 주는 존재인 이비에 비하면 량은 아무것도 아니었다. 영은 량의 공격이 느려진 틈을 타 그의 방어가 느슨해진 곳을 찾았다. 영의 주먹이 량의 가슴뼈를 단숨에 박살 냈다. 량이 바닥에 쓰러져 컥컥대며 숨을 몰아쉬었다. 그의 입술 사이로 피가 울컥울컥 흘렀다. 영은 량의 몸 위에 올라타 그가 자신을 영원히 기억하도록 얼굴의 모든 부위를 조각냈다.

모래바람 바깥으로 영이 쓰러졌다. 온몸이 피범벅이었다. 그가 쓰러지는 소리를 듣자마자 이비가 그에게 달려가 무릎을 꿇었다. 옷에 피가 묻는 건 상관없었다. 이비는 온 힘을 다해 영을 끌어안았다. 그때 여기저기서 낮은 기계음이 들렸다. 눈두덩이가 벌겋게 멍든 영이 슬며시 고개를 들었다. 모든 데이터 디스펜서들과 스페셜리스트들의 총구가 자신과 이비를 향해 조준되어 있었다.

"물러서라, 이비."

아태가 낮게 명령했다. 하지만 이비는 영에게서 떨어질 생각을 하지 않았다. 이비는 안도했다. 영이 아직 살아 있구나. 영은 자신의 어깨가 이비의 눈물로 젖어 드는 것을 느꼈다. 영은 안도했다. 내가 아직 이비와 함께 살아 있구나. 영은 안간힘으로 이비에게 귓속말을 했다. 시간이 얼마 남지 않았다고.

"바다로 데려가 줘."

영이 말하는 건 해안선이었다. 이비는 울음을 멈추고 고개를 들었다. 영을 들쳐 메고서 그들이 함께 헤엄쳤던 해변으로 달려갔다. 아태는 빠르게 멀어지는 둘을 그저 바라보았다.

해변에 도착했을 때 영은 바위에 기대어진 패들 보드를 가리켰다. 그날 밤 누군가 만들어 놓은 게 그대로 남아 있었다. 이비는 영을 패들 보드에 태운 뒤 그의 목을 끌어안았다. 영의 맥박이 불규칙하게 뛰었다. 가는 숨이 점점 느려지고 있었다.

"괜찮아."

영이 말했다. 이비는 눈물을 닦으며 그의 이마에 작게 입맞춤하고는 속삭였다.

"미안해."

이비가 패들 보드에 손을 얹고 눈을 감자 그의 머릿속에 새까만 허공이 드리워졌다. 패들 보드가 해양 한가운데를 시원하게 가로지르는 장면을 속으로 그렸다. 쉼 없이, 암국의 필드가 허락하는 데까지 패들 보드는 빠르게 나아갔다.

다시 눈을 뜨자 패들 보드가 부르르 떨기 시작했다. 금방이라도 멀리 날아갈 것 같았다. 이비는 자리에서 일어나 영을 바라보았다. 영을 태운 패들 보드가 파도를 가르고 암국의 필드 끝으로 단숨에 날아갔다.

영은 이비가 서 있을 듯한 해변 쪽을 바라보았다. 다시는 보지 못할 얼굴이 자신을 향해 웃고 있는지 울고 있는지 알 수 없었다. 부디 이비가 웃고 있기를 바랄 뿐이었다. 영은 뻐끔거리며 허공에 대고 속삭였다.

'사랑해.'

영은 수평선 쪽을 바라보았다. 지독한 어둠 속에서도 먹구름처럼 몰려드는 거대한 명국 전함들이 보였다. 그것들을 더는 보고 싶지 않았다. 영은 패들 보드 위로 머리를 뉘었다. 눈앞에 물컹한 어둠이 들이쳤다 사라졌다. 하늘 가득 흩뿌려진 별들이 출렁였다. 곧 예정된 시간이 다가온다. 영은 궁금했다. 이비에게 얼마나 많은 시간을 줄 수 있을까?

영은 바다에 반쯤 잠긴 자신의 손을 내려다보았다. 캄캄했던 어둠이 어느새 진한 푸른빛으로 변했다. 가장 어두운 시간은 지난 셈이었다. 영은 쇄빙선처럼 어둠을 부수며 나아갔다.

드림센스

나혜림

단편소설 〈달의 뒷면에서〉로 소설집 《항체의 딜레마》에 참여하였다.
장편소설 《클로버》로 제15회 창비 청소년 문학상을 수상했다.

간원이 아뢰기를,

"허영희는 서울의 갑사(甲士)♣인데, 민가에 살면서 무예에 재주도 없고 신분 또한 미천하니, 어떻게 아랫사람을 부리겠습니까. 개정하소서."

하였으나 윤허하지 않았다.

–《중종실록》1510년 6월 19일

'괴물이 나타나 이리저리 치닫는다'고 하자 왕의 친위군들이 놀라 소리치며 소동을 피웠다.

–《중종실록》1532년 5월 21일

1.

한국의 보이 밴드가 케이팝 역사상 처음으로 아메리 칸 뮤직 어워드에서 상을 받은 해였다. 그해에는 어딜 가나 그들의 음악을, 목소리를 들을 수 있었다. '너 자 신을 사랑하고 꿈을 가지라'며 노래하는 목소리는 사실 그들만의 것이 아니었다. 얼마나 많은 이들이 같은 메 시지를 노래했던가. '당신에게 필요한 건 사랑뿐'이라 던 비틀즈와, '우리는 승리자야'라고 부르짖던 퀸과, '완벽은 불완전해 이제 받아들여'라고 노래하던 오아시 스까지.

그리고, 한국의 보이 밴드가 케이팝 역사상 처음으로 아메리칸 뮤직 어워드에서 상을 받은 해, 그해 어느 달 어느 날 어느 밤에 월촌주공아파트 단지에서 작은 폭발 이 있었다. 신문에 단신으로 '월촌동 아파트 단지 재활 용품 수거장에서 화재, 자연 진화'라고 보도된 해당 사 건은 곧 보이 밴드의 수상 소식으로 묻혀 버렸고 재활 용조차 되지 못했다. 차라리 다행이었다. 폭발은 재활 용품 수거장에서 일어나지도 않았고 화재도 아니었으 며 자연 진화된 것도 아니었으니까. 그 밤에 월촌주공 아파트 정문을, [월촌 주공 아파트 리모델링 동의서 접 수 중]이라는 현수막 아래를 조금 피곤해 보이는 얼굴 로 툴툴거리며 빠져나오던 40대 초반의 여성에 대한 이야기는 신문에 실리지 않았다. 달빛을 받은 그 여성 의 눈이 순간 탁한 흰색으로 깜빡였다는 이야기도 실리 지 않았다. 실린대도 누구 하나 주목하지 않았겠지만.

그리고 그 폭발 이후, 월촌동 아이들 사이에서 돌던 원인 모를 병증이 사라졌다. 이것 역시 신문에 단신으로도 실리지 않았다. 실린대도 누구 하나 주목하지 않았을 테니까.

2.

조선시대에 '달거리 마을'이라고도 불린 월촌동에서는 월천 변에 떠오르는 달을 제일 먼저 볼 수 있다고 한다. 사람들은 월천 변에서 안쪽으로 들어간 마을을 '내월촌동'이라 불렀고 바깥쪽에 있는 마을을 '외월촌동'이라 불렀다. 내월촌 중앙에는 월촌주공아파트가 있고, 그 곁에 내월초등학교, 내월중학교, 내월고등학교가 인접해 있다. 월촌주공아파트는 학군지에다 흔히 말하는 '초품아'라 아이 키우기 좋다고 소문이 나 인기가 좋았지만, 준공된 지 25년이 지나 승강기는 느려 터진 데다 한 층 올라갈 때마다 섬   한 금속성 마찰음이 났고 종종 주차장 차단기가 고장이 나 주민들이 불편을 겪었다. 아파트에 [경 리모델링 조합 인가 축] 현수막이 걸린 건 지난 달이었다. 그 현수막 밑에 [리모델링 결사반대- 월촌주공아파트 노인정] 현수막이 붙은 건 지난주였고.

"노인네들, 공사비 아까우면 아파트를 떠야지. 왜 젊은 사람들 앞길을 막으려고 그러나 몰라."

설이 엄마는 베란다 너머로 재활용품 수거장과 그 옆에 붙은 두 개의 현수막을 보며 혀를 끌끌 찼다. 25살 사람은 한창때지만 25년 묵은 아파트는 여기저기 낡고 아파서 갈아엎어야 한다고, 엄마가 말했다. 갈아엎으려면 목돈이 들고 이주비를 받아 집도 옮겨야 하고 이것저것 신경 쓸 게 많지만 집값은 두 배, 어쩌면 세 배로 뛰고 학군도 더 좋아질 거라고, 엄마가 덧붙여 말했다.

"아무튼 리모델링 공사가 빨리 끝나야 해. 너 고등학교 가기 전에는 끝나야 문제가 없지. 질질 끌다가 괜히 수능 앞두고 이사하고 그래 봐, 심란하지. 이주 시작하면 이 동네 전셋값도 뛸 텐데 걱정이다."

엄마가 마지막으로 쐐기를 박듯이 말했다.

"여기 말고 딴 데로 가면 되지. 애들이 그러는데 외월중도 좋대."
"얘가 정신 나간 소리를 하고 있네. 외월중?"

설이 엄마는 외월촌동이라면 질색부터 하고 본다. 외월촌동 외곽에서 신혼살림을 시작한 엄마 아빠가 얼마나 힘들게 내월촌동에 자리를 잡았는지는 설이도 잘 알고 있다. 내월촌동 아이들이 내월초와 내월중을 지나 자연스러운 수순처럼 진학하는 내월고등학교는 명문대 진학률이 높은 것으로 유명했고, 졸업 시즌이면 소위 '스카이'라 불리는 명문 대학교에 합격한 학생들 이름이 박힌 현수막이 걸렸다. 내월초등학교 6학년 3반 이설. 엄마는 6년 뒤 설이의 이름도 내월고등학교 정문 현수막에 걸리길 바랐다. 그러려면 아파트 리모델링이 최대한 빨리 끝나야 했고, 리모델링 공사를 방해하는 모든 것들은 ─ 월촌주공아파트 노인정을 포함해서 ─ 엄마에게 근심거리였다. 하지만 정작 설이의 근심은 따로 있었다.

더듬이.

그러니까, 그건 일종의 더듬이였다. 달리 설명할 방법
이 없었다. 설이의 귀 뒤에 조그맣게 생긴 안테나에 대
해서는. 사흘 전 체험학습장에서 맥에게 물린 게 화근이
었다. 와직- 하며 피부 가죽이 벌어졌고 피가 맺혔다. 아
팠지만 선생님에게 말하진 못했다. 체험학습 시 금지 사
항 1번이 '사육장 안에 팔을 집어넣지 말 것'이었으니까.
외국의 어떤 동물원에선 사육사가 맥에게 물려 팔이 통
째로 잘리기도 했다는데. 다행히 맥이 턱에서 힘을 풀기
무섭게 팔을 빼낼 수 있었고, 상처가 남긴 했지만 손은
제자리에 멀쩡히 붙어 있었다. 운이 좋아 팔을 건졌지만
들켰다간 담임한테 통째로 잡아먹힐 터였다. 설이는 저
앞에서 팔짱을 낀 채 아이들을 노려보고 있는 담임선생
님 눈치를 한 번 보고, 다시 제 팔을 공격한 맥을 보았
다. 맥은 평화롭게 하품을 했고, 맥의 콧잔등에 내려앉
았던 하얀 나비는 날개를 퍼덕이며 날아올랐다. 손등에
꽂혔던 날카로운 감각은 설이의 꿈이었다는 듯.

　설이가 팔을 집어넣은 건 순전히 그 맥 때문이었다.
체험학습, 들뜬 마음, 처음 보는 맥, 기묘한 모양새, 빛과
그림자를 반반 섞어 놓은 듯한 색과 나른한 햇빛, 그 주
변을- 마치 오로라처럼 감싸고 있던 흰 나비들. 모든 것
이 설이를 홀렸다. 맥이 라르고(largo)의 템포로 느릿느
릿 설이 앞으로 다가와 섰다. 사육장 펜스는 단단한 강
철 그물처럼 맥과 설이 사이를 갈라놓았다. 하지만 모든
그물에는 구멍이 있는 법이고, 마름모꼴로 얽힌 철망의
구멍은 설이와 맥이 눈을 마주칠 만큼 충분히 넓었다.
끔뻑, 끔뻑, 렌토, 라르고, 라르게토- 그 눈 안에 구름이
있고 나비가 있었다. 하얀 나비 떼를 눈에 품은 맥은 마

치 디즈니 영화에 나오는 캐릭터 같았다. 하지만 영화를 품은 스크린보다 더 깊고 높고 넓은 눈이었다. 고작 마름모꼴 구멍으로 비춘, 그 눈이 말이다.

"이 녀석 생김새가 참 특이하지요? 코끼리의 코, 소의 몸, 돼지의 발을 뭉쳐 놓은 것 같잖아요. 전설에 의하면 신이 세상을 창조하면서 동물들을 다 만들고 남은 찌꺼기로 맥을 만들었다고 합니다. 일본에서는 맥이 악몽을 먹고 사람들을 지켜 준다고 믿어요. 우리나라에서는 '불가사리 전설'의 모델이 된 동물이기도 하지요. 불가사리가 무엇을 먹는지 혹시 아세요?"

가이드 역할을 하는 사육사 선생님의 질문에 몇몇 아이들이 손을 들었다.

"맞아요. 쇠를 먹지요. '불가살(不可殺)'은 절대 죽일 수 없다는 뜻이에요. 설화만 보아도 옛사람들이 이 동물을 얼마나 신기하게 여겼는지 알 수 있어요."

"우와, 찌꺼기로 만들어서 쓸데없는 것 주워 먹는다니까 재활용품 수거장에 놔두면 딱이겠는데."

학급 대표 예능인 역할을 하는 현서의 말에 아이들이 웃음을 터뜨렸다. 하지만 설이는 웃지 않았다. 찌꺼기를 뭉쳐 만들었다는 성의 없는 탄생 설화에도 불구하고 맥은 온순하기 짝이 없었다. 착한 녀석, 저 외모에 그런 설화까지 붙었으면 오만 패악을 부릴 법도 한데 오히려 요사스러운 것을 막아 주고 악몽까지 먹는단다.

"물론 전해 오는 이야기일 뿐이지, 맥이 실제로 쇠나 악몽을 먹지는 않습니다. 이 녀석의 주식은 과일과 채소입니다."

사육사 선생님이 맥의 사육장을 가리켰다. 과연, 맥의 사육장 안에 잔가지가 돋은 덤불과 과일, 잎채소들이 보였다. 덤불 사이로 햇살 같은 흰나비 떼가 날아올라 맥의 부드러운 몸에 내려앉았다. 어린아이들의 가벼운 시선에서 맥을 지키려는 듯이. 아이들이 선생님 몰래 사육장 펜스를 흔들어도, 맥은 순하게 눈만 끔뻑일 뿐이었다.

"못생긴 게 재미도 없네."

아이들이 험한 말을 하며 맥에게서 등을 돌렸지만 설이는 못 박힌 듯 거기 그렇게 서 있었다. 코끼리의 코, 소의 몸, 돼지의 발을 뭉쳐 만들었다는 맥. 요사스러운 것을 막아 주고 악몽을 먹는다는 맥. 아이들이 펜스를 흔들고 못된 말을 해도 눈만 끔뻑거리는 맥.

어떻게 손을 뻗지 않을 수 있겠느냐 말이다. 신비로운 공기가 설이의 팔을 끌어당겼고- 그물에 걸린 물고기처럼 그렇게 마름모꼴 구멍 사이 사육장 안으로 빨려 들어간 거다.

온순함 뒤에 날카로운 이빨이 숨어 있다는 건 나중에서야 알았다. 미리 알았다면 어땠을까? 그랬다면 팔을 집어넣지 않았을까? 잘 모르겠다.

"약통 어딨어?"
"어디 다쳤어?"

체험학습을 마치고 돌아온 저녁, 설이는 소독약을 찾았다.

"넘어져서 여기 좀 다쳤…,"

상처가-

"… 있는데…."

- 없었다.

"상처는 무슨. 보이지도 않는다, 얘."

엄마가 퉁명스럽게 말했다. 분명 찢어졌었는데. 맥의 이빨 모양으로 피부가 벌어졌었는데. 설이의 팔은 엄마의 천연덕스러운 목소리보다 더 천연덕스럽게 매끄러웠다. 설이의 심장만 그때의 통증을 기억하는 듯 쿵쿵거렸다. 기분 탓일까, 밤새 맥박이 도근도근 뛰었다. 도근, 도근, 도근, 도근…. 간지러운 발자국을 남기며 처음에는 손목, 그다음엔 팔꿈치, 그다음엔… 귀 뒤- 맥박이 곰질곰질 움직였다. 움직인다고? 맥박이? 말이 돼? 하지만 정말 그랬다. 맥박은 스멀거리고 오그라드는 감각을 남기며 조금씩 설이의 몸을 타고 올라가 마침내 귀 뒤에 자리 잡았다. 그 후로 간지러움이 바짝 심해졌다. 자다가도 손톱으로 귀 뒤를 벅벅 긁었다. 아침에 일어나면 손톱 아래 빨갛게 피 맺힌 피부가 끼어 있기도 했다. 그러다 간지러움이 가라앉고 더듬이가 잡히기 시작했다. 더듬이는 설이의 귀 뒤, 머리카락으로 가려진 그늘에서 버섯처럼 조금씩 자라 마침내 존재감을 드러냈다. 처음에는 여드름인가 했다. 하지만 아니었다. 여드름처럼 짜고 싶지도 않았고 물집처럼 아프지도 않았고 뭐랄까, 새로운 눈이나 귀, 코 같은 게 생긴 기분이었달까.

"허튼소리."

허튼소리 아닌데.

엄마는 공부와 관련된 게 아니면 일단 허튼소리라고
한다. 이번에도 그랬다. 설이가 귀 뒤에 뭐가 튀어나온
것 같다고 했을 때.

"약국에서 여드름 패치 사다 줄 테니까 붙여. 사춘기
라 그런가 보다."

"여드름 아니라니까!"

"요새 왜 이렇게 칭얼거려? 애도 아니고."

할 말이 많았지만 설이는 입을 다물었다. 여드름이 뇌
랑 이어지기도 하나? 그건 분명 여드름이 아니었다. 뇌
랑 이어지는 감각기관이었다. 그래, 학원에서 예습한 6
학년 2학기 과학 4단원, 우리 몸의 구조와 기능- '감각
기관의 위치와 역할을 알아봅시다'에 나온 그거. 설이는
6학년 과학 교과서 4단원에 실리지 않은 감각기관을 하
나 더 갖게 된 거다. 6학년 영재교육원 선발에서 떨어지
고 중1 영재교육원 시험을 준비하는 지금, 하필.

만약 설이가 "세상엔 교과서에 실리지 않은 감각기관
이 하나 더 있어요. 바로 여기, 나한테요."라고 하면 엄
마는 이럴 거다.

"잘라. 교과서에 맞춰."

하지만 설이는 그러기 싫었다. 그게 생긴 이후, 남들
이 느끼지 못하는 걸 느끼게 되었으니까.

본다고 할 수도 있고 냄새 맡는다고 할 수도 있을 거
다. 만지는 것 같기도 했다. 하지만 뭐랄까, 그렇게 딱 잘
라 말하기 애매했다. 보는 것과 듣는 것, 냄새 맡는 것과

맛보는 것, 만지는 것- 시각과 청각, 후각과 미각, 촉각까지, 다섯 가지 감각이 슬라임처럼 물컹물컹 합쳐진 것 같았달까. 슬라임 안에 들어간 글리터 파우더처럼, 감각들이 설이의 뇌 안에서 반짝반짝 튀었다. 그리고 그건 결코 불쾌한 느낌이 아니었다. 촉촉하고 탱글거리고 시원하고… 아름다웠다.

제일 처음 그걸 느낀 건 담임선생님이 못 와서 대타 선생님이 들어온 날의 일이었다. 진도도 모르고, 애들 이름도 모르고, 수업 준비도 딱히 안 한 것 같은 대타 선생님은 한자 활동지를 베껴 쓰라고 했다. 구시렁거리면서도 충실히 한자를 베껴 그리는 아이들 사이로 뭔가가 피어올랐다. 촉촉하고 탱글거리는 슬라임 같은 것이. 바로 앞, 김도윤이 앉은 자리였다. 김도윤의 정수리 위로 튀어 오른 슬라임은 설탕 조각 같은 꽃가루를 날리며 교실 천장을 유영했다.

으… 달아.

뭘 먹은 것도 아닌데 목구멍 안쪽으로 달달한 맛이 느껴졌다. 과한 단맛에 설이는 인상을 찌푸렸다.

"어이, 거기, 자냐?"

대타 선생님이 소리를 질렀고 '거기'라고 불린 김도윤이 푸드덕 허리를 세웠다. 아이들이 키득거렸다. 하지만 설이는 웃을 수 없었다. 기포가 터지듯 구름이 사라졌기 때문이다. 입안을 맴돌던 단맛도 사라졌다. … 아무도 못 봤어? 저걸? 어떻게 못 봐?

"야, 나 진짜 잤어. 꿈까지 꿨다니까. 되게 좋은 꿈이었는데."

쉬는 시간에 김도윤이 제 친구들에게 말했다. 설이는 고개를 갸웃했다. 내가 본 게, 아니, 맛본 게, 아니, 느낀 게… 뭐라고?

엄마는 말했다. 90점은 의미 없다. 100점이야말로 확실한 의미고 증거다.

"우리나라에서 처음으로 마라톤 금메달을 딴 사람이 누구야?"
"손기정 선수."
"그럼 은메달은?"
"…"
"동메달은?"
"몰라. 외국 선수겠지."
"동메달도 한국 사람이야. 남승룡 선수."
"…"
"봤지?"

엄마 덕분에 설이는 확실한 걸 추구하는 아이가 되었다. 김도윤 자리에서 피어나던 구름은 90점짜리 증거였다. 확실히 하기 위해선 10점어치 증거가 더 필요했다.

설이는 그날 자정까지 불을 켜고 있었다. 공부를 할 생각이었는데 수학 문제집을 펴기만 해도 졸음이 몰려왔다. 졸음을 쫓기 위해 유튜브에서 잠 깨는 노래를 찾아 들었다가 쓸데없이 중독성 강한 후렴구 덕분에 공부를 망치기만 했다. 가요계의 총탄을 막아 내겠다고 나선 소년들이 모든 것은 우연이 아니라 운명이라고 노래하는데, 직육면체의 겉넓이 같은 게 눈에 들어오겠냐 말이다. 그래도 엄마는 설이가 책상 앞에 앉아 있는 모습이 흐뭇한 것 같았다.

"열심히 해서 다음번 영재원 선발엔 꼭 붙자."

엄마가 설이의 어깨를 쓰다듬고는 방을 나갔다.

설이는 귀에 꽂고 있던 이어폰을 빼고 귀를 기울였다. 스마트폰 시계가 자정이 되었음을 알려 주었다. 설이는 조심스레 문을 열고 방을 나갔다. 안방 문에 귀를 대어 보았다. 그릉그릉, 하는 소리는 아빠 숨소리. 가랑가랑, 하는 소리는 엄마 숨소리. 둘 다 깊은 잠에 든 것 같았다. 조심스레 안방 손잡이를 내리고 문을 밀었다. 끼이익- 경첩 돌아가는 소리가 유독 크게 느껴졌다. 혹시 엄마가 깬진 않을까 싶었는데…,

"우와."

설이는 저도 모르게 입을 벌리고 감탄했다. 잠든 아빠 주위로 몽글몽글 피어오르는 건 기타를 멘 젊은 아빠였다. 아이돌 밴드 멤버 같기도 했지만 분명 아빠였다. 왕년에 아빠는 기타를 쳤다고 했지. 가수가 되고 싶었는데 엄마가 설이를 가지면서 꿈을 접었다고, 언뜻 들은 적 있다. 설이가 지금보다 어렸을 적엔 종종 기타를 연주해 주기도 했는데. 그러고 보니 기억 속 과거완료형 아빠가 아닌 지금의 현재진행형 아빠가 기타 치는 모습은 한 번도 못 본 것 같다. 설이의 더듬이가 움찔거렸다. 아빠의 연주가 '느껴졌다'. 공기를 울리는 진짜 소리는 아니지만 들을 수 있었다. 꿈속의 아빠가 기타를 연주하고 있었다.

'나중에 아빠한테 진짜로 연주해 달라고 해야지. 기타가 집 어디에 처박혀 있을 거야. 먼저 조율을 해야

겠지만.'

잠든 엄마의 몸에 맺힌 건 노란색 꽃 몽우리였다. 몽우리가 점점 커졌고, 꽃잎이 벌어지는가 싶더니 안쪽에서 사람의 형태가 보였다. 그건…

설이였다. 영어 발표 대회 상과 영재원 수료증을 양손에 하나씩 든 설이.

"영재원 우수 수료라고? 대단하네. 설이 엄마는 진짜 좋겠어."

엄마는 설이의 꿈을 꾸고 있었다. 아빠의 기타 연주를 듣고 신났던 설이는 시무룩해져서 안방 문을 닫았다.

설이는 베란다로 나갔다. 오늘을 마치고 내일로 넘어가는 시각, 늦은 밤의 아파트 단지는 고요했다. 군데군데 불 켜진 창문들이 어둠 속에서 보석처럼 빛났다. 불 꺼진 창문 새로는 뭔가 야들야들 올라오더니 별처럼 반짝였다. 설이는 베란다 유리문에 가만히 손을 대 보았다. 어떤 건 새처럼 날았고 어떤 건 꽃처럼 피어났다. 어떤 건 사슴처럼 자유롭고 우아하게 뛰었다. 동굴을 울리듯 낮고 깊은 소리가 퍼졌다. 설이가 고개를 들었다. 짙은 바다색 밤하늘 위를 커다란 향유고래가 가로질렀다. 향유고래의 꼬리 아래 냉이꽃 같은 하얀 조각들이 모였다가 흩어졌다. 그중 한 조각이 설이가 코를 대고 있던 베란다 유리창에 사뿐히 붙더니-

"… 나비다."

- 사라졌다. 길고 낮은 울음소리에 다시 한번 설이의 더듬이가 진동했다. 더듬이로 느끼는 세상은 오감으로 받아들이는 세상보다 아름다웠다.

3.

다음 날 설이는 늦잠을 잤다. 늦도록 더듬이를 쫑긋 거린 탓이었다. 담임쌤이 오늘도 안 왔으면 좋겠다… 했지만 역시. 지각한 아이들이 실내화도 신지 못한 채 복도에 맨발로 줄을 서 있다.

담임선생님의 이름은 '하신재'지만 애들은 다 '화식 조'라고 불렀다. 창체 시간 자유 발표 때 지호가 발표한 '세계에서 가장 무서운 새'의 이름에서 따온 별명인데, '불을 먹는 새'라는 뜻이란다. 지호가 슬라이드로 보여 준 새의 얼굴은 그 이름값을 톡톡히 했다. 불을 통째로 삼킨 얼굴, 프로메테우스가 불을 뱉어 내라며 주둥이를 흔들어도 끝까지 이를 악물고 심술을 부릴 상이었다. 그 새의 이름을 별명으로 가진 쌤이라고 하면 뭐, 다들 떠오르는 얼굴이 하나쯤은 있겠지.

화식조가 무시무시한 표정으로 애들 앞에 섰다.

"지각할 이유가 있는 사람만 나와."

이유야… 다들 있지. 이유랑 변명의 경계가 애매해서 문제지. 여기까지가 이유, 여기서부터는 변명, 국경을 정하듯 딱 잘라 말할 수 있다면 얼마나 좋겠냐마는.

애들이 아무도 나오지 않자 화식조는 '그러면 그렇 지.'라는 듯 고개를 끄덕였다. 설이까지 다섯 명은 잔소 리에 더해 벌점 10점을 받았다. 10점의 대가는 방과 후 교실 청소다.

교실로 들어와 책상을 정리하고 1교시 교과서를 꺼 내는데, 앞자리가 비어 있었다.

"김도윤 안 왔어?"

설이가 작은 소리로 물었다. 옆자리에 앉은 유나가 고개를 끄덕이며 뭔가 말하려는데-

"지각해 놓고 떠들기까지 해?"

화식조가 홰를 쳤다. 설이와 유나는 동시에 입을 다물었다. 화식조가 칠판에 뭔가를 적기 위해 돌아섰다. 다각다각- 분필 소리가 궤도에 오른 걸 확인하고서야 유나는 설이 쪽으로 몸을 굽혀 속삭였다.

"김도윤이 밤새 발작을 했대. 그 병이 또 도나 봐."
"박유나! 이설!"

분필 소리가 멎었고, 설이는 벌점 5점을 서비스로 더 받았다.

아파트 단지에 전염병이 돌기 시작한 건 지난해 가을이었다. 의사 선생님들은 그게 병이 아니라고, 아이들이 발달 과정에서 겪는 자연스러운 현상이라고 했지만… 그게 자연스럽지 않다는 건 엄마들도 아빠들도 애들도, 설이도 알았다. 발작이 생리나 몽정처럼 자연스러운 발달 과정의 일부라면 진작 교과서에 실렸을 거다. 학교 애들 중 절반이 발작을 겪는 게 어떻게 자연스럽지?

아무튼 아이들은 밤이면 난데없이 발작을 일으켰고, 일어나서는 퀭하니 입을 다물었다. 말을 잃어버린 것처럼. 병은 난데없이 나타나 반년 남짓 아파트 단지를 휩쓸더니 난데없이 사라졌다. 말을 잃어버렸던 아이들은 새순을 돋우듯 새 말을 조잘거렸고 돌림병은 눈이나 바람, 철철이 피는 계절 꽃처럼 그렇게 지나갔지만… 웃음소리도, 울음소리도, 어른들이 핀잔을 주곤 하던 아이들의 허튼소리도 휑하니 사라져 뼈대만 앙상했던 동네의 기억은 오랫동안 사람들 마음에 남았다.

그래서일까. 김도윤의 결석은 학교에서 제법 이슈가 되었다. 애들은 모였다 하면 새벽에 아파트 주차장에서 요란한 소리를 내며 김도윤을 싣고 간 구급차 이야기를 했다. 자정이 넘어서 잠든 탓에 새벽내 곤히 잔 설이는 못 들었지만, 실제로 그 소리에 깨어서 구급차를 본 애들도 있었다.

"그 병이야. 똑같았다니까."

선생님들은 애들이 그 이야기를 못 하게 막았다. 아니, 막아 보려 했다. 하지만 애들이 하는 일이 죄 그렇듯 선생님들이 다 막을 순 없었다. 아이들은 손가락 사이 모래처럼 선생님들의 시선을 빠져나가 소문을 수군거렸다. 사실, 그날은 어째 화식조도 좀 이상했다.

"몸이 안 좋거나, 잠자리가 뒤숭숭한 사람이 있으면 꼭 선생님한테 알려라. 꼭."

화식조는 이런 소리를 하는 사람이 아니다. 게다가 화식조는 '꼭'을 두 번이나 말했다. 애들이 혹시라도 같은 말을 두 번 하면 쓸데없이 말을 반복한다고 화를 내는 선생님! '역전 앞', '무궁화꽃', '동해 바다', 그리고 '지금 너희들이 하는 말'! 그렇게 말을 낭비하지 말라고 으름장을 놓던 선생님! 설이에겐 화식조의 그런 모습이 김도윤의 결석만큼이나 충격적이었다.

이상한 건 또 있었다. 설이의 귀 뒤가 오싹오싹 떨리

는 것. 화식조가 말을 할 때 뭔가가… 분홍색과 녹색과 사파이어색이 섞인 오로라 같은 게 화식조 머리 위로 피어올랐다. 귀 뒤가 파르르 떨리면서 더듬이가 위로 바짝 붙어 섰다. 오로라는 점점 형체를 이루더니 사람처럼, 어린아이처럼 변했다. 수채 물감이 묻은 붓을 담근 물통 같달까. 그 애는 분명 색과 형체가 있었지만 묽었다. 투명하고, 어쩐지 슬퍼 보였다. 설이의 눈이 휘둥그레 뜨였다. 화식조와 설이의 눈이 마주쳤다. 화식조는 설이의 눈에서 뭔가를 읽은 것 같았고…, 화식조 위로 떠오르던 묽은 아이가 사라졌다. 순식간- 쓸데없는 말의 반복이지만 진짜 눈 깜짝할 새, 숨 한 번 쉴 새였다.

- 뭐였을까, 그건.

김도윤의 집은 설이네 옆 동이다. 설이가 김도윤에 대해 아는 건 딱 거기까지다. 학교 애들은 거의 다 같은 아파트 단지에 살았고, 집을 알아낼라치면 얼마든지 알아낼 수 있었다. 하지만 설이가 김도윤과 그렇게 친한 사이가 아니라는 게 문제였다. 사실 설이는 누구와도 '그렇게' 친한 사이가 아니었다. '그렇게' 사이가 나쁜 건 아니지만 또 '그렇게' 친한 것도 아닌, 그럭저럭한 설이는 모두와 그럭저럭 지냈다. 모둠을 정할 때나 피구 팀을 나눌 때 마지막까지 남는 아이. 24명의 학급 아이들 중 '21, 22, 23명… 한 명 누구더라?'의 '누구'를 맡은 아이. 급식으로 치면 애들이 환장하는 닭강정도, 애들이 혐오하는 가지볶음도 아닌, 김자반이나 볶음김치 정도의 위치에 있는 아이. 딱히 불만은 없었다. 식판 가운데 자리에 놓이는 닭강정이 아니라도 괜찮았다. 김자반이

나 볶음김치 정도로도 설이는 충분했다.

동메달도 한국 사람이야. … 봤지?

1936년 베를린 올림픽 마라톤 경기 참가 선수는 총 56명. 1등 손기정. 2등 어니스트 하퍼. 3등 남승룡…. 설이는 때때로 궁금했다. 그럭저럭 결승선을 넘은 28등은 누구였을까. 그 사람도 끝까지 뛰었겠지. 박수와 환호는 진작에 지나간, 시시하게 식어 버린 코스를.

설이가 그럭저럭하다는 걸 엄마도 인정하면 좋을 텐데.

친구는 나중에 사귀어도 되지만 공부는 지금밖에 못 해.
나중에 언제?
영재원 가서. 거기서 친구 사귀면 되잖아.

… 못 가면?

난 공부도 못 하고 친구도 못 사귀는 거야? 하지만 그렇게 물어볼 수는 없었다. 엄마는 늘 말한다. 배부른 소리 하지 말라고. 부족한 것 없이 누리고 마음껏 꿈꿀 수 있는데 뭐가 불만이냐고. 그치만 엄마, 꿈이랑은 같이 떡볶이도 먹을 수 없고 비밀 이야기도 할 수 없는데요. 꿈도 좋지만 꿈을 나눌 친구도 하나 있으면 좋겠어요. 같이 학원가 1층 월촌 스카이포스 분식집에서 떡볶이 먹으면서 "야, 오늘 급식 극혐이지 않았냐? 가지볶음 최악."이라고 떠들 수 있는 그런 친구요. 엄마는 노력의 결실이 달콤할 거라고 하지만- 엄마도 알잖아요, 나 단 거 별로 안 좋아해요.

더듬이와 꿈과 화식조 곁에서 떠오르던 오로라까지. 친구에게 털어놓고 싶은 건 잔뜩인데 친구가 없다는 게 문제였다. 친구가 있으면 김도윤 집에 찾아갈 핑계를 만들기도 더 쉬울 텐데.

설이 앞자리, 김도윤의 의자는 비어 있었다. 김도윤이 정리 정돈에 서툰지, 책상 서랍 아래 삐죽 튀어나온 교과서와 유인물들이 보였다.

"다음 주 수행평가 일정 붙여 놓을 테니 게시판에서 확인해라."

화식조가 말했다. 수행평가…! 설이의 머릿속에 쨍하니 전등이 켜졌다.

학원을 마치고 나면 6시다. 엄마한테는 학원 보충 때문에 조금 늦는다고 문자를 했다. 김도윤의 집을 알아내기 위해선 화식조 핑계를 댔다. 수행평가 일정을 전해 줘야 한다고 말하니 김도윤과 몰려다니는 남자애들은 선뜻 주소를 알려 주었다.

[경 리모델링 조합 인가 축]

설이는 아파트 정문을 지나며 김도윤의 주소를 되뇌었다. 설이네 옆 동 13층, 1307호. 그러다 리모델링 조합 인가를 축하한다는 현수막을 보고 중얼거렸다.

누가 내 성적도 리모델링해 주면 좋겠는데. 끝내주게 빠른 로켓 승강기를 다는 거야. 지금처럼 느려 터진 승강기 말고.

느려 터진 승강기를 타고 '13'이라 쓰인 버튼을 누르려는데, 웬 할머니가 느릿느릿 현관으로 걸어 들어오는 게 보였다. 설이는 승강기의 '열림' 버튼을 누르고 할머니를 기다렸다.

"아이고, 고마워라."

할머니가 끙, 소리를 내며 승강기에 올랐다. 할머니는 버튼을 누르려 했지만 손이 무거운지 팔을 바들바들 떨었다.

"몇 층 가세요?"
"20층."

설이가 '20'이라 쓰인 버튼을 누르자 할머니는 다시 한번 "아유, 고마워라." 하고 말했다. 설이는 고개를 꾸벅 숙여 인사를 하고 거울로 시선을 돌렸다. 거울 속 할머니의 몸에서 작은 뿌리들이 꿈지럭꿈지럭 피어올랐다. 뿌리가 꼭 지렁이 같아, 그 모양이 징그러워서 설이는 하마터면 비명을 지를 뻔했다. 하지만 뿌리들은 이내 모양을 바꾸더니 잎과 꽃을 풍성하게 피워 냈다. 승강기 안이 마치 작은 식물원처럼 화사하고 싱그러워졌다. 하지만 찰나의 만개는 곧 사그라들었고 잎과 꽃은 이내 쪼그라들어 할머니의 몸으로 숨어들었다.

아아… 할머니의 꿈이구나.

띵-

승강기가 13층에 멈췄다. 설이는 할머니에게 다시 한번 꾸벅, 고개를 숙여 보이고 입구로 나섰다. 25년 된 승강기가 할머니를 싣고, 아니, 할머니와 할머니의 꿈을 싣고 느릿느릿 20층으로 기어 올라갔다. 끼익, 끼익, 끼익… 금속 마찰음이 점점 멀어졌다.

김도윤네 집은 13층, 1307호.

복도식 아파트라 엘리베이터 양옆으로 똑같이 생긴 철제 현관문이 트럼프 카드처럼 늘어서 있었다.

"이설."

그리고 화식조가, 레드 퀸처럼 그 카드 사이에서 나왔다. 예상치 못한 화식조의 등장에 놀란 설이가 볼륨 10으로 비명을 지르자 화식조는 인상을 쓰며 검지손가락을 세워 보였다. 쉿! 그러더니 주변을 둘러보고 소리 죽여 속삭였다.

"소리 즘 즈르즈 므르…."
"아… 즈승해요….."

화식조는 설이 쪽으로 바짝 붙어 섰다.

"여긴 왜 왔어?"

설이를 보는 화식조의 표정은 무시무시했다. 학생이 들어가면 안 되는 교무실이나, 비품 창고나, 교사용 화장실 같은 데서 설이를 발견한 것처럼. 하지만 설이는 (옆 동에 살기는 하지만) 이 아파트 주민이었고 김도윤이랑은 (안 친하긴 하지만) 같은 반 친구였다. 아무리 담임선생님이라 해도 화식조가 설이를 추궁할 이유는 없었다.

"저 여기 살아요."
"너 옆 동 살잖아."

"친구가 결석하니까 걱정이 되어서…."

"너 친구 없잖아."

그런데 젠장, 화식조는 다 알았다. 화식조는 안 그래도 날카로운 눈을 더 가늘게 뜨면서 설이를 내려다보았다. 지호가 그랬다. 새는 자외선을 볼 수 있다고. 그래서 인간보다 더 또렷하게 감각할 수 있다고. 설이는 화식조 쌤이 부디 이름값을 하지 않길 바랄 뿐이었다.

"너… 봤지?"

"에?"

"봤잖아. 꿈."

화식조는 분명히 말했다. 꿈이라고.

"무슨 말씀이세요?"

하지만 영화에서도 "다 알고 왔다."는 경찰한테 범인이 "아, 그러세요." 하고 불지는 않는단 말이다.

"이설."

화식조가 설이를 다시 불렀다. 어른이 자기 성이랑 이름을 붙여 부르면 설이는 괜히 죄를 지은 것 같은 기분이 들곤 했는데….

"맥이 널 물었잖아."

이번엔 기분 탓만은 아니었다. 확실히 지은 죄가 있었으니까. 경찰이 다 알고 왔다는데 범인이 뭐 어쩌겠어.

화식조가 설이의 오른팔을 붙잡아 돌렸다. 그러더니 한숨을 쉬었다.

"다 아물었네."

설이의 팔은 깨끗했다. 화식조는 앞머리로 덮인 설이의 이마를 갔다. 뺨을, 목덜미를- 설이의 몸을 구석구석 살피던 화식조는 결국 설이의 귀 뒤까지 보고 말았다.

"… 하필이면 뇌에 가깝게 붙었어."

그건 12년 차 설이의 인생에 전해진 가장 나쁜 소식이었다. 영재원도 떨어지고, 친구도 없고, 이젠 더듬이까지 생겼는데 하필이면 뇌에 가깝게 붙었대. 세상에!

"가깝게… 붙으면 큰일 나요?"
"큰일 나냐고?"

화식조의 눈이 풀어졌다.

"벌써 났는데. 너 이미 보잖아."

그러면서 덧붙였다. 빌어먹을, 감각자 한 명 더 붙는다고 좋아했는데 하필이면-

"그럼… 제가 보는 걸 선생님도….""
"덕분에 수당도 못 받고 이렇게 초과근무를 하고 있지. 벌써 7시야. 밥도 못 먹었는데."

- 아, 밥!

엄마가 저녁 먹기 전까지 오라고 했는데.

화식조는 설이의 마음을 읽은 것처럼 고개를 끄덕였다.

"부모님 몰래 나올 수 있겠어? 밤에. 도윤이가 잠들고 나서. 도윤이 몸이 안 좋으니까 늦어도 11시에는 자겠지. 그러면 놈들이 올 거야."
"누가 오는데요?"
"꿈을 먹는 자들."

'두억시니'라고 들어 봤어?

설이네 엄마가 들었다면 틀림없이 '허튼소리'라고 했을 이야기였다.

"꿈을 어떻게 먹어요? 실과 시간에 배운 대로라면 꿈은…."
"맞아, 칼로리가 없어. 3대 영양소도, 미네랄도 없고. 하지만 놈들에겐 꿈이 곧 칼로리고 영양소고 미네랄 공급원이야. 특히 어린아이의 꿈은 최고의 건강식이지."
"말도 안 돼. 맥이 꿈을 먹는다는 것도 전해 오는 이야기일 뿐이라면서요. 맥의 주식은 과일이랑 채소라고 사육사 쌤이 그랬는데."
"맞아. 맥은 꿈을 안 먹어. 꿈을 지키지."

화식조가 말했다.

"우린 바로 그 맥한테 선택받았고."

11시에 1층에서 보자. 나 없인 올라오지 마.

게다가 보통의 담임선생님이라면 절대 하지 않을 약속까지 잡았다. 밤 11시. 초등학생이 선생님 심부름을 하기엔 많이 늦은 시간.

부모님 몰래. 그 정도 눈치는 있지?

1년에 두 번씩 받는 신변 안전 교육에 따르면 화식조

의 말을 따르는 건 말도 안 되는 일이다. 하지만 더듬이가 돋아난 건 말이 되나? 사람들의 꿈을 감각하는 건? 담임선생님 몸에서 피어나던 오로라를 보는 건?

"말도 안 돼."

"'너는 꿈을 감각한다.' 주어, 서술어, 목적어 다 갖췄는데. 어느 부분이 말이 안 되는지 말해 볼래?"

화식조는 한마디도 지지 않는다. 하기야, 애초에 이길 수 있는 상대도 아니다.

"꿈은 볼 수 있는 게 아니잖아요."

"상어는 전류를 감지해. 사냥감이 가진 생체 전기를 감각하지."

… 에?

"철새는 지구의 자기장을 느낄 수 있고."

"…."

"'옆줄 감각'이라고 알아? 어류나 양서류는 몸의 옆으로 난 줄을 통해 수압의 변화를 알 수 있대. 물이 흐르는 속도와 방향까지."

설이는 슬쩍 제 옆구리를 보았다. 당연하지만 설이한테 옆줄 같은 건 없었다.

"보이지 않는다고 해서 존재하지 않는 건 아니야. 세상은 감각과 환상과 압력과 꿈으로 가득 차 있어. 감각기관이 없으니 느끼지 못할 뿐. 아니, 아주 느끼지 못하는 것도 아니야. 예민한 사람들은 종종 꿈의 기운을 느끼지. 실록에도 나오는데."

"에엑?"

"세종 때 집현전 관원 김순이 새벽빛에 연기도 구름

도 아닌 짙은 청색과 흑색의 기둥을 보았다는 기록이 있어. 김순은 식견이 높은 학자였으니 어렴풋하게 느꼈던 거야. 궁궐에서 떠오르던 꿈의 기운을."

"집현전에서 밤새워 공부하느라 헛것 본 거 아니에요?"

"그럴 수도 있고. 근데 그게 헛것이면 넌 어쩌다 본 거야? 공부하느라 밤새웠니?"

- 아니요, 하하. 그럴 리가요.

설이는 할 말이 없어졌다. 화식조, 아니, 담임선생님의 말은… 어째 좀 말이 되는 것 같았다. 그렇다면 함께 두억시니를 물리치기 위해 11시에 아파트 앞에서 보자는 담임선생님의 말도 영 말이 안 되는 건 아닌 셈이다. 게다가 나쁜 소식에는, 접착제처럼 그 소식을 듣는 사람끼리 똘똘 뭉치게 하는 어떤 힘이 있다. 설이가 보는 걸 선생님도 본다고 했어. 그러니까 적어도 설이는 혼자가 아닌 거다. 더 이상.

화식조의 설명에 의하면 두억시니는 불가사리만큼, 설화만큼, 전래 동화만큼 오래 살았다. 하지만 그 세월을 한과 악으로만 버텨 왔기에 다른 이의 꿈을 탐하는 악귀가 되었단다.

"용이 되어 승천하고 싶었던 잉어 설화 알지?"

"알기야 알죠. 잉어, 지네, 이무기, 자라…. 100년 묵으면 용 되는 동물 많던데요."

"잘 아네."

"설마 그게 진짜라는 건 아니죠?"

"…"

"말도 안 돼. 잉어가 100년을 진화한다고 용이 되겠어요? 잉어는 척삭동물문 잉어목 잉엇과의 동물이고 용은… 용은…."

"…."

"아니, 용이 실제로 있기는 해요? 있으면 왜 교과서에 안 나와요? '다양한 생물과 우리 생활' 단원에 안 나오던데?"

"…."

"… 선생님?"

"같은 말 두 번 하게 하지 마."

세상에.

그러니까, 정리하자면 두억시니는 재수, 삼수, 사수… 100수를 했는데도 스카이에 가지 못한 수험생의 한과 악이다. 알 것 같으면서도 영 아닌 것 같다. 아무리 꿈이 좌절되었대도 남한테 해코지하는 건 아니지.

"세상은 그 '영 아닌 일들'로 가득 차 있으니까. 오래됐지. 그런 일들은…."

그러면서 화식조는 오래된 이야기를 시작했다. 두억시니를 실제로 겪은, 극히 예민한 감각을 가진 사람들조차 '망령된 생각'이라며 일축한 이야기. 절대 교과서에 나올 수 없는 이야기를 담임선생님이, 그것도 화식조가 하다니.

4.

"인간의 꿈을 탐하는 놈들은 여러 가지 이름을 가졌

어. '몽마'라고도 하고 '캠비온'이라고도 하고 '인큐버스'라고도 해. 하지만 우리나라에서는 '두억시니'라 불렀어. 머리 두(頭)에 억누를 억(抑), 거기에 귀신을 뜻하는 '시니'가 붙은 이름이지. 머리를 억누르는 귀신."

꿈을 먹는 자들에게 어울리는 이름이었다. 그리고 두억시니는 그 이름값을 톡톡히 했다.

"놈들은 실록에도 나와. 1511년 5월 9일 밤, 커다란 짐승이 궁궐에서 튀어나와 신주를 모신 사당으로 뛰어가는 걸 궁을 지키던 관리가 목격하지. 얼마 후엔 도성 수비대의 나팔수 군인이 가위에 눌려 정신을 잃어. 다른 군인들이 그를 간호하려 분주히 오가는데 커다란 소리와 함께 웬 짐승이 튀어나온 거야. 짐승이 사라진 자리엔 비린내가 가득했어. 그 무렵 도성 안팎으로 밤새 가위에 눌려 의원을 찾는 이들이 많아졌고, 온갖 흉흉한 소문이 돌아. 급기야는 대비와 세자가 차례로 궁궐을 떠나 몸을 피하기에 이르렀지. 그 기묘한 것은 몇 년이나 도성을 들쑤시다, 나타날 때 그랬던 것처럼 난데없이 자취를 감춰. 두억시니가 사라지자 사람들을 잠 못 들게 했던 두통과 가위눌림, 악몽도 깜부기불처럼 꺼지지. 그랬을 거야. 그 무렵 웅크리고 있던 감각자들이 다시 움직였으니까."

"감… 뭐요?"
"감각자들. 두억시니에 맞서 꿈을 지키는 자들을 말해. 사건이 일어나기 전에는 임금에게 특별히 관직을 하사받기도 했어. '괴갑사'라고. 교과서에는 안 나와.

얼마 못 가서 때려치웠으니까."

"왜요?"

"뭐, 신분도 미천하고 재주도 없어 보이는데 갑사 자리는 과분하다며 연이어 상소가 올라왔거든. 그 뒤로는 그냥 '감각자'라고 불러. 나 참, 더러워도 그냥 좀 붙어 있었으면 얼마나 좋아."

"꿈을 본다고 관직까지 받아요? 잠깐만…."

설이의 머리가 팽팽 돌아갔다. 가만 있어 보자, 영재원에도 특별 전형 같은 게 있으면….

"꿈을 감각하지 못하는 사람들 눈에 괴갑사 직분은 하등 쓸데없어 보였겠지. 자리를 박차고 나온 감각자들도 생각했을 거야. 그래, 우리 없이 한번 잘해 보라지. 그리고 정말로 나서지 않았어. 두억시니가 활개를 치고 다녀도, 사람들이 잠 못 들며 가위에 눌려도. 그들은 그렇게 난리를 피해 20여 년 가까이 숨어 지냈어. 그러던 어느 해 2월, 아직은 바람이 싸늘하던 날, 숭례문 밖 서남쪽 달거리 마을 언덕길에서 여섯 살 난 여자아이 하나가 두 발이 잘린 채로 발견돼. 아이는 추위와 출혈에도 정신을 잃지 않아서 '나를 업고 가면 내 발을 자른 자를 가리키겠다'고 말하지."

"끔찍해…."

설이는 저도 모르게 두 손으로 입을 가렸다. 이야기만 들었는데도 멀쩡히 붙은 제 발목이 시큰하게 아파 오는 것 같았다. 화식조는 덤덤하게 이야기를 계속했다.

"아이는 세상에 나면서부터 버려진 고아였어. 어찌나 박복했던지— 네 번 거두어졌다가 네 번 모두 버려졌지. 아이는 명확하게 범인을 지목했어. 자신을 거두었던 어른 중 하나. 자신이 꼼짝 못 하게 두 손을 묶고, 비명을 지르지 못하게 솜으로 입을 막고, 잘 벼려 둔 칼로 제 두 발목을 절단한 그 어른을."

설이의 귀 뒤가 파르르 떨렸다. 잘린 발목을 헝겊으로 동여맨 아이가 범인을 지목하는 모습이 아른아른 보이는 듯했다.

"그래서요? 그래서 범인은 잡혔어요?"
"아니."
"왜요? 아이가 살아서 증언했잖아요. 똑똑히 말했잖아요."

화식조는 설이의 시선을 피했다.

"그때의 법에 따르면, 80세가 넘은 사람과 10세가 안된 사람의 말은 사실로 받아들이면 안 된다 하였거든. 임금의 귀에까지 들어가 포도대장이 직접 조사하며 일대를 떠들썩하게 만든 사건이지만, 그냥 그렇게 흐지부지 잊혔어. 아이의 말이었으니까."
"말도 안 돼요. 그건 아니죠!"

설이가 분통을 터뜨렸다. 화식조는 설이가 한참 화를 내는 동안 기다려 주었다.

"결국 그들이 움직였어. 사람들이 내친 괴갑사, 감각자들. 그들은 꿈을 느낄 수 있으니까. 악몽이든, 바람이든, 욕망이든. 아이에게 손을 댄 자는 꿈을 꿀 거야. 죄책감에 잠긴 꿈일 수도 있고 폭력의 쾌감이 밴 꿈일 수도 있겠지. 무슨 꿈이든 그 맛과 향은 무척 자극적일 거야, 마약처럼. 피비린내 나는 꿈에 맛을 들이면 그 비린 맛에 중독되어 더 강한 자극을 찾게 돼.

두억시니는 그 맛을 못 잊어 밤마다 더욱 날뛸 거고, 두억시니의 숙주가 된 인간들은 모든 꿈을 빨아 먹힌 채 말라 죽겠지. 그 싹을 잘라야 했어."

"그렇다면…."

"…."

"혹시 감각자들이 범인을…."

설이는 망설였다. 그 뒷이야기를 듣고 싶으면서도 또 듣고 싶지 않았다.

"… 범인을 죽였어요?"

"…."

화식조는 꽤 오랫동안 말이 없었다. 그렇게 한참이나 침묵을 지키다 입을 열었다.

"나도 몰라."

"에엑?"

"교과서에도 안 나오는 걸 내가 어떻게 알겠어?"

"아까는 감각자들이 움직였다면서요. 그것도 교과서에 안 나오잖아요."

"어쨌든 몰라. 내가 아는 건 딱 거기까지야. 감각자들이 아이의 발목을 자른 자의 꿈을 추적하여 찾아냈다는 것. 그 이후 두억시니들이 이 땅에서 자취를 감췄다는 것- 잠깐이지만."

"꿈으로 나쁜 놈들을 가려낼 수 있다면…. 경찰이 되면 좋겠네요."

"글쎄, 나쁜 꿈을 꾸는 사람이 정말 나쁜 놈인지는 알 수 없지. 사악한 꿈을 꾸었다고 처벌하는 게 정의일까?"

"…."

너무 어렵다. 머리가 아팠다. 차라리 수학 문제집을
풀고 영어 단어를 외우는 게 더 쉬울 것 같았다.

"꿈은 꿈일 뿐이야."

화식조가 말했다.

"꿈이 무엇인가에 대해서 학자들의 의견이 분분하지
만 여전히 그게 뭔지 정확하게 밝혀내지 못했어. 꿈
은… 그냥 꿈이야. 무의식이자, 뇌가 걸러 내는 찌꺼
기이고 정화 작용이지. 그런데 꿈을 먹히면 이러한 무
의식도, 기억의 찌꺼기와 정화 작용도 사라져 버려."
"사라지면 좋은 거 아니에요? 찌꺼기 같은 건."
"뭔가를 완전히 사라지게 할 수는 없어. 질량 보존의
법칙, 에너지 보존의 법칙, 전하량 보존의 법칙… 알
지? 사라지는 것들은 죄다 형태를 바꿔서 다시 나타
나."

*전설에 의하면 신께서 세상을 창조하면서 동물들을
다 만들고 남은 찌꺼기로 맥을 만들었다고 합니다.*

"맥처럼요?"

설이가 되묻자 화식조는 고개를 끄덕였다.

"그래, 맥처럼. 찌꺼기는 꿈을 거쳐서 다른 형태로 나
타나. 바람이라든가, 희망이라든가. 혹은 뒤틀린 욕
망이나 과시, 방탕함이 될 수도 있겠지. 그런데 그게
없으면 어떻게 될 것 같니?"
"…"
"당장 꿈을 먹혔다고 해서 어떻게 되지는 않아. 사람

은 꿈을 먹고 살지 않으니까. 잠을 자지 않는 낮에는 아무 문제도 없지. 낮에 사람을 움직이는 건 무의식이 아니라 의식이거든. 하지만 꿈을 먹힌 사람은 미래를 희망할 수 없어. 기억에 감정을 담지도 못하지. 오직 현재만 살게 되는 거야. 그게 어른이라면 좋을 수도 있어. 어른들은 현재에 집중해야 하잖아. 하지만 아이들이라면…."

"아이들도 마찬가지잖아요."

설이 입에서 사회비판적인 불만이 튀어나왔다.

"학교에서는 딴생각하면 안 되고, 수업 시간엔 집중해야 하고, 속상한 건 잊어버리라고 하고, 재밌는 건 언제까지 할 거냐고 하고. 어른들은 다 그렇게 말하는데요."

편의점 앞에서 술판을 벌이는 아저씨들이나 라디오 뉴스에 딴죽 거는 택시 기사님이 그러는 것처럼, 딱히 대답을 바라고 한 말은 아니었는데….

"어른들은 그렇게 말하지. 하지만 그 말을 무시하면서 딴생각하고, 딴짓하고, 잊어버리지도 그만두지도 않는 게 애들이잖아."

… 놀랍게도, 화식조는 답을 주었다. 심지어 답을 주며 미소까지 지었다. 희미했지만 분명 미소였다. 하지만 미소는 별똥별처럼 짧은 꼬리만 남기곤 자취를 감췄다. 이상한 나라의 앨리스는 사라진 고양이 뒤에 남은 미소만 보았다는데, 설이 눈앞에 있는 건 사라진 미소 뒤에 남은 화식조뿐이었다.

"쓸데없는 말은 이제 됐고, 11시까지 나와. 부모님 몰래."

어른들은 항상 저런다. 쓸데없는 말은 이제 됐고 책 펴, 공부해, 숙제해. 이번엔 뒤에 붙는 말만 달랐다. *11시까지 나와, 부모님 몰래.*

좀 이상하다.

5.

설이네 엄마, 아빠는 보통 11시엔 안 잔다. 특히 엄마는, 항상 바쁘다. 아침부터 밤까지. 엄마는 하루가 너무 짧다고 말한다. 그럴 법도 하다. 하루는 24시간인데 엄마의 삶 전부와 아빠의 삶 조금, 그리고 설이의 삶 대부분을 동시에 살아야 하니 얼마나 바쁘겠어. 설이가 기억하는 엄마는 항상 다른 사람의 꿈을 대신 꾸는 사람이었다. 아빠의 승진, 설이의 영재원, 아빠의 자격시험, 설이의 수학 시험…. 어떤 때는 "엄마가 한번 해 보라지!" 소리가 절로 나온다. 그런 말을 하면 엄마는 보통 화를 내지만, 가끔은 씁쓸하게 웃으며 중얼거리기도 한다.

"나도 그럴 수 있었으면 좋겠다."

그럴 수 있었으면…,

엄마는 사실 다른 사람의 꿈을 대신 꾸고 싶지 않았던 걸까?

어쨌든 설이는 그날 저녁 8시부터 방에 틀어박혔다. 엄마, 아빠한테는 내일 수학 수행평가가 있다고, 엄청 중요하고 엄청 어려운 단원평가라고 거짓말을 했다. 진짜로 문제집을 펼쳐 놓기는 했다. 하지만 통 눈에 들어오질 않았다. 수학은 평소에도 무슨 마법 주문 같은데 그날은 유독 더했다. 실제로 설이에게 필요한 게 마법의 힘이긴 했다.

설이가 그렇게 틀어박혀 있으니 집 안도 잠잠하게 가라앉았다. 거실 TV는 9시 뉴스를 좀 옹알대나 싶더니 이내 꺼졌다. 10시가 되자 집은 완전히 적막해졌다. 그래도 조금 더 기다려야 했다.

10시 40분. 나가야 할 시간이다. 살그머니 방문을 열고 나가 안방에 귀를 대어 보았다. 가랑, 가랑, 엄마의 낮은 숨소리에 드릉, 드릉, 아빠의 코 고는 소리가 합쳐졌다. 엄마, 아빠가 일찍 잠자리에 든 모양이다.

"푹 주무세요."

진심으로 말했다. 거짓말을 한 데다가 몰래 밤 외출까지 하려니 죄책감이 들었지만, 엄마 아빠가 곤히 자는 게 좋았다. 설이가 공부를 열심히 하면, 정확히 말해 공부를 잘하면, 엄마 아빠가 저렇게 편히 쉴 수 있을 것 같았다.

현관까지 까치발을 하고 걸었다. 조심스럽게 운동화를 꿰어 신고 문을 열었다. 도어록 돌아가는 소리가 유독 크게 들렸다. 띠리릭, 소리 뒤에 삑, 삑 하는 경고음이 따라붙었다. 도어록 건전지가 거의 다 된 모양이다. 두억시니가 애들 꿈을 잡아먹고 다니는 것도 문제인 오늘, 지금, 왜 하필이면 도어록 기계까지 밥 달라고 난리인지.

오싹한 감각이 더듬이를 세웠다. 뒤를 돌아보았다. 엄마 아빠가 서 있었다. 아니, 엄마 아빠의 꿈이 서 있었다. 설이의 상장을 손에 든 엄마, 어깨에 기타를 멘 아빠의 몸이 푸르스름했다. 투명한 몸 뒤로 거실 벽이 비쳐 보였다.

"걱정할 일 없어. 들어가요. 가서 맘껏 꿈꿔."

설이의 말에 엄마, 아빠가 — 정확히 말하면 엄마, 아빠의 꿈이 — 고개를 끄덕였다. 그러더니 스르르 미끄러져 안방으로 들어갔다. 들어가기 전에 엄마는 한 번 더 설이 쪽을 돌아보았다.

"괜찮아."

그제야 엄마의 꿈이 안방으로 사라졌다. 설이는 조심스럽게 살살 현관문을 닫았다. 건전지를 갈아 달라며 삑삑대던 도어록도 잠잠해졌다.

어둠에 잠긴 아파트 단지는 고요했다. 순찰을 도는 경비 아저씨 눈에 띌까 봐 건물 그림자 속에 몸을 숨기며 걸었다. 김도윤네 동 앞에는 아무도 없었다. 주위를 둘러보았지만 화식조는커녕 참새 한 마리 보이지 않았다.

- 뭐야.

설이는 맥이 탁 풀렸다. 애초에 용이 못 된 잉어라든가, 두억시니라든가, 꿈이라든가 하는 게 말이 안 되잖아. 도대체 어쩌자고 이 밤에 부모님 몰래 밖으로 기어나온 걸까. 한숨을 쉬고 돌아서는 설이의 팔을 누군가 끌어당겼다. 동시에 입이 막혔다.

"쉿."

화식조다. 입술에 닿은 손바닥에서 은은하게 분필 냄

새가 났다. 다른 선생님들은 다 전자 칠판이나 화이트보드를 쓰는데 화식조는 유독 옛날식 초록색 칠판을 고집했다. 다각, 다각, 다각- 칠판에 분필이 부딪치는 소리를 내며 줄을 맞추는 화식조의 글씨는, 인정하기 싫지만 예술 작품 같기도 했다. 그 예술성을 과시하기라도 하듯 화식조는 하양, 빨강, 파랑의 뻔한 분필 말고도 다양한 형광색 분필을 사용하는데, 들리는 말로는 뭐 수학의 노벨상이라는 필즈상 수상자도 사용하는 명품 분필이라나? 그 브랜드의 분필이 학자들에게는 '천사의 눈물로 만들어진 꿈의 도구'라고 불린다는데 어휴, 천사의 눈물 같은 소리. 악마의 발굽이라면 또 모를까. 화식조가 칠판을 향해 돌아섰을 때 애들이 떠들기라도 하면 다각, 다각, 다각- 칠판을 질주하던 분필의 발굽 소리가 먼저 멎는다. 그리고 뒤이어 "누가 떠들어?", 낮게 깔린 목소리가 이어지는데 얼마나 소름 끼치는지. 아무튼 그래서 화식조는 늘 은은하게 분필 냄새, 먼지 냄새, 옛날 냄새를 풍겼다. 애들이 담임쌤에게 감히 농담 한 번 못 하는 데에는 그 냄새도 한몫했다. 오래된 이야기에 나오는 사람이 풍길 법한, 과거에 머물러 있는 듯한 그 냄새.

"놈들이 왔어."

화식조가 설이의 귀에 대고 목소리를 낮춰 속삭였다. 잠시 후 설이의 입을 막았던 화식조의 손이 떨어졌다.

"이제 어떡해요?"

"어떡하긴. 교실에 들어온 벌레를 잡는다고 생각해."

화식조가 말했다.

"놈들이 도윤이의 꿈을 못 건드리게."

김도윤네 집은 13층, 1307호.

설이는 화식조와 함께 아파트 비상계단을 올랐다. 3층을 지나자 설이는 숨이 턱까지 치달았는데, 화식조는 아무렇지도 않아 보였다. 두 칸씩 성큼성큼 올라가는 화식조의 뒤에 대고 설이가 죽는소리를 했다.

"선… 생님… 너무 힘든데… 조금만… 쉬었다 가면…"

"빨리 가야 해."

"그치만… 13층까지 올라가다… 쓰러지면… 도윤이도 못… 구하잖아요…."

"요즘 애들은 약해 빠졌다니까."

계단 여섯 칸쯤 위에 있던 화식조는 멈춰서 설이가 올라올 때까지 기다려 주었다.

"선생님이 일주일에 두 번씩 줄넘기 연습하라고 한 거, 안 하고 기록장에 거짓말로 적었지?"

… 그랬다.

설이가 아무 말도 못 하니까 화식조가 손을 내밀었다. 어쩌라고 손을 내미는 건지 몰라 설이가 물끄러미 보고만 있으니까 화식조가 설이의 손을 잡아 끌어당겼다.

"체력이 있어야 뭐든 할 수 있어. 공부도, 일도, 꿈꾸는 것도, 누군가를 지키는 것도."

"대학 갈 때 체력 시험은 안 본대요. 공부할 체력만 있으면 된다고, 죽을 듯이 공부해야 한대요."

"대학 가서 죽을 거 아니잖아. 대학에 가는 건 살기 위해서야. 더 잘 살기 위해서."

화식조가 설이를 똑바로 보며 말했다.

"그러니 죽을 듯이 공부한다는 말 하지 말자. 선생님은 너희가 잘 살기 위해 공부했으면 좋겠고, 꿈꾸기 위해 공부했으면 좋겠고, 대학보다 더 먼 내일을 위해 공부했으면 좋겠어."

화식조랑 이런 이야기를 하는 건 처음이다. 사실 화식조는 이야기 자체를 많이 하지 않는다. "쓸데없는 말 하지 마라." 이건 애들한테만 하는 소리가 아니었다. 화식조 본인도 충실히 지키는 규칙이었다. 게다가 화식조는 교과서 진도를 시속 200km로 달리면서(다각, 다각, 다각 하는 분필의 발굽 소리와 함께) 집중 안 하는 애들 잡아내는 데 명수였다. 수업 시간에 애들이 "선생님, 첫사랑 이야기 해 주세요." 하고 까불 만한 선생님이 절대 아니라는 말이다.

"다 쉬었으면 이제 걸어."

지금도, 봐. 저렇게 또 혼자 진도를 쭉쭉 빼잖아. 설이는 한숨을 푹 쉬고 화식조를 따라 걸었다. 그래도 조금 쉬었다고 덜 힘든 기분이었다.

13층. 철로 된 비상문 앞에 섰다. 묘한 감각에 더듬이가 떨렸다. 비상구 너머 공기가 착 가라앉아 있는 걸 한겨울 아침 입김을 보듯 선명하게 느낄 수 있었다.

"무슨 일이 날 것 같으면 무조건 선생님 뒤로 숨어."

어차피 앞에 나설 생각도 없었다. 설이는 솔선수범 손 들고 앞에 나서는 그런 애가 아니다. 설이가 (아까보다 훨씬 적극적으로) 고개를 끄덕이자, 화식조가 비상문을 열었다.

순간, 쇳소리와 함께 날카로운 바람 덩어리가 설이의 뺨을 스치고 지나갔다. 설이는 채 피하지도 못하고 그 자리에 굳었다. 뺨이 화끈했다.

"이설! 나한테 붙어!"

화식조가 외쳤다. 설이는 화들짝 놀라 화식조의 뒤에 붙었다. 설이가 빼꼼 고개를 내밀었을 땐—

생선 머리에 도롱뇽의 몸, 지네의 다리, 게다가 끈적한 촉수 같은 날개까지 달린 괴물이 아파트 복도에 떠 있었다. 신이 동물들을 만들고 남은 찌꺼기로 만든 게 맥이랬는데 맥은 귀엽기라도 하지! 저건 찌꺼기 수준이 아니었다. 핵폐기물로 만들었다고 봐도 될 만큼 위협적으로 보였다.

"저… 저게… 무슨….”
"두억시니. 환경오염 때문인지 꿈 오염 때문인지 요즘 두억시니들이 더 강해졌어. 성수나 퇴마 주문도 어지간해서는 안 듣고, 물리적인 힘을 써야 해."

머리가 지끈거릴 정도로 진한 비린내가 났다. 100년 묵은 생선이 풍기는 듯한 지독한 냄새에 설이가 콧잔등을 찌푸렸다. 꿈이 썩어서 오기가 되고 한이 되면 저런 냄새를 풍기는구나.

"벌써 물었네. 빌어먹을."

화식조가 중얼거렸다. 놈은 솜사탕처럼 빛나는 덩어리를 물고 있었다. 설이가 전에 교실에서 본, 김도윤 주위를 몽글몽글 맴돌던 그거였다. 그걸 물고 있는 놈의 주둥이 사이로 뿌연 침이 줄줄 흘러내렸다. 아파트 복도의 시멘트 바닥에 뿌연 침이 떨어져 기분 나쁜 얼룩을 남겼다. 비린내가 한층 짙어졌다.

"으…."

설이는 토할 것 같은 기분을 느끼며 화식조의 뒤로 붙었다. 화식조는 눈살을 찌푸리더니 주머니에 손을 집어넣었다. 비장의 무기라도 꺼내려는 걸까. 설이가 기대하며 화식조를 보았다.

"아, 쌤! 그게 뭐예요."

하지만 화식조가 주머니에서 꺼낸 건 압정이었다. 교실 뒤 게시판에 애들 미술 작품을 전시할 때 쓰는 압정.

"나한테 뭘 바라니?"
"선생님은 두억시니 잡으러 다니는 사람이잖아요. 막, 뭐 근사한 거. 성수나 퇴마 주문이 안 들으면 하다못해 총이라도 꺼내야 하는 거 아니에요?"
"선생님은 말단 공무원이고-"

화식조가 손에 쥐고 있던 한 뭉치의 압정을 던졌다. 파바박- 경쾌한 소리와 함께-

"대한민국에서 교사가 총기를 소지하는 건 불법이야. 하지만 압정은 합법이지, 구하기도 쉽고. 학교 비품실에서 얼마든지 가져올 수 있거든."

- 두억시니가 복도식 아파트의 시멘트 벽에 내리꽂혔다. 교실 뒤 게시판에 박힌 미술 작품처럼.

"학습 준비물로만 쓰라고 하지만 뭐, 이것도 일종의

드림센스

학습 준비라고 치자."

"우와…."

원래도 안 까불었지만 앞으로도 절대 쌤한테 까불면
안 되겠다. 설이는 화식조의 뒤로 고개를 빼꼼 내밀며
그 진풍경을 바라보았다. 그 순간, 선생님의 눈썹이 꿈
틀거렸다.

"이설! 내 뒤로!"

파팍, 소리와 함께 압정이 뜯겼다. 두억시니가 성이
난 듯 길게 포효했다. 덕분에 놈의 입에 물려 있던 덩어
리가 떨어졌다.

"꿈을 잡아!"

화식조가 두억시니를 향해 뛰어올랐고 설이는 몸을
숙여 바닥에 달라붙었다. 그러고는 엉금엉금 도윤이의
꿈을 향해 기어갔다. 두억시니가 허공에 발을 굴렀다.
그러자 놈의 발밑에서 공기가 동그랗게, 마치 태풍의
눈처럼 말렸다. 공처럼 둥글게 말려서 빙글빙글 돌아가
는 공기 덩어리를, 두억시니가 그 낭창하고 미끈미끈한
몸통으로 쳐 냈다. 천둥 같은 소리와 함께 공기로 만들
어진 공이 화식조를 향해 발사됐다.

"쌤!"

"신경 쓰지 말고 꿈이나 잡으라고!"

화식조가 언성을 높였다. "누가 시험 보면서 떠들어?"
할 때 그 목소리였다. 뒤이어 공기 덩어리가 설이의 정
수리를 스치고 지나갔다. 스쳤을 뿐인데도 온몸이 진동
했다. 바닥으로 한껏 몸을 낮춘 설이 손을 뻗었다. 꿈은
손에 잡힐 듯 잡히지 않았다- 꿈이란 게 다 그렇듯. 두

번째 공기 블래스트가 요란한 엔진 소리를 내며 몸을 불렀다. 설이는 작게 비명을 지르며 몸을 움츠렸다.

"이리 와. 이리-"

설이가 꿈에게 속삭였다. 그러자 오색 빛깔로 넘실대던 도윤이의 꿈이 포르르, 설이의 손으로 뛰어들었다. 윽, 달아. 꿈이 풍기는 특유의 단내가 입안에 확 끼쳤다.

- 잡았다!

동시에 빵, 하는 굉음- 뭔가가 부딪혀 터지는 소리가 났다. 설이가 고개를 들었다. 두억시니가 날린 공기 블래스트를, 화식조가 강스파이크로 쳐 낸 소리였다. 블래스트를 역으로 맞은 두억시니는 아파트 복도 밖으로 튕겨 나갔다.

"개쩐다…."

바다 괴물이 우는 듯한 포효가 밤하늘에 포물선을 그리며 아득하게 멀어졌다. 저 멀리 월천 변에 잉어 지느러미가 부딪히는 소리가 들리는 것 같았다.

"초등교사면 배구랑 피구 정도는 할 줄 알아야지."

아파트 주차장에서 자동차 경보음이 울리다 멎었다. 화식조는 별거 아니라는 듯 손목을 한 번 좌우로 꺾고 목을 둥글게 돌렸다. 그러더니 길게 한숨을 쉬었다.

"잡았니?"
"네. 잡긴 했는데…."

오로라 빛깔로 영롱하게 빛나던 꿈은 밀가루 덩어리처럼 색이 하얗게 변해 늘어졌다.

"제가 너무 늦게 잡았나 봐요…."

화식조는 설이의 손안에서 하얗게 부풀어 오르는 꿈을 내려다보았다.

"안 늦었어."

"하지만 꿈이 하얗게 변했는데…."

"이건 반죽이야. 김도윤의 꿈 중 하나지. 과자로 집을 지어서…."

"네…?"

"어쩌겠니. 《아기 돼지 삼 형제》에 《헨젤과 그레텔》까지 막 가로지르고 다니는걸. 돼지 새끼가 지푸라기 집에 나무 집에 벽돌집에 과자 집까지 만들었으면 좋겠다는데."

그 순간, 부푼 반죽이 헬륨 풍선처럼 날아올랐다. 그러더니 이내 여러 조각으로 갈라져 과자와 쿠키, 빵으로 변했다. 젤리와 초콜릿, 말린 과일이 하늘에서 쏟아졌다. 너무 달아…. 오븐에서 막 꺼낸 반죽 위에서 지글지글 단내를 풍기며 설탕이 녹아 흘렀다. 조그마한 아기 돼지 세 마리는 하늘에서 쏟아진 과자와 쿠키를 부지런히 주워 옮겼다.

"저런 쓸데없는 꿈을 지키려고 오밤중에…."

설이가 맥이 빠져 중얼거렸다.

"세상에 쓸데없는 꿈은 없어."

과자가 쏟아지는 하늘을 바라보던 화식조가 설이를 향해 돌아섰다. 젤리를 통과한 달빛을 받아 화식조의 얼굴이 알록달록하게 물들었다.

"네가 도윤이의 꿈을 지켜 준 거야."

과자 집 꼭대기에 쿠키로 만든 시계와 말린 바나나로 만든 종이 걸렸다. 시계가 자정을 알리자 초콜릿 쿠키가 바나나 종을 때려 영롱한 소리를 만들었다. 신데렐라가 이런 기분이었을까. 파티의 끝을 알리는 열두 번의 종소리가 울렸지만 설이는 여전히 꿈을 꾸는 것 같았다. 과자 집 창문 너머로 세 마리의 아기 돼지가 뽀얀 손을 흔들며 인사했다. 이제 보니 설탕 냄새도 그렇게 나쁘지 않은 것 같았다.

"아름답지 않니?"

화식조가 감탄했다.

"꿈에선 돼지도 자가로 집이 있다. 사람은 전월세 사는데…."

"지각할 이유가 있는 사람만 나와."

지각한 아이들이 실내화도 신지 못한 채 맨발로 주르륵 복도에 줄을 서 있다. 그 줄의 맨 끝에 설이도 있었다. 난생처음 두억시니와 싸우고, 과자가 바나나 종을 치는 모습까지 본 마당에, 내일 학교 가야 하니까 잠자리에 들라고? 바랄 걸 바라야지! 심장과 뇌가 자리를 바꾼 것처럼 두개골 안이 팔딱팔딱 뛰는 통에 설이는 밤새 한숨도 못 잤다. 하지만 그 모든 여정을 함께한 화식조는 어제와, 그제와, 일주일 전과 하나 다를 것 없는 여상한 얼굴로 복도에서 아이들을 혼낼 뿐이었다. 화식조가 저러고 있는데 설이가 어떻게 "이유 있습니다." 하고 앞에 나설 수 있겠냔 말이다.

화식조는 정해진 절차를 충실히 지켰다. 모두에게 공평하게 잔소리를 했고, 벌점도 넉넉히 10점씩 주었다, 설이를 포함해서. 하지만 속상하거나 억울하진 않았다.

그렇게 잔뜩 혼나고 들어간 교실에 김도윤이 앉아 있었으니까.

"어제 두억시니를 물리쳤으니까, 이제 다 끝난 거지요?"

지각 때문에 남은 청소 당번 아이들이 다 갈 때까지, 일부러 느릿느릿 굼뜨게 움직인 설이는 교실에 화식조와 저만 남자 슬그머니 말을 꺼냈다. '태어나 처음'이란 딱지가 붙는 경험이 다 그런 것처럼 어젯밤 일은 설이의 기억에 또렷한 문신처럼 박혔다. 아마 설이가 아줌마가 되고 할머니가 되어서도, 어제 일을 말 그대로 '어제 일처럼' 기억할 거다. 첫 자전거, 첫 입학, 첫 시험과 더불어 앞으로 설이가 겪게 될 첫사랑, 첫 이별, 첫 월급… 뭐 그런 거랑 같이. 그런데 너무 생생한 기억은 오히려 비현실적으로 느껴지는 걸까. 어젯밤 일은 꼭 설이가 아닌 다른 사람에게 벌어진 일 같기도 했다. 그러니까… 영화나 드라마, 혹은 꿈처럼. 그래, 꿈을 기억하는 것처럼 말이다. 그래서 설이는 화식조와 이야기하고 싶었다. 어제의 기억이 꿈이라면 화식조는 설이와 같은 꿈을 꾼 사이니까.

애들이 제출한 과제를 검사하던 화식조가 고개를 들어 설이를 보았다. 화식조는 아이들을 볼 때 눈 한 번 깜빡이지 않는다. 빤히- 그 눈을 마주한 아이가 먼저 고개를 숙일 때까지 응시한다. 그런 화식조랑 눈을 마주

치면 어쩐지 혼나는 기분이 든다. 설이는 괜히 시선을 피하며 횡설수설 덧붙였다.

"아니… 어제 선생님이랑 저가 그 괴물을 물리쳤으니까…."

"'저가'가 아니라 '제가'."

"선생님이랑 제가… 그 괴물을…."

같이 괴물을 물리쳤어도, 담임쌤은 담임쌤이고 화식조는 화식조다. 설이는 침을 꼴깍 삼켰다. 화식조가 "무슨 헛소리니?" 할까 봐 두려웠다. 어제의 기억이 설이가 꾼 꿈이 되어 버릴까 봐.

"두억시니는 인류의 역사와 함께 계속 존재했어. 사람들의 머리를 짓누르며 꿈을 잡아먹고, 아이들의 혼을 빼 놓고, 악몽을 토해 내면서 그렇게-"

다행히 화식조는 그러지 않았다. 화식조가, 아니, 선생님이 확인해 준 이상 그건 꿈이 아니었다. 오늘 수학 시간에 배운 세제곱미터의 정의만큼이나 확실한 사실이었다.

"하지만 두억시니가 늘 승리했다면 인간은 존재할 수 없었겠지. 역사 속에 두억시니가 존재했던 것처럼 두억시니와 싸우는 인간도 있었어. 현대에서는 그중 하나가 바로, 나야."

"…."

"그리고 너!"

설이 움찔하며 몸을 떨었다.

"내가 분명 사육장 안에 팔 집어넣지 말라고 했지. 그런데 넌 선생님 말을 안 들었어. 덕분에 네 귀 뒤에 더

들이가 생겼고."

"죄… 죄송합니다."

"죄송할 건 없어. 나도 딱 네 나이 즈음 물렸으니까."

"네?"

"두억시니와 싸우려면 어느 정도 배짱이 있어야 해. 고분고분 하라는 대로만 하면 어떻게 전사가 되겠니? 맥에게 보여 준 관심, 선생님의 말을 어길 수 있는 배짱, 모두 두억시니에 맞서는 데 필요한 덕목이지. 그래서 맥이 널 선택한 거야."

"잠깐. 맥이 저를 선택했다고요?"

"그래. 나한테 좀 물어보고 골랐으면 얼마나 좋아. 빌어먹을."

"그 말레이맥은 갇혀 있었다고요."

화식조가 푸스스, 바람 빠지는 소리를 냈다.

"꿈을 다루는 신수가 인간의 손에 갇힐 거라 생각하다니. 너도 참 순진하다. 그러니 맥이 널 고른 거겠지만."

"그럼 혹시 선생님도 있으세요? 더듬이."

설이 머리카락을 넘겨 제 귀 뒤를 보이며 물었다. 화식조는 고개를 저었다.

"약물이나 음식에 대한 반응이 사람마다 다른 것처럼, 신수의 선택에 대한 반응도 사람마다 달라. 새로운 감각이 생길 수도 있고, 이미 갖고 있던 능력이 강화될 수도 있고. 신체가 변하기도 해."

"그럼 선생님은…."

"난 순막이 생기고 시력이 강화됐어."

"순막?"

순간, 화식조가 눈을 깜빡였다. 아니, 눈꺼풀은 그대로였다. 눈꺼풀과 눈 사이에서 새롭고 투명한 막이 튀어나와 눈을 덮었다가 사라진 거였다. 그걸 '깜빡인다'고 할 수 있을까?

"새처럼. 대부분의 새는 눈꺼풀은 연 채로 눈을 덮을 수 있어. 눈꺼풀 사이에 얇은 막이 하나 더 있거든. 인간에게는 흔적기관으로만 남은 건데, '순막'이라고도 하고 '깜빡임 막'이라고도 하지. 그뿐 아니라 눈의 민감도와 정밀도도 엄청나게 향상되어서 10억분의 1초 사이의 움직임까지 구분할 수 있어. 꿈을 감지하거나 전투를 하거나, 수업 시간에 딴짓하는 놈을 잡아낼 때 유용해."

그러니까, 화식조는 진짜로 이름값 하고 있었던 거다. 어쩜 눈도 안 깜빡이냐 했는데 진짜 안 깜빡이는 거였어.

"내 순막, 네 더듬이. 둘 다 신수에게 선택을 받았다는 증거야. 일종의 임명장이랄까."
"… 세상에."
"우리는 '감각자들'이야."

설이는 지금껏 회장이 되어 본 적도 없다. 학급 회장, 전교 회장, 매번 후보로는 나갔지만 떨어졌다. 뽑아 줄 친구가 있어야 말이지. 가위바위보 운이 없어서 모둠 대표나 공개수업 발표자도 해 본 적 없고, 숫기 없는 성격 탓에 체육 부장이나 도서 위원도 못 해 봤다. 그런데 '감각자들'이라고? 신수한테 임명장을 받았다고? 인류 역사와 함께해 온 두억시니에 맞서는 엄중한 임무를 맡았다고? 설이는 어쩐지 자신이 스파이더맨 같은 슈퍼히어로가 된 기분이었다.

"너무 좋아하지는 마. '큰 힘에는 큰 책임이 따른다'는 말도 있으니까."

"〈스파이더맨〉에 나오는 대사죠! 멋져요!"

"비슷한 말은 성경에도 나와. 그건 단순한 영화 대사가 아니라 만고의 진리야."

화식조는 그냥 넘어가질 않는다. 한마디를 덧붙이고는 다시 고개를 숙여 검사 중이던 아이들 과제에 눈을 고정했다. 하지만 설이는 분명 화식조의 입꼬리에 스친 희미한 미소를 봤다. 틀림없이 화식조도, 아니, 쌤도 〈스파이더맨〉 시리즈를 본 거다. 그러니까 저 대사를 써먹은 거겠지.

"쌤, 우리도 할리우드 히어로처럼 좀 폼 나는 이름 쓰면 안 돼요? 글로벌 시대니까, 이왕이면 케이팝 아이돌처럼 영어 이름으로 해요. 월드 투어도 하고… '괴갑사' 같은 괴상한 이름, 줘도 안 가져요. 우리를 쫓아낸 사람들한테 당당히 보여 주자고요. '스파이디 센스'나 '식스 센스'처럼- 음, '드림센스' 어때요?"

"… 압정이 어디 있더라?"

화식조가 과제를 첨삭하던 펜을 내려놓고 중얼거렸다. 설이는 얼른 입을 다물었다. 하지만 오래가지는 못했다.

"다음 싸움은 언제예요?"

"다음 싸움이 언제냐니. 너 싸움이 무슨 체험학습이라도 되는 것처럼 말한다? 어젯밤에 두억시니한테 공격받아 죽을 뻔한 건 알지?"

"두억시니한테 공격받아 죽기도 해요?"

"방금 뭐 들었니? 큰 힘에는 큰 책임이 따른다고, 분명 말했잖아."

화식조가 한숨을 쉬더니 검사하던 과제 노트를 덮었다.

"어젯밤 두억시니가 했던 공격 기억해? 공기로 된 덩어리 같은 거."

"빙글빙글 돌던 블래스트요. 기억해요."

"그거 진짜야."

"네?"

"맞으면 진짜로 베이고, 긁히고, 으스러진다고."

"…"

"잘하면 죽을 수도 있고."

"…"

"아니, 잘못하면 죽는 건가?"

"…"

"아무튼 영어 이름이니 월드 투어니 신나서 설치고 다닐 일 아니다."

"… 혹시 선생님도 맞아 봤어요?"

"쓸데없는 말은 이제 됐고, 청소 다 했으면 가라."

화식조는 어른들이 대화를 끝낼 때 으레 하는 말을 했다. 같이 두억시니와 싸우는 사이라도, 화식조는 분명 어른이었다.

6.

- 그리고 여름방학까지 보통날이 이어졌다. 화식조는 설이와 함께했던 전투를 잊은 것처럼 건조하게 굴었고, 설이의 날들도 평소와 같았다.

"야!"

방과 후 도서관에 들렀다가 느지막이 하교하던 설이는 복도에서 그 묽디묽은 아이를 또 보았다. 설이가 부르자 그 애는 설이를 돌아보더니… 복도 모퉁이 너머로 사라졌다.

"야, 잠깐만!"

설이는 그 애를 따라 모퉁이를 돌았고-

"누가 복도에서 뛰니."

화식조와 마주쳤다. 물에 풀어진 물감 같던 그 애는 보이지 않았다.

"이설, 저거 안 보여?"

화식조가 턱으로 복도에 붙은 표어를 가리켰다.

[복도에서는 뛰지 말고 걸어요. - 6학년 3반 이설]

학교 안전 캠페인 기간에 6학년 학생들이 만든 표어였다. 하필이면 설이 제가 만든 것이 바로 코앞에 붙어 있었다.

"… 죄송합니다."
"어정거리지 말고 집에 가, 얼른."

화식조가 모퉁이를 돌아 걸어갔다. 설이는 화식조가 사라진 모퉁이를 빤히 바라보다 어쩐지 한기를 느껴 몸을 떨었다. 여름이 다가오는데 한기라니, 믿기 힘들었지만 복도가 에어컨을 틀어 놓은 듯 서늘했다.

[월촌주공아파트 리모델링 시공사 설명회]

집으로 가는 길, 정문 안쪽 1동에 현수막이 하나 더 걸렸다. 시공사 설명회가 다음 주말에 열린다는 내용의 안내문이었다. 엄마의 바람대로 25년 된 설이네 아파트를 갈아엎는 일은 차근차근 진행되고 있었다.

현수막 아래에서 조그마한 할머니가 쪼그려 앉아 화단의 잡초를 뽑고 있었다. 할머니는 허리가 아픈지 앓는 소리를 내며 몸을 세웠다가, 설이를 보고 아는 체를 했다.

"그때 그 애구나. 13층."

꽃이 피는 꿈을 꾸던 할머니.

설이는 고개를 깊이 숙여 인사를 했다. 아파트 건물 앞 화단은 보통 1층에 사는 사람들이 사용했다. 1층 주민들은 그 땅에 고추나 나물을 널어 말리기도 하고, 작물을 심기도 했다. 그런데 저 할머니 댁은 20층 아니었나?

설이의 생각을 읽은 것처럼 할머니가 말했다.

"1층 영감 몸이 안 좋아. 내가 대신 잡초를 뽑아 주고 있었지."
"아아…."

설이는 고개를 끄덕였다. 답을 듣고도 어쩐지 자리를 뜨기가 망설여졌다.

"저도 도와 드릴까요?"
"아니, 다 뽑았다. 영감탱이, 아프기나 하고…."

할머니가 흙을 털며 화단에서 나왔다. 할머니가 다가오자 고소한 흙냄새가 났다.

"할머니가 키우는 식물은 꽃 피었어요?"

"올리브 화분? 고것이 통 안 자라 고민이었는데 이제 맘이 통했는지 꽃이 피고 열매도 맺혔어."

할머니가 자랑스럽게 말했다.

"20층은 볕이 잘 들어서 뭐든 기르기가 좋아. 그런데 아파트 공사 시작하면 이주비 받아 그렇게 볕 잘 드는 집을 찾을 수 있을지 모르겠어. 여기 1층 영감님도 땅뙈기째 옮길 수 없을 테니 심어 놓은 작물 다 털어야지. 공사하면 다 갈아엎을 텐데…."

"그래도 공사하면 집도 동네도 더 좋아질 거래요."

설이는 엄마의 말을 떠올리며 변명하듯 말했다.

"좋아져 봤자 우리는 못 살아. 외월촌동에서나 집을 알아봐야지."

할머니는 고향을 그리워하듯 오래된 아파트를 바라보았다. 그러다 정신을 차린 듯 말했다.

"아이고, 내가 별 이야기를 다 했네. 화분 이야기는 언제 했나 몰라. 13층 살지? 언제 심심하면 화분 보러 와."

"13층은 사실 친구네 집인데…."

하지만 설이는 이내 고개를 끄덕였다.

"… 언제 친구랑 같이 구경하러 갈게요."

할머니는 흙냄새와 올리브 냄새를 풍기며 설이에게서 멀어졌다. 느릿느릿 멀어지는 할머니의 걸음마다 끼익끼익, 오래된 아파트 승강기 소리가 들리는 것 같았다. 할머니의 꿈을 빤히 보면서도, "다 잘될 거예요."라는 말조차 할 수 없었다.

- 꿈은 꿈일 뿐이야.

설이는 이 순간 자신에게 주어진 감각이 원망스러웠다.

7.

설이의 세상은 그대로였지만 또 분명 달라졌다. 보통날이 이어졌고, 설이는 매일 먹는 흰밥 같은 그 보통날들이 견딜 수 없이 따분하게 느껴졌다. 닭강정도, 가지볶음도, 김자반이나 볶음김치도 군말 없이 잘 먹던 설이였는데.

어제를 복사한 오늘, 오늘을 붙여넣기 한 내일은 지루해. 수학 문제를 풀어 뭐 해, 꿈을 보는데. 작문 숙제를 할 때가 아니야, 두억시니랑 싸워야지. 지금 사회 교과서가 눈에 들어오겠냐고. 아니, 도대체 두억시니는 왜 안 나타나는 거야? 밥도 안 먹나?

"너 요즘 묘하게 들떠 보인다?"

… 밥.

아침 식탁에서, 엄마가 밥을 퍼 주며 말했다. 설이는 뜨끔해서 하마터면 밥그릇을 엎을 뻔했다. 두억시니의 밥 걱정을 할 때가 아니었다. 엄마가 눈치챘나? 두억시니랑 싸울 생각 하느라 공부에 집중 못 하는 걸.

"너 엄마 똑바로 봐 봐."

엄마의 엑스레이 시선 공격. 설이는 시선을 피하지 않았다. 찔리는 게 있을 땐 늘 저도 모르게 검은자위가 눈에서 도망이라도 치려는 듯 흔들리곤 했지만 이번에는 괜찮았다. 설이는 순막이 달린 화식조의 눈도 똑바로 본 전적이 있단 말씀이다. 결국 시선을 먼저 돌린 쪽은 엄마였다.

"애가 이상하게 기분이 좋아 보인단 말이야."

엄마가 구시렁거렸다.

"내가 기분 좋으면 엄마는 싫어?"

설이의 말에 엄마가 놀란 듯 고개를 들었다. 이번엔 검은자위가 요동친 쪽은 엄마였다.

"그럴 리가 있겠니?"

"근데 왜 내가 기분 좋은 걸 걱정해?"

"엄마야 항상 걱정이지. 좋아도 걱정, 안 좋아도 걱정. 엄마니까, 그게 엄마 일이야."

"너희 엄마, 걱정이 많아서 큰일이다."

아빠가 식탁에 앉으며 말했다. 설이는 아빠와 엄마를 한 번씩 번갈아 보았다.

"왜, 아빠 얼굴에 뭐 묻었냐?"

기타를 치던 젊은 아빠의 꿈이, 이제는 머리가 희끗해지고 주름이 잡혀 가는 아빠의 얼굴에 겹쳐 보였다. 질량 보존의 법칙, 에너지 보존의 법칙, 꿈 보존의 법칙- 꿈은 사라지지 않고 형태를 바꾸어 피부에, 속눈썹 아래에, 입술 사이에 남는다. 그렇게 사람들은 저마다 두 가지, 세 가지, 네 가지, 혹은 백 가지의 얼굴을 갖는 건 아닐까. 그걸 밤의 어둠과 무의식 아래 숨겨 놓고, 아침이면 시치미를 떼며 식탁 앞에 앉는 건 아닐까. 맛도 모른 채 씹던 밥알에서 희미하게 꿈의 감각이 느껴지면 누가 눈치라도 챌까 화들짝 놀라 얼른 삼켜 버리는 건 아닐까.

"아빠는 꿈이 뭐였어?"

"응?"

갑작스러운 설이의 물음에 국을 뜨던 아빠의 손이 허공에서 멈췄다. 숟가락을 든 아빠의 손가락은 길고 굵직했다. 기타 코드를 잡던 손다웠다.

"엄마는? 엄마도 꿈이 있었을 거 아냐."

"얘가 갑자기 무슨….'"

"엄마는 언제 기분이 좋아? 응?"

"얘가 아침 먹다 말고 갑자기 무슨 헛소리야? 니가 수학 시험 100점을 받아 와 봐라. 엄마 기분이 좋지."

치. 물어봤다 괜히 혼만 났다. 설이는 뾰로통해져서 밥그릇에 코를 박았다. 아빠가 피식 웃었다.

"너희 엄마도 변했어. 너 태어나기 전에는 하고 싶은 것도 많고 꿈도 많고 그랬는데."

"당신까지… 어휴, 부녀가 쌍으로 허튼소리들은."

그렇게 말하는 엄마의 입꼬리가 씰룩거렸다. 싫지는 않은 기색이었다.

"아빠가 젊었을 때 기타를 좀 쳤거든. 아빠가 연주하던 라이브 카페에 네 엄마가 맨날 왔어. 하루는 노래 가사를 써서 갖고 왔더라고."

엄마는 더 이상 허튼소리라는 추임새를 넣지 않았다. 대신 식탁에 앉아 그때를 회상하듯 아빠의 이야기를 들었다.

"책도 좋아하고, 음악도 좋아하고, 특히 브릿 팝을 그렇게 좋아했지. 비틀즈, 퀸, 오아시스…. 기억나? 당신 노래도 참 잘했어. 내 연주에 맞춰서 당신이 〈헤이 주드〉 부르는 거 듣고 내가 반했잖아."

아빠 말에 엄마가 웃음을 터뜨렸다. 웃는 모습이 소녀 같았다.

"그때 내가 좀 괜찮았지."
"괜찮다가 다 뭐야. 첫 데이트 때는 꼭 꿈꾸는 것 같았다니까."

엄마랑 아빠는 마주 앉아 꿈을 꾸고 있었다. 그건 꿈을 보는 아이가 아니라도 알 수 있었다. 꿈이 꼭 미래 시제일 필요는 없구나. 과거의 기억이 꿈이 되기도 하는구나. 그리고 미래의 바람이든 과거의 기억이든, 꿈은 꿈이라는 사실만으로 퍽 아름다웠다.

"엄마랑 아빠 둘 다 음악을 좋아했나 보네. 난 리코더도 잘 못 부는데. 쌤이 음악 시간마다 화내. 연주를 하랬더니 공격을 한다고."
"그런 거 못 해도 돼. 리코더로 대학 갈 것도 아니고."

엄마는 또 뻔한 소리를 했다. 분명 뻔한 소리인데… 참 이상하지? 이번엔 설이도 엄마의 그 잔소리가 싫지 않았다.

"엄마가 그때처럼 책도 보고 노래도 듣고 그러면 좋겠다."
"아이고, 배부른 소리 하고 계세요. 엄마가 집에서 노니? 청소해야지, 아침저녁 식사에다 너 간식 챙겨야지, 엄마들 모임 따라다녀야지, 너 중학교 가면 다닐 학원 알아봐야지. 할 게 얼마나 많은데."

"치, 그런 거 전부 더 잘 살려고 하는 건데. 꿈꾸기 위해서 하는 거고."

그러고 보니 이 말, 누가 했더라? 설이가 고민하는 사이, 엄마가 맞장구를 쳤다.

"그래, 그럼. 엄마가 팝송 가사 인쇄해 놓을 테니까 앞으로 네가 하나씩 외우면 되겠네. 영어 공부도 할 겸."

으아. 괜히 아는 척했다가 혹만 더 붙였다.

"이설."

그날은 그렇게 혹이 붙는 날이었는지. 화식조까지 설이를 남겼다.

"이래 가지고 영재원 원서 쓰겠어? 수학 점수는 자꾸 떨어지고. 일주일에 한 번 쓰는 작문 숙제 내용도 점점 짧아진다?"

"…."

"글 쓸 때 서론, 본론, 결론 갖춰서 써야 한다고 분명히 말했는데…."

"결론만 말씀드리면요, 선생님."

설이가 화식조에게, 아니, 선생님에게, 아니, 어른에게 자기 생각을 똑바로 이야기하는 건 처음이었다. 엄마, 아빠의 꿈을 보고 났더니 어른도 묘하게 친구처럼 느껴졌달까- 정작 또래 친구는 하나도 없는데. 화식조도 한때 아이였겠지. 설이만 한 키에, 설이처럼 내일을 궁금해하는 어린애.

"전 공부 잘하는 사람 말고 꿈을 지키는 사람이 되고 싶어요. 선생님처럼요."

"네가 방금 말했네. 나더러 선생님이라고. 내 직업은 꿈을 지키는 사람이 아니라 선생님이다. 선생님은 아무나 되는 줄 아니? 택배 송장에 붙어 있는 응모권 긁어 보낸다고 교사 자격증 주는 거 아니다. 죽도록 공부해야 해."

"선생님은 왜 선생님이 된 거예요? 꿈을 그렇게 잘 지키면서."

"꿈이 밥 먹여 준다디? 돈이 안 되잖아. 얼마나 좋니, 공무원. 쥐꼬리라도 월급 따박따박 나오고. 철 밥통이고."

그러니까 더러워도 괴갑사 자리에 좀 붙어 있을 것이지, 녹봉 받아서 군수품도 좀 물려주고. 조상을 잘못 두면 이렇게 밥벌이로 고생한다ㅡ 라고 덧붙이는 화식조의 말에 동심에 대한 존중이라고는 요만큼도 없었다. 쳇. 화식조도 한때 어린애였던 거 맞긴 한 거지? 어린애 시절 건너뛰고 다 큰 상태로 알에서 태어난 거 아냐?

"그리고… 사실 두억시니보다 더 위험한 건, 어쩌면 가까이 있을지도 모르니까."

"…."

"그러니까, 그들 중 하나가 되어야겠다고 생각했지. 트로이의 목마처럼. 지금은 어째 그냥 트로이 사람이 되어 버린 것 같지만."

"무슨 말인지 모르겠어요."

"'그리하여 맥베스가 잠을 죽였다.'♣ 그래, 어른들은 꿈을 무서워해."

셰익스피어(1564-1616)의 비극 《맥베스》에 나오는 대사.

화식조의 말은 항상 어렵다.

"맥베스가 누군데요? 왜 잠을 죽였는데요?"

"죄책감에 시달리던 어른. 잠들면 꿈에서 자기 죄책감과 마주하니까, 그게 두려워서 잠을 죽여 버려."

"…."

"꿈꾸지 않으면 편하거든. 그러니까 한여름 밤의 꿈을 포기하고 맥베스가 되길 자처하는 거야. 코앞에서 손 흔드는 죄책감도 못 본 척하면서."

"선생님도 꿈이 무서울 때가 있어요?"

그렇게 묻는 설이도 사실 알고 있었다. 설이도 때때로 꿈이 무서워 잠을 토막 내곤 했으니까. 영재원, 시험, 엄마의 기대…. 손에 잡히지도 않는 것들이 질량을 지닌 듯 설이의 머리를 짓누르고 잠을 찔렀다.

"가끔은. 꿈을 꾸는 데는 품이 드니까."

화식조가 설이를 똑바로 보았다.

"그래, 꿈에도 품이 들어. 노력 없이 뭐가 되겠다는 생각은 접어라."

"전 꿈을 지키는 사람으로 이미 선택받았는데요? 선생님이 그랬잖아요, 맥이 절 골랐다고."

"맥이 널 골랐는지는 몰라도 난 널 고른 적 없어. 너랑 같이 일할 거라고 한 적 없다."

"뭐예요. 그럼 그때 저는 왜 부르신 건데요? 꿈 맛은 다 보여 줘 놓고!"

"체험학습이었다고 생각해. 직업 체험. 진로 체험."

"싸움은 체험학습이 아니고, 꿈을 지키는 건 직업이 아니라면서요!"

"직업은 아니지. 월급이 안 나오니까. 빌어먹을 멍에고 책임이고 일이지. 좋아서 일하는 사람이 어디 있겠니. 그래도 난 끝까지 붙어 있을 거다. 정년까지 채우고 연금 받는 게 선생님 꿈이야."
"그 꿈, 꼭 이루시길 바랄게요."

설이가 말했다. 화식조가 설이를 보았다.

"정말로 나랑 같이 그 드림센스인지 뭔지로 일하고 싶다면, 네가 할 수 있다는 걸 증명해 봐."
"어떻게 증명해요?"
"이번 수학 시험…."

으악.

8.

밤이 선선하고 가벼워지면 여름에 들어선 거다. 설이는 방학을 싫어했다. 방학은 곧 성적표와 학원 특강을 의미하니까. 하지만 이번에는 여름방학이 오는 게 싫지 않았다. 서늘맞이로 창문을 열면 진한 남색의 하늘을 배경으로 아지랑이처럼, 오로라처럼, 작은 날벌레처럼 꿈이 아른거렸다. 어떤 꿈은 드라이아이스 연기처럼 하르르했고, 또 어떤 꿈은 잔뜩 땀을 흘리고 난 뒤 마시는 차가운 물처럼 온몸을 짜릿하게 했다. 꿈을 머금은 밤이 설이의 방으로 밀려 들어오면 귀 뒤에 난 더듬이가 옴쏙옴쏙 떨렸다. 여름이 가까워질수록 바람에 실려 오는 꿈 냄새도 농익었다. 오이, 참외, 수박…. 여름 꿈은 속이 꽉 찬 열매처럼 푸르고 싱그러운 향을 풍겼다. 햇볕 냄새, 흙냄새, 풀 냄새, 꿈 냄새. 한 번도 제 꿈을 가져 본 적 없지만, 설이는 남의 꿈을 엿보는 것만으로도 행복했다. 화식조가 꿈을 지키는 건 어쩌면 이런 마음 때문일지도 몰랐다.

문제는, 그 싱그런 향을 맡은 게 설이만이 아니란 거였다.

여름방학을 2주 앞두고, '꿈의 날' 행사가 열렸다. 이른 장마가 와서 종일 비가 내리는 날이었다.

"이게 우리의 미래라는 거지."

학급 공식 예능인 현서가 빈정거렸다. 꿈의 날 행사가 있는 날 비가 온다고 툴툴거리던 아이들조차 현서의 농담에 웃음을 터뜨렸다. 퍼붓는 비에 꿉꿉한 공기까지─변한 건 하나도 없는데 한바탕 웃고 나니 파랑이 번지듯 분위기가 한결 밝아졌다.

"파티시에 체험할 학생은 과학실로, 네일 아트 체험할 학생은 미술실로, 로봇 DIY 체험은 체육관으로, 공예 체험은 다목적실로…."

국어, 수학, 영어, 사회가 꿈을 알려 주진 않는다. 꿈을 지키는 일을 하고 싶다면서 정작 내 꿈이 뭔지는 모른다니. 설이는 괜히 속이 찔렸다.

"야, 김도윤! 너 나랑 로봇 DIY 안 할 거야?"
"안 해, 난…."

꿈 체험 안내 부스 앞에서 머무적거리고 있는데, 김도윤네 패거리가 왁자지껄 다가왔다. 남자아이들 사이에서 자못 심각한 얼굴로 안내문을 읽던 김도윤이 말했다.

"난 파티시에 체험할래."

도윤이의 선언에 남자아이들이 야유했다.

"그런 걸 왜 해, 시시한 거. 여자애들이나 하는 거지."
"그게 뭐 어때서? 도윤아, 나랑 같이 하자!"

설이가 나서자 도윤이가 눈을 휘둥그레 떴다. 평소 말도 몇 마디 안 나누는 사이인 설이가 대뜸 편을 들어 주니 그럴 수밖에.

"구움 과자 클래스도 있네. 나도 과자 좋아해!"
"고마워. 그런데 내가 구움 과자 좋아하는 건 어떻게 알았어?"
"어? … 어, 과자 싫어하는 애도 있나?"

사실 설이는 과자를 별로 안 좋아한다. 엄마는 달달한 쿠키와 마카롱, 타르트를 좋아하지만 설이는 소금을 친 감자칩이나 매운 소스에 버무린 과자를 좋아한다. 엄마가 말하길, 설이는 아주 어릴 때도 치발기에 과일을 끼워 주면 인상을 쓰면서 던져 버렸다나? 설이는 설탕보단 소금 파다. 설이와 아빠가 TV 앞에 나란히 앉아 짭짤한 크래커를 먹고 있으면 엄마는 꼭 초를 쳤다.

"너희 할아버지가 고혈압으로 돌아가셨다."

그렇게 말하는 엄마 손엔 달달한 과자가 들려 있었지.

"- 베이킹의 기본은 계량이에요. 모든 재료를 정확하게 계량해서 반죽해야 해요. 그러지 않으면 모양과 맛이 잘 나오지 않습니다."

일일 클래스를 맡은 파티시에 강사님이 보여 주는 완성품은 아름다웠다. 단 과자를 좋아하지 않는 설이도 홀린 듯 바라볼 만큼. 다양한 색깔과 모양으로 꾸며진 과자는 음식이라기보다 공예품 같았다.

영 손재주가 없는 설이는 시작부터 고군분투했다. 달걀의 흰자와 노른자를 나누는 게 왜 이렇게 힘든지. 거품기는 또 왜 이렇게 사방으로 거품을 튀기는지.

"초콜릿칩은 마지막에 넣으세요."

으악! 벌써 넣었는데. 설이는 당황하여 허둥지둥하다 그만 봉지에 든 초콜릿칩을 바닥에 쏟아 버렸다. 파티시에 강사님이 한숨을 쉬며 설이 대신 쏟아진 초콜릿칩을 치웠다.

이 모든 소란에도 불구하고, 설이 곁에 앉은 도윤이는 까다로운 레시피를 말끔하게 클리어해 냈다. 수업 시간이면 꾸벅꾸벅 졸고, 헛소리를 늘어놓아서 화식조에게 털리는 그 김도윤이!

"와 씨. 내 반죽 무엇?"

설이는 제 반죽을 한 번, 도윤이의 반죽을 한 번 보고는 저도 모르게 중얼거렸다.

"너 건 왜 이렇게 꾸덕해? 내 건 줄줄 흐르는데."
"머랭을 오래 쳤어야지."
"아, 내가 왜 이걸 한다고 했을까."

설이의 한탄에 김도윤이 달게 웃었다.

"구워 놓으면 괜찮을 거야."
"구워 놓으면 더 안 괜찮을 거 같은데. 오늘 끝나고 스카이포스 분식집 가서 매운 떡볶이에 쿨피스 한잔해야겠다."

김도윤이 더 크게 웃었다.

"거기 치즈볼도 맛있더라. 끝나고 같이 갈래?"

오…! 도윤이의 제안에 설이의 눈이 크게 뜨였다.

"그럴래? 난 떡볶이 먹을 테니까 내가 만든 과자는 너 가져."
"됐거든."
"왜, 과자 집 만들 때 보태 써."
"됐어. 부실 자재 안 사요."
"부실 자재라니 뭐래? 지금부터 잘할 거야!"
"퍽이나."
"그럼 네가 좀 도와주든가."
"이것만 하고 도와줄게. 잠깐만 기다려."

도윤이가 자기 반죽 쪽으로 몸을 숙였다. 그러더니 고개를 갸웃하며 다시 설이를 보았다.

"근데 내가 말했었어?"

- 그 순간, 교실 불이 꺼졌다.

"정전인가?"

아이들이 볼멘소리를 냈다.

"아. 뭐야, 진짜."
"정전은 아닌데요. 선풍기는 돌아가잖아요."

번쩍- 하고 교실이 한순간 환해지더니 다시 가라앉

았다. 번개가 지나가자 비는 갑자기 매서워졌다.

"무슨 비가 이렇게 온담."

파티시에 강사님이 창 너머를 보며 인상을 찌푸렸다. 설이의 더듬이가 오싹 움츠러들었다. 열린 창문으로 뭔가 터지는 듯한 소리가 들려왔다. 익숙하진 않지만 분명 전에 들어 본 적 있는 소리였다.

- 뻥, 하는 굉음….

블래스트야.

진동이 전류처럼 아이들 사이로 흘렀다. 감전된 사람처럼 굳어 버린 강사님과 아이들 사이에서, 설이가 자리를 박차고 일어났다.

"창문 닫아요!"

열린 창문으로 세찬 비가 들이쳤다.

"창문 닫으세요, 빨리요!"

그제야 강사님이 정신을 차린 듯 창문을 닫았다. 창밖에서 다시 한번 번개가 쳤다. 학교를 감싼 어둠과 먹구름 위로 떠 있는 건,

두억시니였다.

정확히 말하자면 두억시니들이었다. 한 마리가 아니었다. 거대한 생선 머리에 지네의 다리, 촉수 같은 날개를 가진 두억시니 무리가 허공에 둥둥 떠 있는 모습은 기괴하기 짝이 없었다. 설이는 교실을 뛰쳐나갔다.

화식조를 찾아야 했다.

하지만 복도는 뭔가에 홀려 정신을 잃은 듯한 아이들로 가득했고, 그 아이들이 이루는 물결을 가로질러 화식조를 찾기란 쉽지 않았다.

"화식조… 아니, 하신재 쌤 봤어? 어디 있어?"

아이들은 설이 말에 대답하지 않았다. 눈의 초점만 잃어버린 게 아니라 말도, 의식도 잃어버린 것 같았다. 게다가 그 아이들이 가는 방향이… 운동장 쪽이었다. 두억시니들이 있는 곳.

"안 돼!"

설이가 아이들을 막아섰다. 하지만 아이들은 설이를 밀치고 1층을 향해 좀비처럼 움직였다.

"안 돼! 안 돼! 가면 안 돼!"

설이 하나로는 역부족이었다. 게다가 몇몇 선생님들까지, 아이들을 말리기는커녕 아이들과 함께 초점이 풀린 눈으로 운동장을 향해 움직이고 있었다.

"안 돼! 제발 좀…."

그 순간, 복도와 교실에 달린 스피커가 찢어지는 듯한 고음을 냈다. 화식조가 칠판을 긁는 소리랑 똑같았다.

"정-숙- 다들 조용히. 차분하게 교실로 돌아가라. 그리고 책상 아래로 들어가. 지진 대비 훈련했던 것처럼."

화식조의 목소리였다. 비바람이 몰아치고, 학교 건물 밖에는 두억시니가 떠 있고, 전등이 죄다 나간 상황에서도 화식조의 목소리는 흔들리지 않았다. 설이는 그 단단하고 매서운 목소리가 반갑기까지 했다.

"복도를 돌아다니다가 내 눈에 띄면 벌점을 주겠다."

화식조의 말이 무슨 마법의 주문이라도 되는 것처럼, 아이들의 눈빛이 돌아왔다.

"나 왜 여기 있어?"
"얘들아, 교실로 들어가라."
"선생님, 방금 뭐였어요?"
"나 이상하게 머리가 아파."

아이들과 선생님들이 돌아왔다. 조금 웅성거리기는 했지만, 볼멘소리가 나오기는 했지만, "뭐야, 진짜." 하는 말도 간간이 들렸지만, 아이들은 수업 종이 울렸을 때처럼 교실로 돌아갔다. 설이만 돌아가지 않았다. 설이는 1층 방송실로 뛰어 내려갔다.

"선생님!"
"너 뭐야. 교실로 가라고 했잖아."
"지금은 낮이잖아요. 저것들이 어떻게 나타난 거예요? 그것도 저렇게 많이?"
"너무 오래 굶었어, 저놈들."

화식조는 그렇게 말하면서 방송실 캐비닛을 열었다. 비밀 무기라도 꺼내려는 걸까….

"아, 선생님, 진짜."

… 싶었는데 화식조가 캐비닛에서 꺼낸 건 고작 리코더와 압정 상자, 바람 빠진 배구공이었다. 일주일에 한번 하는 '주인을 찾습니다'- 이산 물건 찾기 방송 때문에

드림센스

분실물 함의 온갖 쓸데없는 물건들이 방송실에 있었지, 참.

"설마 그게 다는 아니죠?"

"이게 다인데?"

"그걸로 저놈들이랑 어떻게 싸워요? 그건 수업할 때 쓰는 물건이지 싸울 때 쓰는 물건은 아니잖아요."

"너희도 연필이랑 지우개로 싸우잖아."

"그건 애들이고요!"

"그런 애들 가르치는 선생님이 나야. 나한테 뭘 바라는 거야?"

화식조는 그것들을 힙 색에 집어넣더니 설이를 보았다.

"그리고 넌 선생님 말 들어. 지금, 교실로 돌아가."

"…."

"뭐 해?"

설이는 침을 꿀꺽 삼키고 주먹을 꽉 쥐었다.

"싫어요. 안 가요."

어른에게 싫다고 말하는 건 처음이었다. 하지만 가끔은 어른에게도 싫다고 해야 하고, 지금이 바로 그 가끔이라는 걸 설이는 알았다. 누가 알려 준 건 아니지만 알 수 있었다. 아니, 느꼈다고 해야 할까.

"선생님이랑 같이 싸울 거예요."

"하…."

화식조는 기가 찬다는 듯 한숨을 팍 쉬었다.

"너 저번에 봤잖아. 두억시니 한 마리도 그렇게 강한데 이번엔 떼로 몰려왔어."

"그때 저 잘했잖아요."

"말했지, 그건 가벼운 체험이라고. 일은 달라. 두억시니 떼랑 싸우다 진짜 죽을 수도 있어."

"알아요. 그러니까 같이 간다는 거예요."

"이설."

"맥이 절 선택했다고 했죠? 이번엔 제가 선택할 거예요. 선생님이랑 같이 싸울래요. 꿈을 지키는 전사, 그게 제 꿈이니까."

설이를 보는 화식조의 시선이 매서웠다. 엑스레이 시선 공격. 아니, 이번엔 거의 CT였다. 날카롭고 따갑고 아팠지만 설이는 시선을 피하지 않았다. 검은자위가 흔들리지 않게 눈에 힘을 주었다. 설이를 마주한 화식조의 눈, 그 위로 순막이 희뿌옇게 빛났다가 사라졌다. 두려움이 아예 없다고 하면 거짓말이었다. 설이의 눈동자에 10억분의 1초쯤 머무른 두려움을, 화식조가 읽었을까? 모르겠다.

먼저 시선을 거둔 쪽은 화식조였다.

"대신 내 뒤에 딱 붙어 있어."

"네!"

선생님의 말에 그렇게 진심으로 답한 것도 처음이었다. 진심 어린 대답, 이것도 가끔이나 할 수 있는 거겠지. 운이 나쁘면 평생 못 할 수도 있고. 설이는 화식조가 마음을 바꿀세라 얼른 따라 나갔다.

9.

비린내가 났다.

운동장으로 나서자 기온이 5도 정도 떨어진 것 같았다. 비는 그쳤지만 비구름은 더 두터워졌다. 구름을 패딩처럼 껴입어 빛을 잃어버린 하늘은 밤 같았다. 꿈을 꾸기도 하지만 꿈을 잃어버리기도 하는 밤. 굶주린 두억시니들이 으르렁거렸다. 짐승의 소리였다.

"놈들이 건물에 접근 못 하게 막아."

화식조의 말이 떨어지기 무섭게 두억시니들이 일제히 건물을 향해 날아들었다. 우두머리 노릇을 하는 한 마리가 앞장서자 두억시니 무리가 뒤따랐다. 화식조가 그들을 향해 압정을 날렸다. 압정은 앞장선 두억시니의 얼굴과 어깨와 다리에 꽂혔고, 놈은 새된 비명을 지르며 땅으로 떨어졌다. 하지만 나머지 녀석들은 아랑곳하지 않고 건물을 향해 들이닥쳤다.

"선생님, 저한테 뭐라도 주세요!"

설이의 말에 화식조가 리코더를 던졌다. 분실물 함에 있던 리코더였다. … 이걸로 뭘 하라고.

"너네 잘하는 거 해!"

그렇게 말하며 화식조는 두억시니를 향해 배구공을 날렸다. 두억시니 떼는 화식조가 날린 스파이크를 피해 흩어졌다. 그중 한 마리가 설이 쪽으로 날아왔다. 빌어먹을. 설이는 얼른 놈을 향해 리코더를 휘둘렀다. 음악 시간마다 쌤이 하는 말이 귓가에 맴돌았다.

리코더가 무기냐? 연주를 하랬더니 공격을 하고 있어!

리코더는 무기가 맞다. 플라스틱 리코더로 두들겨 맞은 두억시니는 낑낑거리며 주저앉았다. 리코더로 할 수 있는 공격이 하나 더 있지. 설이는 리코더 취구를 입에 물었다.

덴마크의 왕자 햄릿도 연주를 즐겼다는 리코더. 그 유서 깊은 악기에 깊고 강한 숨을 불어 넣었다.

"삐-익-!"

원치 않는 인공호흡을 받은 리코더가 소름 끼치는 쇳소리를 내며 울었다. 그리고 그 울음은 꿈을 먹는 괴물을 멈춰 세울 만큼 강력했다.

"와우. 이설."

화식조가 그 틈을 파고들어 두억시니를 날려 버렸다.

"이래야 내 제자지. 내가 키우는 게 바로 이런 전사다!"

운동장 위로 몰려들었던 두억시니들이 정리되었다. 설이가 화식조를 향해 엄지손가락을 들어 보였다. 하지만 화식조의 표정은 썩 좋지 않았다.

"이설. 선생님 뒤로 와."

화식조의 목소리가 착 가라앉았다. 기온이 더 떨어진 것 같았다. 하늘의 먹구름이 요동쳤다. 비가 오려는가 싶었는데… 비가 아니라 까맣고 꿈틀거리는 덩어리들이 떨어져 내렸다. 화식조의 눈이 하얗게 빛나더니 다시 제 빛깔을 찾았다.

"… 두억시니가 더 있었어. 새끼를 친 거야."

그걸 뭐라 설명할 수 있을까. 두억시니가 비처럼 내리는 모습을. 귀 뒤의 더듬이가 윙윙대며 경보를 울렸고 머리가 죄는 것처럼 아팠다. 비린내가 진동했다.

화식조가 설이를 돌아보았다. 화식조의 눈이 흔들리고 있었다. 어떤 상황에서도 흔들리지 않았던 강한 눈, 피도 눈물도 없을 것 같던 선생님의 눈이.

"설아, 이번엔 정말 안 되겠다. 도망가."
"그게 무슨 소리예요. 안에 있는 애들은요? 선생님은요?"
"꿈을 먹혀도 어른으로 성장하는 데는 문제 없어. 애들은 자기 꿈이 먹혔는지 알지도 못할 거야. 밤에 발작을 일으킬 수도 있고, 열도 나고, 학교에서 좀 맥없이 다니겠지만, 급식에 문제가 있었거나 뭐 그런 거라고 생각하겠지. 어차피 요즘에 꿈을 가진 애들은 얼마 되지도 않아. 이 세상이야말로 거대한 두억시니야. 꿈이 보이면 족족 잡아먹으려 들지. 그러니 저놈들도 저렇게 설치는 거야. 낮에 나타나는 위험을 감수하는 이유가 뭐겠어. 꿈이 씨가 말랐으니까. 굶어죽겠으니까. 저놈들이나 우리나 더 물러설 데가 없어. 끝장을 볼 때까지 싸울 수밖에. 하지만… 넌 꿈을 지키는 전사가 되고 싶다고 했잖아. 네 꿈만큼은 죽어선 안 돼. 그러니 도망가. 어른이 될 때까지 지켜."
"말도 안 돼요. 꿈을 지키는 전사가 될 건데 꿈을 지키는 싸움에서 도망치라고요?"
"말했지? 이건 진짜야. 애들 장난이 아니라고."
"싫어요."

"이쪽저쪽 아주 골고루 환장이네! 이설, 제발 선생님 말 좀 듣자!"

"맥이 절 선택했다고 하셨죠?"

설이가 한 걸음 앞으로 나섰다.

"증명할게요. 더듬이를 준 건 맥이지만 이 일을 선택한 건 저라는 걸."

설이는 머리카락을 귀 뒤로 넘겨 꽂았다. 더듬이가 파르르 떨렸다. 느낄 수 있었다. 화식조의 몸 주위로 언젠가 보았던 빛이, 분홍색과 녹색과 사파이어색이 섞인 오로라가 피어오르는 걸. 그건 화식조의 꿈인 걸까.

화식조는 말없이 돌아섰다. 그러고는 허리에 찬 힙 색에서 형광색 가루를 꺼냈다. 분필을 곱게 갈아 놓은 것 같은 그 가루는 운동장에 피구 라인을 그릴 때 쓰는 가루랑 똑같았지만 조금 더 밝게 빛났다. 필즈상 수상자도 극찬한 천사의 눈물 가루니까. 선생님은 라인기 없이도 그걸로 긴 줄을 똑바로 그을 수 있었다.

"이 선 넘으면 아웃이야. 무조건 공격한다."

화식조는 허공을 가로질러 오는 두억시니를 향해 외쳤다. 말썽쟁이 아이들에게 피구 규칙을 설명할 때처럼. 당연하지만 두억시니는 선생님 말을 잘 듣는 학생이 아니었다. 놈들이 선을 향해 돌격했다. 설이는 야구방망이를 잡듯 리코더를 잡고 휘두를 준비를 했다. 하지만 막상 두억시니 떼가 선을 향해 날아들 땐… 꼭 거대한 파도가 덮치는 것 같아 저도 모르게 눈을 감았다.

… 끝났어.

드림센스

하지만 끝나지 않았다. 설이는 조심스레 눈을 떴다. 선에 닿은 두억시니가 전기충격이라도 받은 듯 몸을 뒤트는 게 보였다.

"선생님, 이건…."
"내 힘만으로는 부족해서… 힘을 빌렸어…."

화식조가 힘겹게 말했다.

"모든 학교에는… 학교를 지키는 힘이 있어. 예민한 아이들은… 가끔 느끼지…. 학교 뒷산의 정기… 책 읽는 소녀 동상의 책장이 넘어가는 거… 이순신 장군 동상의 칼 위치가 바뀌는 거… 그런…."
"와 씨. 그거 주작 아니었어요?"
"주작이라니…."

화식조의 이마를 타고 식은땀이 흘러내렸다.

"너 선생님이 하는 말에… 벌점 10점…."

화식조의 말이 뚝뚝 끊어졌다. 전기충격을 받은 듯 몸을 뒤트는 두억시니 뒤로 다른 두억시니들이 끝없이 밀려들었다. 놈들은 자신들의 무게로 학교를 지키는 힘을 끊어 낼 생각인 것 같았다.

"틈이 생기고 있어…."

화식조의 목소리가 점점 잦아들었다.

"가서… 학교를… 애들을… 운동장으로 못 나오게…."
"선생님…."
"가…, 꿈을 지키는 전사라면…."

화식조의 눈이 희게 빛났다. 선생님이 자랑하던 임명

장, 순막이 터질 듯 부풀어 올랐다.

설이는 화식조를 보고, 어둠에 잠긴 학교를 한 번 보고, 다시 화식조를 보았다. 그러고는 고개를 끄덕였다.

"금방 다시 올게요. 조금만 버티세요."

그 말을 끝으로 설이는 중앙 현관을 향해 뛰었다.

중앙 현관으로 들어섰을 때, 설이의 더듬이가 움찔거리기 시작했다. 설이의 등 뒤로 섬광이 일었다. 끼기기기긱- 소름 끼치는 비명도 들렸다. 불을 삼킨 새가 불을 토해 내듯, 화식조가 기어코 마지막 홰를 친 모양이었다.

"선생님…."

화식조가 제 할 일을 다 했으니 설이도 설이의 일을 해야 했다. 하지만 설이가 채 2층으로 올라가기도 전에, 좀비처럼 눈이 풀린 아이들 무리가 나타났다.

"안 돼! 돌아가!"

설이는 아이들을 막아서려 했지만, 잡을 수 없었다. 아이들은 설이를 그냥 통과했다. 그건 아이들이 아니었다. 아이들이 꾸는 꿈이었다.

"안 돼…, 안 돼…!"

반투명한 아이들, 반투명한 바람, 반투명한 별, 반투명한 꽃, 반투명한 꿈들이 활짝 열린 중앙 현관으로 빨려 들어갔다. 전에 김도윤의 꿈을 붙잡았을 때랑은 달랐다. 김도윤의 꿈은 한 손 가득 고인 물을 담듯이 붙들 수 있었지만, 강한 수압으로 밀려드는 물은 손가락 사이를 빠져나갈 뿐이었다.

"안 돼. 제발 좀…."

설이는 왔던 길을 되돌아 뛰어서 중앙 현관을 막아 보았지만 꿈들은 막힌 중앙 현관을 유령처럼 뚫고 지나 갔다. 방파제를 부수고 나가는 파도처럼.

운동장과 통학로 사이에 화식조가 쳐 놓은 결계는 이미 파괴되었다. 그 아래, 끝까지 두억시니를 막으려다 결국 쓰러진 화식조가 보였다. 어둠에 잠긴 학교, 놓쳐 버린 꿈, 쓰러진 선생님….

… 뭔가가 설이의 종아리를 붙잡았다.

작은 아기 돼지.

언제 여기까지 따라왔는지. 아이들과 꿈이 뒤범벅되어 움직이는 중에 쓸려 온 녀석은 설이가 절 알아본 게 기쁜지 바나나를 내밀었다.

"… 뭘 어쩌라고?"

그 모습을 보자 설이는 헛웃음이 났다.

"그걸로 뭘 어쩌자고? 초콜릿 묻은 바나나에 돼지 새 끼로 뭘 하자고? 이쪽저쪽 아주 골고루 환장이네!"

설이 소리를 지르며 얼굴을 감쌌다. 그리고 주저앉았다.

… 따뜻한 온기가 설이의 품을 파고들었다. 고개를 들었다. 풀 죽은 듯, 하지만 설이를 위로하려는 듯 온기를 나눠 주는 아기 돼지. 꿈은 설이 곁에 있었다.

설이의 기대보다 더 쓸데없지만 더 크고 튼튼한 꿈이.

*꿈을 먹혀도 어른으로 성장하는 데는 문제 없어. 애들
은 자기 꿈이 먹혔는지 알지도 못할 거야.*
어차피 요즘에 꿈을 가진 애들은 얼마 되지도 않아.
가… 꿈을 지키는 전사라면….

싫어.

이런 건 싫어.

처음으로 꿈이라 부르고 싶은 게 생겼는데.

처음으로 지키고 싶은 게 생겼는데.

"미안해."

설이 말했다.

"화내서 미안해. 쓸데없다고 말해서 미안해."

자리에서 일어난 설이의 빰을 타고 뜨끈한 것이 흘러
내렸다. 그보다 더 뜨거운 게 목구멍에서, 심장에서, 손
목 아래서, 귀 뒤에서 팔딱거렸다.

두억시니에게 먹혀도 좋아.

두억시니가 날리는 블래스트를 온몸으로 맞아도 좋아.

운동장 한가운데에서 두억시니가, 질척한 타액이 흐
르는 입을 벌린 채 다가오고 있었다. 그 벌어진 아가리
를 향해 꿈이 흘러갔다. 설이의 꿈이, 친구들의 꿈이, 화
식조가 그토록 지키려 한 꿈들이.

설이의 귀 뒤에서 더듬이가 파르르 떨렸다. 처음에는 약하게, 피아니시모로, 하지만 점점 강해졌다. 메조피아노, 메조포르테, 포르테, 포르티시모…. 더듬이의 진동이 온몸을 흔들었다. 설이는 그 진동을 느끼며 성큼성큼 운동장을 향해 걸어 나갔다. 한 번이라도 이렇게 힘차게 걸어 본 적이 있었던가? 가장 두려운 순간 가장 힘차게 걸을 수 있다는 게 이상했다.

"내가 선택했어."

설이가 외쳤다.

"난 끝까지 싸울 거야."

두억시니들이 일제히 설이를 보았다. 그러더니 포효했다. 설이는 두억시니를 향해, 꿈을 향해 뛰어들었다.

"꿈들은 다 주인에게 돌아가!"

설이의 부름에 응답이라도 하듯 천둥과 번개가 쳤다. 번개가 갈라놓은 하늘이 활짝 열리며 그 사이에서 젤리와 초콜릿, 말린 과일이 쏟아졌다. 구불구불한 뿌리와 풍성한 잎사귀도 뻗어 나왔다. 올리브나무의 향, 오븐에서 막 꺼낸 반죽의 풍미, 설탕 녹는 냄새….

10.

축축하고 까슬한 뭔가가 설이의 뺨에 닿았다. 설이는 인상을 쓰며 눈을 떴다. 맥이었다. 말레이맥이 긴 혀를 내밀어 설이의 뺨을 핥고 있었다.

"으악!"

설이가 기겁을 하며 몸을 뒤로 물렸다. 맥은 눈을 끔뻑거리며 설이를 바라보았다. 설이의 뒤로 나비가 날아올랐다. 하얗게 빛나는 나비…. 나비 한 마리가 설이의 콧잔등에 사뿐히 내려앉았다. 기침이 날 것처럼 콧방울이 간지러웠다. 설이는 저도 모르게 푸스스 웃었다. 설이의 웃음을 타고 나비가 나풀나풀, 맥의 곁으로 날아갔다. 맥의 뒤에 소년이 서 있었다.

"… 어?"

저 애를 어디서 봤더라?

"너… 너 뭐야?"

소년은 대답 대신 싱긋 웃었다. 미소 짓는 얼굴은 어려 보이기도 했고, 또 나이 들어 보이기도 했다. 소년이 무릎을 굽히고 맥을 쓰다듬었다. 맥은 순하게 소년의 손길을 받았다.

"소리 질러서 미안. 갑자기 핥으니까 놀라서…."
"괜찮아."

소년이 말했다. 소년의 쓰다듬을 받던 맥이 설이를 보며 눈을 끔뻑거렸다. 괜찮다는 듯. 다 이해한다는 듯.

설이가 몸을 일으켰다. 환했다. 부드러웠다. 구름 위에 앉은 것처럼.

"여기가 어디지?"
"꿈."

소년이 말했다.

"꿈을 지키려는 사람의 꿈."

"꿈을 지키려는 사람이면… 나잖아? 나 지금 꿈꾸는
거야?"

"그렇기도 하고, 아니기도 해."

"그럼… 혹시 화식조?"

아, 맞아. 그 애다. 화식조의 위로 떠오르던 오로라
아이.

"여기 혹시 화식조의 꿈이야?"

"화식조?"

소년이 웃음을 터뜨렸다. 소년이 웃자 하얀 나비 떼
가 꽃잎처럼 하늘거렸다.

"걔 별명이야?"

소년은 한참이나 그렇게 웃었다. 하지만 웃음을 거둔
소년은 어쩐지 좀 슬퍼 보였다.

"무서운 선생님이 되었나 보네. 하긴, 어릴 때도 엄청
야무졌으니까."

"화식조를 알아?"

"신재, 내 친구야."

"네 친구라고? 하지만 넌…."

눈앞의 소년은 설이 또래, 아니, 어쩌면 설이보다도
어려 보였다. 작고 마른 체구는 가냘팠고… 아니, 잠깐.
몸에 비해 작은 셔츠 아래 껑충하게 드러난 소년의 손
목에 멍 자국이 보였다. 소년의 목덜미에도, 귀와 눈가
에도. 맥이 부드럽게 소년의 손을 훑았다. 소년의 피부
를 물들였던 푸르스름한 멍 자국이 사라졌다. 하지만
소년의 슬픈 표정까지 훑아 없애지는 못했다.

"난 신재의 꿈이야. 그 애가 어른이 되고, 대학을 졸업하고, 선생님이 되기까지 모든 순간에 따라붙었던 잔상이지."

소년이 말했다.

"신재라면 잘할 거라고 생각했어. 교실 맨 뒷자리에 앉아 있는 나한테 먼저 말 걸어 준 애였으니까. 내가 집에서 얻어맞거나, 찬밥도 못 얻어먹어서 배고플 때 먼저 눈치챈 애였으니까. 내가 결국 학교에 가지 못하게 되었을 때도, 제일 먼저 알아채 준 애였으니까. 그러니까… 잘할 거라고 생각했어."

그리고… 사실 두억시니보다 더 위험한 건… 어쩌면 가까이 있을지도 모르니까.

설이에게 그 말을 하던 화식조는… 슬퍼 보였다. 지금 설이 눈앞의 소년처럼. 화식조의 꿈처럼.

"그 애한테, 미안해하지 말라고 전해 줄래? 자라 주어서 고맙고 잘해 주어서 고맙다고도. 같이 어른이 되어서 푸념을 들어 주고 술도 마실 수 있었다면 좋았을 텐데, 그러지 못해 미안하다고도. 하지만 난 여기서 잘 지내고 있다고."

소년이 말을 마치자 나비가 날아올랐다. 설이의 손등 위로 나비가 앉았다. 한 마리, 두 마리, 세 마리…. 오로라를 엮어 만든 것 같은 날개가 팔락일 때마다 색색의 빛이 부서졌다. 아름다웠다. 그런데 이상하게 슬펐다. 눈물이 날 것 같았다. 맥이 천천히 설이를 향해 다가왔

다. 긴 주둥이를 설이의 손등으로 뻗었다. 그러더니-

"악! 아….

설이의 손등을 물었다. 맥의 날카로운 이빨이 다시
한번 설이의 손등을 파고들었다. 설이가 비명을 지르
자, 설이의 엉덩이와 종아리를 받치고 있던 구름이 부
서졌다. 구름인 줄 알았던 건 사실 흰 나비 떼였다. 나
비들이 흩어졌다. 설이는 나비를 향해 손을 뻗었다. 하
지만 나비는 설이의 손을 빠져나가 날아갈 뿐이었다.

"그 애한테, 이제는 자유로워지라고 전해 줘. 멍에와
책임은 내려놓고 자유롭게 꿈꾸라고."

추락하는 설이를 바라보며, 소년이 속삭였다. 소년의
몸이 점점 더 묽어져 기어코 투명해졌다. 하지만 소년
의 속삭임은 선연히, 그리고 깊숙이 설이의 귓가를 파
고들었다.

선생님도 꿈이 무서울 때가 있어요?
가끔은.

… 그리고 그대로 정신을 잃었다.

11.

"설아. 이설."

이것도 꿈인가? 하지만 꿈이라기엔 너무 생생하다.
뺨과 눈두덩이가 부어오른 화식조가 설이를 보더니-

"… 다행이야. 다행이야. 아, 정말… 네가 잘못된 줄

알고….”

- 웃으면서 울었다. 그러면서 설이를 일으켜 끌어안았다. 화식조의 몸에서 땀 냄새, 재 냄새, 먼지 냄새, 그리고 무엇보다 반가운 분필 냄새가 났다.

“선생님은 괜찮아요? 애들은… 애들은요? 꿈은요?”

“다 괜찮아.”

화식조가 말했다. 그제야 화식조에게서 풀려난 설이가 주위를 살폈다. 익숙한 풍경. 보건실이었다. 커다란 창으로 보이는 운동장이 말끔했다. 비가 갠 하늘은 맑았다. 물로 헹궈 낸 풍경이 막 씻은 과일처럼 신선했다.

“어떻게 한 거니, 그건?”

“뭘요?”

“두억시니의 기운에 사로잡힌 꿈을 주인에게 돌려보낸 거. 꿈들이 막바지에 방향을 틀었어, 네 말을 듣고.”

“그게 왜요? 전에도 그런 적 있는데요?”

“뭐?”

“전에 선생님이 11시까지 나오라고 했을 때. 엄마, 아빠의 꿈이 마중 나왔길래 들어가라고 했어요.”

“그래서… 꿈이 들어갔어?”

설이가 고개를 끄덕이자 화식조가 놀랍다는 표정을 지었다.

“그게 이상한 거예요?”

“그게 이상한 거냐고? 맙소사, 이설.”

내가 또 뭔가 잘못을 한 걸까. 설이가 움찔하며 고개

를 숙였다. 하지만 다시 고개를 들었을 때, 화식조는 웃고 있었다. 그것도 환하게. 세상에! 화식조가 저렇게 웃을 수도 있다니!

"넌 어쩌면 내가 생각한 것보다 더 특별한 능력을 가졌는지도 모르겠다. 꿈을 보고 느끼는 정도를 넘어서 꿈과 소통할 수 있다니. 엄청난 드림센스야."

설이는 손을 뻗어 화식조의 얼굴을 쓰다듬었다. 뺨과 눈두덩이가 부어오른 화식조의 얼굴에서 열감이 느껴졌다.

"… 선생님의 꿈을 봤어요."
"응?"
"선생님이라면 잘할 거라고 생각했대요."

화식조의 표정이 식었다. 하지만 손바닥에 닿는 열감은 더욱 화끈해졌다.

"미안해하지 말라고 전해 달랬어요. 잘해 주어서 고맙다고도. 같이 어른이 되어서 푸념도 들어 주고 술도 마실 수 있었다면 좋았을 텐데 그러지 못해 미안하다고도. 하지만 잘 지내고 있대요."
"…"
"이제는 자유로워지래요."

화식조가 눈을 깜빡였다. 이번에는 순막이 아니라 진짜 눈꺼풀이 움직였다. 눈에 뭔가 차오르는가 싶었지만 강인한 뿌리가 물을 빨아들이듯 이내 건조해졌다.

"걔를 만났어?"
"네."
"잘 지낸다고 말했어? 그 애가?"

설이는 크게 고개를 끄덕였다.

"네."

"… 그래. 그럼 됐다."

보건실 스피커로 다음 시간을 알리는 종이 울렸다. 반가운 소리였다.

"종 친다. 다시 보통날이야. 오늘 꿈의 날 행사 마무리하고, 내일은 수학 시험 봐야지."

"에엑?"

"왜?"

"쌤! 저 방금까지 두억시니랑 싸웠잖아요. 좀 봐줘요, 진짜."

"나한테 뭘 바라는 거야? 얘가 들어가라는 말 안 듣고 제멋대로 날뛰더니 이젠 봐 달라고 하네. 그거 부정청탁이다, 너."

"진짜 너무한다."

"좀만 쉬다가 올라와. 요령 피울 생각 하지 말고. 난 가서 교실 정리 좀 해야겠다. 선생님 없다고 또 난리를 피우고 있을 텐데."

화식조가 설이의 침대에서 몸을 일으켰다. 설이는 머뭇거리다 더듬이가 생긴 이래로 내내 묵혀 둔 질문을 했다.

"선생님, 혹시 영재원에 꿈을 지키는 전사 특별 전형은 없어요? 특별한 능력이라면서요."

"뭐라는 거니. 그런 게 있을 리 없잖아."

화식조의 목소리는 싸늘했다. 다시, 전과 같은 화식조다.

"더듬이를 준 건 맥이지만 이 일을 선택한 건 너라고,

네가 그랬지? 넌 그걸 증명했어. 그거 말고 뭐가 더 필요해?"

"필요한 건 아닌데 뭐라도 더 있으면 좋죠. 꿈이 밥 먹여 주나요? 선생님도 꿈을 지키기 위해 싸우지만 본업은 선생님이잖아요, 월급 따박따박 나오는 철 밥 통 공무원."

"말이나 못 하면."

화식조는 나무라는 말을 했지만 표정은 썩 화난 것 같지 않았다. 설이는 어쩐지 화식조가 가깝게 느껴졌다. 예전엔 제일 무서운 선생님이었는데, 이제는 농담을 하고 까불 수도 있을 것 같았다. 물론 화식조가 압정을 들었을 때는 생각해 봐야겠지만.

"너, 맥 주변에 왜 하얀 나비가 맴돌고 있는지 아니?"

"왜요?"

"하얀 나비는 살면서 꿈꾸는 것조차 허락되지 않았 던 사람들의 한이고 혼이야."

"말도 안 돼. 꿈꾸는 데 누구 허락이 필요한 건 아니 잖아요."

설이의 말에 화식조는 쓰게 웃었다.

"한때 꿈조차 잃어버린 사람들이 있었지. 그들이 떠난 곳엔 하얀 나비가 남았어. 나비는 바람과 희망을 전하는 전령이야. 다른 말로-"

"- 꿈."

화식조가 고개를 끄덕였다.

화식조는 보건실 침대 커튼을 닫고 나갔다. 그러더니

커튼 사이로 얼굴을 내밀고 덧붙였다.

　"오늘은 정말 멋졌다. 내일 수학 시험도 잘 보자."
　"으악!"

　멋지거나 말거나. 설이한테 필요한 건 멋지다는 칭찬이 아니었다. 아, 내일 수학 시험… 어떡하지? 망했어, 진짜.

　설이가 기대어 앉은 보건실 침대, 그 옆의 창틀 위로 하얀 나비 한 마리가 팔랑팔랑 날아올랐다. 나비의 날개에 닿은 햇빛이 오로라 빛깔로 부서졌다.

부귀수산

김해일

바다 위로 작열하고 싶다. 읽는 이에게 들이닥치고 싶다. 영원하고 싶다. 안전가옥 앤솔로지 《이중생활자》의 〈부귀수산〉으로 작품 활동을 시작한다.

1.

저 마귀 같은 년이 저걸 잡아서 바다가 텅 비어 버린 기라. 늙은 해녀들이 얕은 양식장 위로 침을 뱉었다. 그러자 넘어질 듯이 달려온 건 한 여자였다. 짙은 주름과 새치로 뒤덮인 머리칼, 춘단은 양식장을 앞에 두고 떠드는 해녀들에게 낫을 휘둘렀다. 그러자 해녀들은 도망치듯 발을 옮겼고, 춘단은 숨을 고르며 얕은 물 속에 담겨 있는 조개를 바라보았다. 죽은 것처럼 입을 다물고 자신의 자리를 지키는, 춘단의 딸 같은 조개. 거대한 조개 위로 희멀건 분비물이 가라앉고 있었다.

유독 물안개가 끼는 섬이었다. 비가 내린 뒤면 안개가 짙게 내려앉아 밀물과 썰물도 구별되지 않았다. 이따금 해수욕을 즐기던 관광객들이 넘어왔지만 재미를 찾지 못하고 돌아가기 일쑤였고, 학교는 학급을 줄이고 합치다가 이내 허물어졌다. 학교가 사라지면서 안개 낀 섬은 염전과 김 양식장의 온상이 됐다. 바다가 따뜻해지면서 담치와 전복이 줄어들자 해녀들은 배를 곯았고, 물질이 투쟁이 되면서 해녀들은 서로의 죽을 날을 기다렸다. 섬은 안개에 가려져 햇빛이 들지 않았다.

부귀수산, 춘단은 허리를 펴고 양식장의 간판 불을 켰다. '귀'라는 글씨가 느리게 점멸하고 있었다. 춘단은 양식장의 문을 열고 빨간색의 접이식 테이블을 꺼냈다. 값만큼이나 가볍고 딱딱한 테이블을 놓으며 춘단은 손님들을 기다렸다. 배를 채우기 위해 찾아오는 길 잃은 관광객들이 부귀수산을 찾아오는 주 고객이었다. 춘단이 그들에게 양식장의 광어나 우럭, 멍게를 내어 주면 누군가 그렇게 묻고는 했다. 할머니, 여기 장사가 돼요? 그럴 때면 춘단은 공연히 허공을 바라보았다. 그냥, 먹고살아야 하니까 하는 거지. 생선의 뼈와 살을 발라 먹는 소리가 들려왔다. 춘단의 말을 귀담아듣는 사람은 없었다.

그곳에서 춘단은 홀로 상경한 딸을 떠올렸다. 대학이나 회사를 다니며 늦은 밤까지 애를 쓰다가 쓰러지듯 잠이 들 딸을. 춘단은 딸이 도망치듯 서울로 올라갔던 밤을 잊을 수 없었다. 병적인 도박중독과 알코올의존증으로 생활비를 좀먹었던 남편보다, 그런 남편과 결혼한 자신을 더 원망하는 듯한 눈빛을 잊을 수 없었다. 급하게 짐을 꾸려서 나가던 딸은 돌아온다는 기약을 하지 않았다. 딸의 번호로 전화를 걸면 없는 번호라는 안내가 들려왔다. 춘단은 속죄해야 한다고 생각했다. 책망받아야 할 남편은 이미 사라졌고, 춘단에게는 돌아오지 않는 딸만 남아 있었다.

옅은 햇빛이 사그라들고 물이 빠져나가기 시작했다. 노인들은 허물 같은 해녀복을 벗으며 연안으로 빠져나왔다. 해초만 잔뜩 붙었다는 신경질을 내며 몇몇이 춘단의 테이블을 차고 지나갔다. 염병, 혼자 속 편하게 양식장이라니. 춘단은 테이블을 가지런히 정리하며 물고기에게 밥을 줬다. 물질을 그만둔 춘단에게 해녀들이 주는 소속감이나 정보력은 필요 없었다. 춘단은 해가 질 때를 기다리고 있었다.

날이 어두워지고 안개가 도사리기 시작했다. 춘단은 부귀수산 끝에 쭈그려 앉아 검게 울렁이는 바다를 보았다. 주름진 얼굴과 축 처진 어깨, 믿을 수 없을 정도로 빠르게 늙어 버린 얼굴이 바다에 비치고 있었다. 춘단은 해녀가 되었던 것이 늘 부당하다고 생각했다. 바다로 오지 않았더라면 더 나은 직업을 가졌을지도 모른다고 믿었다. 사실 춘단은 아무런 장비 없이 바다에 들어가는 게 싫었다. 그 속에서 추위를 참는 것도, 전복 몇 개에 목숨을 거는 것도, 파도에 숨이 먹히는 것도 싫었다. 지옥이 있다면 용암이 아닌 바다가 끓는 곳일 거라 춘단은 믿었다. 그때 헤드라이트가 부귀수산의 입구에서부터 뭉근하게 번져 왔다.

춘단은 몸을 일으켰다. 장신의 여자가 걸어오고 있었다. 조개 먹으러 왔어요. 간판 불빛을 받은 여자의 얼굴이 다채롭게 물들기 시작했다. 금발을 길게 늘어뜨리고 비틀거리며 다가오는 여자, 나나였다. 저번에 먹은 걸로, 기억하지? 나나가 말했다. 화장은 녹아내리듯 지워지고 있었고, 오른쪽 광대에는 화장에 가려진 멍이 어렴풋이 번져 있었다. 춘단은 말없이 뜰채를 들고 조개 하나를 건져 냈다. 춘단이 조개의 입을 가르는 소리가 양식장에 울려 퍼졌다. 내일 여자애 한 명이 올 거야. 나나가 테이블에 앉으며 말했다. 나랑 같이 일하는 앤데. 걔가 얼굴 고친다고 돈을 무리하게 땡겨서 가지고 있는 거 몽땅 압류당하게 생겼거든. 춘단은 목걸이를 담은 접시를 나나 앞에 내려놓았다. 그래서 술 한 잔 주면서 얘기했어요. 나나가 가방에서 돈을 꺼냈다. 저 바다 끝에 있는 양식장에 할머니 한 명이 사는데, 물건 하나는 기가 막히게 잘 숨긴다고. 다 털리기 전에 가지고 있는 패물이라도 그 할머니한테 맡겨서 건지라고. 나나는 목걸이를 가져가며 현금을 올려놓았다. 나 잘했지? 춘단은 그러는 나나를 바라보지 않고 돈을 집어 들었다. 밤에 만나자고 하시오. 그리고 받은 돈의 일부를 건네며 말했다. 조개만 파는 거 압니까? 나나는 돈을 받으며 춘단의 팔짱을 꼈다. 알지, 알아요. 아직도 완전히 동업할 생각 없어? 춘단은 팔을 흔들며 붙어 오는 나나를 느리게 떼어 냈다. 나나는 실망하지 않은 얼굴이었다. 알았어, 귀걸이나 좀 맡아 줘요. 춘단은 귀걸이를 두고 멀어지는 나나를 바라보았다. 천사채 위에서 번들거리는 귀걸이는 촌스러웠다. 나나의 색조 화장과 탈색으로 얼룩진 머리도. 그러나 춘단이 그런 생각을 입 밖으로 꺼내는 일은 없었다. 손님과 관계를 맺지 않는 것은 춘단이 정한 규칙이었다.

춘단이 나나를 만난 것은 딸이 떠나고 10년이 지난 뒤였다. 물질을 마친 해녀들이 포구로 나오고 있을 때, 포구 앞으로 택시 한 대가 멈춰 섰다. 저기요, 누가 좀 도와주세요. 택시에서 내린 여자가 눈 화장이 번진 얼굴로 말했다. 애처로운 목소리였다. 미친년. 그걸 보던 한 해녀가 바닷물이 섞인 침을 뱉었다. 뻔하지, 술집에서 도망친 거. 해녀들이 조소하며 여자 곁을 지나가기 시작했다. 그때, 누군가 여자의 팔을 잡았다. 혜영아. 여자는 뒤를 돌아보았다. 춘단이 무너진 얼굴로 서 있었다. 할머니, 이것 좀 숨겨 줘요. 여자가 말했다. 춘단은 그제야 정신을 차린 얼굴로 여자를 바라보았다. 다이아 몬드 목걸이를 걸고 있는 젊고, 아름답고, 가여운 여자.

지금쯤이면 이만큼 컸을까. 춘단은 자신의 손을 잡아 오는 여자를 응시했다. 포구를 떠나는 해녀들이 그러는 춘단을 욕하고 있었다. 춘단은 여자의 목걸이를 바라보 다가 말했다. 언제까지 숨겨 주면 되오? 여자는 화장이 지워진 얼굴로 천천히 웃기 시작했다. 지폐 몇 장과 일 주일 뒤에 가지러 오겠다는 말을 남겨 둔 채 여자는 택 시에 올라 떠나고 있었다. 춘단은 그제야 5만 원권 지 폐들과 가격을 헤아릴 수 없는 목걸이를 보았다. 그리 고 그걸 단단히 쥔 채 홀린 듯이 자신의 집으로 향했다. 그날 춘단은 달렸던 것 같다. 아픈 무릎과 주름진 등을 펴고 달렸을 것이다. 얼마 만이었을까. 그동안 춘단은 아주 오랫동안 걸어 왔다. 집으로 돌아온 춘단은 해녀 복을 벗지 않고 해가 지기를 기다렸다. 밤바다로 나와 매섭게 몰아치는 파도를 보았다. 바위 위에서 그 모습 을 지켜보던 춘단은 눈을 감았다. 코를 막은 채 바다로 빠져 들어갔다. 춘단은 문득 자신이 해녀가 된 것에 감 사함을 느꼈다. 그날 짙은 바닷속에서 춘단이 본 것은 자신이 본 것 중에 가장 선명한 무언가였다.

일주일 뒤, 잔뜩 망가진 얼굴로 목걸이를 찾으러 온 여자는 춘단 앞에서 손을 흔들어 보였다. 굽이 나간 하 이힐을 한 손에 들고 있는 여자는 안쓰러울 정도로 멍 청하게 웃고 있었다. 춘단은 해녀복을 벗으며 깊지도 얕지도 않은 바닷속, 어떤 조개 속에 숨겨 두었던 목걸 이를 건넸다. 그러자 여자는 전보다 더 크게 웃기 시작했다. 할머니, 진짜 대박이다. 여자는 목걸이를 자신의 목에 걸며 물었다. 또 와도 돼요? 여자의 눈에 생기가 돌았다. 춘단은 그 안광에 서린 생기가 자신에게 전염되는 느낌을 받았다. 그러시오. 그날 춘단은 택시도 없이 맨발로 걸어가는 여자를 붙잡지 않았다. 여자에게 신발을 빌려주거나 멍든 얼굴에 약을 발라 주지도 않았다. 다만 춘단은 여자와 작은 거래를 했다. 여자와 비슷한 사람들에게 소문을 내 달라고. 그러면 돈을 주겠다고. 그 여자가 바로 나나였다.

그 뒤로 춘단에게는 나나 같은 사람들이 자주 찾아왔다. 거래의 장소는 언제나 늦은 밤의 포구였고, 액수는 전당포보다 부당했으며, 거래는 실패하지 않았다. 춘단은 그들이 달아나거나 숨는 부류라는 걸 알았다. 검은 무리가 찾아와서 포구를 뒤져도 조개들은 드러나지 않았다. 춘단의 방식은 나름대로 치밀했고, 의뢰인들은 춘단의 방식을 사랑했으며, 춘단은 그 사랑을 모아 끝내 양식장을 차렸다. 부귀, 그것을 누리기 위해 춘단은 양식장에 부귀수산이라는 간판을 달았다. 횟집이 함께 있어 우럭과 광어가 활기차게 떠도는 양식장은 밤이 되면 고요로 가라앉았다. 중요한 것은 그 아래, 숨을 죽이고 있는 조개들 속에 있었다.

부귀수산을 차리고 예전보다 더 많은 거래를 하면서도 춘단은 딸을 기다렸다. 딸에게 이 거대한 양식장을 보여 주고 싶었다. 자신이 묻은 조개와 그 속에 숨겨 놓은 금은보화들을 자랑하고 싶었다. 보렴, 내가 이렇게 똑똑하다. 춘단은 통장에 쌓인 액수를 보여 주고 싶었다. 이곳에서 물질을 하지 않는 여자는 자신뿐이란 걸

말해 주고 싶었다. 새치가 두피를 뒤덮을 때까지 돈을 벌었던 시간과 바다가 반사해 내는 자외선에 바싹 늙어 버린 피부는 보여 주고 싶지 않았다. 춘단은 이제 좋은 것들만 보여 주고 싶었다. 그런 게 사랑이라는 걸 춘단은 알고 있었다.

*

- 할머니, 나 왕따였다?

나나가 말했다. 춘단은 양식장에 앉아 물고기에게 밥을 주고 있었다. 나나는 대답 없는 춘단을 바라보다가 이어 말했다. 그런 애들 한 명씩은 있잖아. 눈치 없고 말 많은 애들. 안 씻고 옷도 못 입고 유난히 촌스러운 애들. 나만 가면 다들 떠들다가도 입을 닫았어. 서로 눈 마주치다가 날 힐끔거리면서 킥킥거렸어. 교과서가 없으면 누구에게도 빌리지 못하고 수업 시간에 멍하니 앉아 있었어. 그런 날이면 유독 하늘이 맑아서 나 혼자 창밖을 봤어. 다들 책에 머리 박고 수업 듣고 있을 때 그걸 보면서 무슨 생각을 했게. 춘단은 고개를 돌려 나나를 보았다. 나나는 고장 난 사람처럼 웃고 있었다. 아, 나는 다른 길을 가겠구나. 내가 쟤네처럼 되려면 죽도록 노력해야 하는구나. 그런 생각을 했어. 그 애들이 못된 거라곤 생각하지 않았어. 그냥, 나한테 옷 좀 사 주고 씻는 법도 알려 주는 엄마가 있었으면 어땠을까. 그런 생각을 했어. 우리 엄마는 일하느라 바빴거든. 엄마는 내가 어릴 때 이혼했어. 혼자 애 키우면서 돈을 벌었어. 이건 나중에 할머니한테 들은 건데, 둘 다 양육권을 포기해서 내

부귀수산

가 고아원에 갈 뻔했대. 근데 엄마가 끝내 날 키우기로 한 거래. 후회할까 봐. 벌을 받을까 봐. 그래서 어느 날 내가 후회하냐고 물어본 적이 있었는데, 엄마는 대답을 안 했어. 나는 대답을 들었다고 생각했어.

내가 이 얘기를 왜 하게.

이런 인생인데도 딱 한 번, 친구가 있었거든. 고등학생 때였어. 걔네 엄마 아빠는 교수였어. 서울의 마당 딸린 한옥에서 살았고 매일 같이 개인 레슨을 받았어. 그리고, 걔는 피아노를 잘 쳤어. 영재라나. 콩쿠르 같은 거 있으면 매번 상을 타 오면서 학교 홍보도 하고 그랬어. 그래서 선생님들이 좋아했지. 애들은 싫어했고. 걔가 학교를 자주 빠졌거든. 수업을 열심히 들은 것도 아니었고. 성격은 음침하고 완전 마마걸이라서 친구가 없었어. 근데 걔가 내 유일한 친구였어. 우리 둘 다 왕따라서, 우린 비슷한 점이 하나도 없었는데 그랬어. 나도 걔가 싫고 걔도 나를 싫어했는데, 우린 조별로 배드민턴을 할 때면 같은 조가 됐고, 발표 수행평가가 있을 때도 마찬가지였어. 심지어는 점심시간에도 함께였다? 우리 둘만 밥을 안 먹었거든. 난 걔가 싫은데, 걔가 있어서 다행이라고 생각했어. 살아가는 게 덜 비참할 수 있었어. 근데 1학기가 지나면서 걔가 유학 간다고 자퇴를 하더라고. 가방을 메고 학교 정문을 나가면서 걔가 나한테 뭐라고 했는지 알아? 미안하대. 혼자 내버려 두고 가서. 진짜 웃기는 애였어.

그래서 내가 이 얘기를 왜 하냐고?

어제 그 애한테서 전화가 왔어. 물건을 숨겨 줄 수 있내. 아주 위험한 물건이래. 작지도 않고 가볍지도 않대. 근데 숨겨 줄 수 있내. 아니면, 그런 곳을 아내.

춘단은 침을 삼켰다. 소금 기둥이 되어 버린 여자처럼 춘단은 움직일 수 없었다. 나나는 굳어 있는 춘단의 어깨를 살짝 잡았다. 어떡할까? 나나가 말했다. 숨길 수 있겠어? 나나는 춘단의 어깨를 조심스레 흔들었다. 돈을 많이 주겠대. 엄청 많이. 춘단은 어깨를 쥔 나나의 손을 쳐 냈다. 나나가 놀란 눈으로 춘단의 얼굴을 바라보았다. 그 여자가 얼마를 줄 수 있소? 춘단이 말했다. 나나는 다시 웃었다. 부르는 대로래. 그 이후로는 정해진 수순을 밟았다. 춘단은 돈 앞에서 거절하는 법이 없었다. 밤에 오라고 하시오, 부귀수산으로. 춘단의 말에 나나는 춘단을 껴안았다. 고마워, 우리 돈밖에 모르는 할망구. 진짜 사랑해. 나나의 온기가 따뜻했다. 춘단은 잠시 멈춰 있다가 나나의 등을 느리게 쓸어 보았다.

2.

나나가 얘기한 여자를 만난 것은 다음 날의 일이었다. 춘단은 경직된 얼굴로 부귀수산에 앉아서 파도를 바라보고 있었다. 하늘을 공회전하는 갈매기 떼와 검게 울렁이는 바다. 차 소리가 가까워졌고 춘단은 고개를 돌렸다. 안개 낀 밤의 포구에 헤드라이트가 다가오고 있었다.

－ 부귀수산 맞죠? 조개 파는 곳.

미색의 SUV에서 내린 여자가 말했다. 나나와 친구였다고는 믿을 수 없을 정도로 전혀 다른 종류의 사람이었다. 차분하게 늘어뜨린 검은 머리칼과 새하얀 앵클부츠. 춘단은 주억거리며 손을 내밀었다. 그러자 여자는 코트 안쪽으로 멘 가방에서 트로피를 꺼냈고, 춘단은 어깨를 흠칫 떨며 고개를 저었다.

- 나나한테 들었어요. 돈만 주면 다 숨겨 준다고.

춘단이 입을 떼기 전에 여자가 말했다. 춘단은 여자의 희고 긴 손가락 사이로 굳게 쥐어진 트로피를 바라보았다. 투명한 크리스털과 음표 모양의 금장. 차상, 국내 영재 음악 콩쿠르 이재연, 그리고 그 끝에 피가 묻어 있었다. 춘단은 숨을 짧게 들이마시며 여자의 코트를 훑었다. 보풀 하나 없는 새하얀 코트였다.

- 일주일만 숨겨 주시면 돼요.

여자가 말을 이었다. 정해진 대사를 읽는 것처럼 차분한 얼굴이었다.

- 얼마를 부르든 상관없어요.

춘단은 망설이는 얼굴로 여자를 보았다. 여자는 춘단의 눈을 보고 있었다. 그때 해풍이 여자의 머리칼을 훑고 지나갔고, 짧은 찰나에 여자의 미세한 주름이 명멸하는 것을 춘단은 보았다. 앙다문 입술과 흔들리지 않는 눈빛. 춘단은 딸이 떠나갔던 어느 날 밤을 떠올렸다. 엄마, 이제 쉬어. 춘단은 잠시 눈을 감았다가 떴다. 여자의 가지런히 정돈된 얼굴이 보였다. 숨기기만 하면 되오? 그날 춘단은 여자에게 피가 닦이지 않은 트로피를 건네받으며, 어떤 진실의 값이라 해도 모자라지 않을 액수를 불렀다.

춘단은 얕은 양식장의 물 위로 거대한 조개를 건져

냈다. 그리고 그것의 입을 갈랐다. 조개의 살은 보이지 않았다. 조개 속에서 물과 모래가 쏟아지고 있었다. 빈 껍데기 안에 트로피를 집어넣으며 춘단은 조개 깊은 곳에 숨어 있는 그것을 보았다. 딸을 떠나가게 한, 버리지도 꺼내지도 못하는, 종종 꿈에 나와 춘단을 괴롭히는 그것. 어쩌면 춘단의 비밀은 나나를 만나기 전부터, 딸이 떠난 그날부터 시작되었는지도 몰랐다. 춘단은 트로피를 숨기고 조개의 입을 닫으며 이마에 맺힌 땀을 닦았다. 그때 춘단이 무슨 생각을 했더라. 후회할까 봐, 벌을 받을까 두려웠나. 아니다. 춘단은 두렵지 않았다. 단한 번도 이 일을 하면서 후회한 적이 없었다. 춘단은 이렇게 해야만 했다고 믿었다. 악착같이 살아가야만 했다고. 돈을 거의 모았고, 딸이 돌아올 일만 남았다고. 그게 나의 속죄라고 춘단은 생각했다.

그래서 얼마 받았어? 나나가 물고기들에게 밥을 주며 물었다. 춘단은 조용히 전보다 많은 돈을 떼어 주었다. 많이 줬나 보네. 재연이 걔가 돈은 진짜 많거든. 나나가 돈을 세며 말했다. 엄마 아빠 덕도 있고, 걔가 피아노를 유난히 잘 치기도 하고. 예전에는 영재라고 불렀어. 완전 천재라고. 근데 어느 순간부터 안 보이더라. 나나는 춘단에게 물고기 밥을 건네려다가 장난스레 거뒀다. 근데 할머니, 왜 그렇게 돈을 열심히 모아? 가족도 없으면서. 그 말에 춘단은 버럭하듯 밥을 빼앗았다. 다 큰 딸이 있소. 춘단의 말에 나나가 눈을 빛냈다. 딸이 있었어? 이름이 뭐야? 몇 살이야? 쉴 틈 없이 말하는 나나를 두고 춘단이 말없이 물고기들에게 밥을 주자, 나나는 웃으며 말했다. 걔가 혜영이구나. 춘단은 얼

굴을 굳혔다. 왜 자꾸 찾아오는 거요? 나나는 퉁명스레
묻는 춘단에게 살며시 답했다. 나는 왕따고, 할머니도
왕따니까. 춘단은 대답하지 않았다. 그저 나나를 양식
장 밖으로 밀어낼 뿐이었다. 그때, 양식장 안에서 촌스
러운 노래가 울리기 시작했다. 춘단은 나나를 두고 돌
아가 전화를 받았다. 여보시오? 전화선 너머로 남자의
목소리가 들려왔다. 경찰입니다. 춘단은 눈을 크게 떴
다. 어제 여자 한 명이 찾아오지 않았습니까? 차상, 국
내 영재 음악 콩쿠르 이재연. 지난밤 보았던 트로피가
춘단의 뇌리에 떠올랐다.

- 할머니, 얘 전화 안 받아.

나나가 뺨에서 휴대폰을 떼며 말했다. 춘단은 트로피
의 모습을 상기하며 거대한 자판으로 '이재연'을 검색
했다. 휴대폰을 쥔 손에 땀이 배어 나왔다. 춘단은 트로
피를 돌려주어야 한다고 생각했다. 다시 오겠다는 말이
이토록 섬뜩했던가. 춘단은 딸에게 무너진 양식장을 보
여 주고 싶지 않았다. 다시 바닷속으로 돌아가고 싶지
않았다. 춘단은 내려다보는 자리에서 바다를 보고 싶었
다. 짐을 싸야 할까. 그러나 춘단은 빠르게 단념했다. 춘
단의 모든 게 이곳에 있었다. 피아니스트 이재연. 춘단
은 여자의 마지막 공연에 대한 기사를 보았다. 이제는
사람들이 찾지 않는 과거의 영재에 대한 기사였다. 기
사는 많지 않았다. 포럼은 같은 날 열리는 유명한 가수
의 내한 공연으로 시끄러웠다. 춘단은 더듬거리는 손으
로 여자의 공연이 열리는 장소와 시간을 확인했다. 당
장 출발한다면 알맞게 도착할 수 있을 것 같았다.

연주는 바다를 낀 어느 공연장에서 이루어졌다. 춘단

은 그 앞의 매표소에서 적당한 돈을 내고 표를 구했다. 공연장 안의 사람들은 많지 않았다. 공연을 알리는 음악이 나오자 관객석이 어두워지고 스포트라이트가 무대 위를 비췄다. 그때, 춘단은 하마터면 소리를 낼 뻔했다. 무대 위로 올라선 여자의 표정이 너무나도 태연해서, 춘단은 여자가 문득 증오스러워졌다. 여자는 공연장을 둘러보고 짧게 목례했다. 춘단은 여자가 팔을 길게 늘어뜨리고 이깨를 펴는 모습을 지켜보았다. 어째서 저렇게 정돈되어 있는 걸까. 춘단은 무너진 얼굴로 여자의 손가락이 피아노를 연주하는 모습을 바라보았다. 유려한 선율이 공허한 공연장을 메우기 시작했고, 춘단은 주먹을 쥔 손에 서서히 힘을 풀었다. 잘 가다듬은 피아노 연주를 직접 들어 보기는 처음이었다.

아주 느리게, 아주 부드럽게, 그러나 정교한. 여자의 마지막 연주가 흘러나왔다. 〈마더〉였던가. 꼭 비 오는 날의 밤바다처럼 처음부터 끝까지 난해하고 우중충한 여자의 자작곡이었다. 안개가 달빛을 잔뜩 머금어서 아무것도 보이지 않는 그런 늪을 닮은 바다 같았다. 어째서 어머니라는 이름을 단 곡이 이토록 증오스러울 수 있는 걸까. 춘단은 마지막 곡이 끝나자 손뼉을 쳤다. 영화제에서 작품이 끝나면 10여 분간 손뼉을 치는 사람들처럼, 춘단은 그런 사람들이 된 것처럼 손뼉을 쳤다. 춘단은 엄마니까 미움받을 수 있는 것이라 생각했다. 사랑하니까 증오도 할 수 있는 거라고. 여자는 춘단과 눈을 마주치고 웃었다. 잘 가공한 진주처럼 아름다운 미소였다.

공연이 끝난 뒤 빠져나가는 사람들을 제치며 춘단은

대기실을 나가던 여자를 붙잡았다. 그러면서도 입을 떼지 못했다. 무슨 말을 해야 할지 춘단은 알 수 없었다. 어땠어요? 침묵이 돌자 여자가 물었다. 춘단은 분노가 사그라드는 것을 느꼈다. 좋았어요. 많이 좋았어요. 춘단이 주절거렸다. 너무 좋아서 또 듣고 싶은데, 이제 어디서 들어야 할지 모르겠다고. 그러자 여자는 가방에서 CD 하나를 꺼냈다. 듣고 싶을 때마다 이걸로 들으면 돼요. 춘단은 입을 떼지 못하고 그것을 건네받았다. 정신을 차렸을 때는 여자가 떠나가고 있었다. 춘단은 입술을 깨물다가 신음하듯 내뱉었다. 경찰한테 전화가 왔소. 춘단의 목소리가 복도에 울려 퍼졌다. 이제 어떡할 겁니까. 여자가 느리게 등을 돌리고 춘단을 바라보았다. 누군가 당신이 지어야 할 죄를 대신 지었다면, 그래서 벌을 받아야 한다면, 당신은 어떻게 하겠어요? 춘단은 대답할 수 없었다. 그때 춘단은 여자와 같은 대답을 떠올렸을까. 여자의 뒤로 햇빛이 쏟아졌다. 춘단은 눈을 감았다. 출구를 향해 멀어지는 발소리가 들려왔다.

양식장으로 돌아와 보니 나나가 팔짱을 낀 채 춘단을 노려보고 있었다. 걔 만났어? 쏘아붙이는 나나의 말에 춘단은 가방에서 CD 한 장을 꺼내 보였다. 나나는 눈알을 한 번 굴리더니 춘단의 어깨를 붙잡았다. 할머니 등신이야? 걔가 그랬대? 범죄 저지르는 데 쓴 물건을 여기로 가져온 거래? 춘단은 나나가 흔드는 대로 흔들렸다. 아니라고 대답할 수 없었다. 그렇다고 그 여자가 그랬다고도 말할 수 없었다. 나나가 몇 번 더 무어라 소리쳤지만, 춘단은 제대로 들을 수 없었다.

그때 경찰차 세 대가 춘단의 양식장 앞에 멈춰 섰다. 나나와 춘단은 굳은 눈으로 차에서 나오는 경찰들을 보았다. 무슨 일이에요? 나나의 물음에 형사 한 명이 압수수색영장을 발부받았다고 얘기했다. 살인 사건입니다. 형사가 말했다. 춘단과 나나는 서로를 바라보았다. 형사들이 횟집을 들쑤시듯 물건을 치우고 그물망을 헤집기 시작했다. 몇몇 해녀들이 저 너머로 어질러지는 부귀수산을 구경하고 있었다. 춘단은 문득 나나의 손을 잡았다. 춘단의 손에 힘이 들어갔다.

조개가 있네요? 그때 한 형사가 말했다. 모두가 일제히 고개를 돌리고 형사가 가리키는 곳을 보았다. 그러게, 어패류 양식은 처음 보는데. 형사들이 뜰채를 들고 물고기들을 몰아내며 조개에게 관심을 갖기 시작했다. 저 조개 좀 봐. 누군가 구석에 몸을 눕히고 있는 거대한 조개를 가리키자, 춘단은 고개를 저었다. 저 조개는 안 팝니다. 딸처럼 키운 거라. 형사들은 역시 사랑으로 자란 것들은 태가 난다며 시시덕거렸다. 수색은 긴장감 없이 진행되었다. 한 형사가 춘단과 나나를 경찰차로 인솔했다. 잠시 협조해 주시죠. 뒷문이 닫히고 차가 출발하자, 부귀수산이 나나와 춘단으로부터 멀어지기 시작했다. 상황에 따라 전환이 될 순 있지만 지금으로선 참고인 조사예요. 긴장하지 않으셔도 됩니다. 운전을 하던 젊은 경찰이 말했다. 춘단은 창문에 손을 짚고 어질러지는 부귀수산을 바라보았다.

*

- 이재연 씨 내비게이션에 황춘단 씨의 부귀수산이 찍혀 있더군요. 살인이 일어나고 난 바로 다음 날에요.

취조실에 앉은 춘단이 대답을 않자 형사는 말을 이었다. 이상하지 않아요? 현장이었던 집과 차량, 그 주변 어디에서도 범행 도구가 발견되지 않았거든요. 남자는 탁자 위에 팔꿈치를 올리고 턱을 괬다. 집에서 30km나 떨어진 바다 끝의 양식장, 그리고 10년 전 남편의 실종을 겪은 할머니. 정황이 이상하리만큼 들어맞지 않나요? 춘단은 여전히 탁자를 바라보고 있었다. 딸과도 연락이 안 된다고 하셨는데, 혹시…. 그때 춘단이 소리쳤다. 지금 무슨 말을 하고 싶은 거요? 그러자 경찰은 웃으며 말했다. 그러니까 제 말은, 황춘단 씨가 범죄와 그리 멀지 않은 사람일 수도 있다는 겁니다. 형사가 검지 손가락을 둥글게 돌렸다. 그런데요, 저희는 할머니 양식장에 관심이 없어요. 저희는 증거만 찾으면 되거든요. 범인이 사람을 죽인 흉기. 주먹을 쥔 춘단의 손이 떨렸다. 형사는 그런 춘단의 손을 보며 물었다. 그래서 어디에 숨겼습니까? 춘단은 바싹 말라 버린 입술을 뗐다. 그 여자는 정말 회를 먹으러 온 겁니다. 춘단의 목소리가 흔들리고 있었다. 남편은 술을 먹고 돌아오는 길에 사라진 거요. 그리고 제 딸은, 그 애는 그저…. 형사는 주절거리는 춘단을 보다가 이내 자리에서 일어났다. 일단 집으로 가시죠. 증거가 더 나오면 다시 서에 오셔야 합니다. 춘단은 취조실에서 나오면서 창밖을 바라봤다. 해가 완전히 져 있었다.

경찰서를 나온 춘단은 어둠 속에 파묻혀 서 있는 나나를 발견했다. 나나는 물건을 맡기러 왔을 때처럼 엉망이었다. 춘단은 그런 나나의 손을 잡았다. 그리고 버스 정류장으로 걸었다. 가야지. 춘단이 말했다. 나나는 잡은 손을 놓지 않고 춘단의 뒤를 따라갔다. 버스를 타고 양식장으로 가는 동안 나나는 말이 없었다. 집에 가라는 춘단의 말에도 나나는 애처럼 춘단의 어깨에 얼굴을 문질렀다. 그날 나나는 춘단의 양식장에서 잠을 잤다. 춘단은 창문 너머로 넘실거리는 파도를 바라보다가 달빛이 스민 나나의 얼굴을 보았다. 지금쯤이면 나나만큼 컸을 텐데. 춘단은 중얼거리며 다시 잠자리에 누웠다. 그 애가 보고 싶었다.

*

춘단이 잠에서 깨어났을 때는 나나가 없어진 뒤였다. 다급히 겉옷을 꿰어 입으며 양식장으로 나오려던 순간, 춘단은 딸이 쓰던 컴퓨터 앞에 앉아 있는 나나를 발견했다. 할머니 일어났어? 코 엄청 골더라. 나나는 컴퓨터에서 눈을 떼지 않은 채 말했다. 고물이라 오래 걸렸어. 할머니는 컴퓨터도 안 써? 나나는 의자에서 일어나며 춘단에게 MP3 플레이어를 건넸다. 노래 옮겨 놨어. 춘단은 나나가 건네는 플레이어를 받아 노래를 재생했다. 흑백 LED 화면 위로 '마더'라는 제목이 띄워져 있었다. 노래는 좋네. 나나가 말했다. 춘단은 겉옷을 벗으며 나나 옆에 앉았다. 직접 들을 때는 더 좋았소. 춘단이 말했다. 늪 같다가도 바다 같은 노래가 느리게 울려 퍼지고 있었다.

그날부터 나나는 집에 가지 않았다. 나나가 양식장에서 며칠을 보낸 뒤에야 춘단은 그 사실을 실감했다. 왜 집에 안 가오. 춘단이 그렇게 물으면 나나는 답했다. 집이 너무 넓다고, 혼자 있는 원룸이 바다처럼 넓게 느껴진다고. 그럴 때마다 나나는 더 밝게 웃었다. 춘단은 나나가 웃을 때 한 번쯤은 거울을 봤으면 좋겠다고 생각했다. 웃을 때마다 두드러지는 나나의 팔자 주름이 매번 같은 깊이와 같은 모양으로 생겨서, 춘단은 나나의 웃음이 습관이라는 것을 알아차렸다.

- 그만 웃어도 됩니다.

그래서였을까. 춘단이 나나에게 그런 말을 했을 때 나나는 웃지 않았다. 눈물을 흘리지도 않았다. 춘단은 나나와 담배를 나눠 피우며 연기를 내뿜는 나나의 옆얼굴을 지켜보았다. 나나는 처음으로 아무런 표정을 짓지 않고 있었다. 침묵이 길어졌고 춘단과 나나는 포구 끝에 앉아서 바다를 바라보았다. 나보고 다들 그러더라고. 나나가 담배를 땅에 비벼 끄며 말했다. 나보고 머리에 든 게 없대. 술을 너무 먹어서 돌아 버린 것 같대. 그래서 저렇게 웃는 거래. 한심하대. 누가 술병을 던져서 내 머리 옆에 깨뜨렸을 때도, 나는 그때도 계속 웃고 있었거든. 그래야 살 수 있을 것 같아서. 왜, 웃는 얼굴에 침 못 뱉는다고 하잖아. 그 사람도 웃는 애한테 양주병을 던지진 않을 거라 생각했지. 난 그냥, 사람들이 계속 나한테 침을 뱉어서 그랬어. 나나가 춘단을 바라보았다. 할머니는 좀 웃어, 웃어야 행복해진다잖아? 춘단은 나나의 어깨를 잡고 일어서며 말했다. 돌아가자. 나나는 그렇게 말하는 춘단을 따라갔다. 할머니도 외로운 거 알아. 바다 끝에서 친구도 가족도 없이 혼자 살면서. 누가 양식장을 털기라도 하면 어떡해? 재밌는 얘기 할 사람도 없고, 밥 한 끼 같이 먹을 사람도 없고. 할머니. 밥은 챙겨 먹긴 해? 아니다, 챙겨 먹나 보다. 안 그럼 이

몸매가 나올 수 없지. 근데 할머니 방금 웃었지. 하하, 할머니 나 좋잖아. 하여튼, 나한텐 엄청 약하다니까. 나도 할머니 좋아. 엄마가 있었다면 할머니 같았을 것 같아….

그날 나나는 춘단에게 비밀 하나를 속삭였다. 나 말이야. 사실 고아야. 이혼한 엄마 같은 거 없었어. 재연이 걔랑도 안 친했어. 그냥 돈 받으려고 지어낸 거야. 근데 '나나'는 진짜 내 이름이다? 내가 뱉는 말들은 모두 거짓말인데, 그거 하나만은 진짜야. 그게 내 비밀이야. 나나라는 애가 진짜 존재한다는 거. 나나는 거짓된 게 아니라는 거. 춘단은 나나를 바라보다가 나나의 귀에 입을 가까이 댔다. 나는 말이다. 춘단이 느리게 속삭였다. 부모가 농사일을 했었지. 춘단의 입술은 떨리지 않았다.

옛날 옛적에 농사꾼 부부가 있었다. 그들은 소작농으로 돈을 모아 자그마한 땅을 사고 그곳에 나무 50그루를 심었다. 그것들이 과일을 맺기까지 그들은 배부르게 밥을 먹어 본 적이 없었다. 그것들이 작고 신 과일을 떨어뜨렸을 때까지도, 여자의 배가 동산처럼 불러 왔을 때까지도. 그들은 무지했으며 배고프게 살았다. 그러던 중 죽어 가는 나무에 꽃이 피었을 때 여자는 아이를 낳았다. 그들은 아이에게 꽃의 이름을 따 춘단이라는 이름을 붙였다. 마른 나무줄기에 핀 꽃, 춘단은 그렇게 태어났다.

과수원이 망하고 아이가 태어나자 그들은 화전농을 하기 시작했다. 나무와 꽃을 모두 불살라 버리고 남은 돈을 긁어모아 씨를 뿌렸다. 춘단은 그 장면을 기억했다. 활활 타오르는 밭과 그 연기 속에 잠긴 아버지의 얼굴. 그들은 그렇게 살아왔다. 당장 배부를 수 있다면 가진 것 따위 모두 소모할 수 있었다. 그런 집에서 춘단은 어머니의 고무신을 신고 네 시간을 걸어서 통학했다. 학교에서 보급하는 옥수수빵이 춘단을 배부르게 하는 유일한 음식이었다. 춘단은 그걸 입에 욱여넣을 때마다 무슨 생각을 했더라. 벗어나고 싶었던 것 같다. 가족이 아니라 가난으로부터. 그때 춘단은 어떻게든 노력해서 농부가 아닌 다른 존재가 되고 싶었다. 당장은 굶더라도 앞으로는 배불리 살게 해 줄 무언가가 다른 곳에 있다는 것을 알았다. 춘단이 어렵사리 학교를 졸업했을 때, 부모는 춘단에게 배표를 건네며 말했다. 결혼해라. 그때 춘단은 20세였다.

그날 춘단이 속삭인 내용은 자신이 세운 모든 규칙에 위배되는 것이었다. 떨어지는 달빛 아래서 둘은 나란히 누워 있었다. 수학여행을 간 소녀들처럼, 둘은 얼굴을 맞대고 숨죽여 웃었다. 조개에 물건을 숨기다니, 그런 창의력은 어디서 나오는 거야? 나나의 말에 춘단은 고개를 돌리며 숨을 내쉬었다. 나도 너처럼 살아남아야 하니까. 춘단은 마음속 깊은 해저에 묻혀 있던 것이 수면 위로 부유하는 느낌을 받았다. 춘단은 나나에게 말했다. 모든 게 끝나면, 술집에 나가지 말고 이 양식장에서 같이 일하자고. 물건을 숨겨 주고 돈을 받는 그런 일은 그만두고 정말 살아 있는 생물을 양식해서, 정당한 값에 팔며 살자고. 춘단의 목소리가 점차 줄어들었다. 춘단은 매번 홀로 보던 천장을 나나와 공유한다는 것을 새삼 실감하며 눈을 감았다. 그날 춘단이 꾼 꿈은 그녀가 꾸었던 꿈 중에서 가장 끔찍한 악몽이었다. 해녀복을 입은 남자가 해안선에서 부패하는 꿈. 그 위로 조개껍질이 쌓여 작은 무덤을 만드는 꿈. 꿈속의 춘단이 조개껍질을 파헤쳤다. 그것들을 모두 파헤친 춘단이 본 것은, 교복을 입고 누워 있는 딸이었다.

다음 날 춘단에게 경찰들이 찾아왔다. 나나는 사라진 채였다. 차에서 내린 경찰들이 춘단의 부귀수산으로 들이닥쳤다. 바짓단을 접고 양식장으로 뛰어든 그들이 각기 다른 조개의 입을 벌리자 귀걸이와 목걸이, 금 조각 등 온갖 아름다운 것들이 쏟아져 나왔다. 그리고 누군가 거대한 조개의 입을 벌리니, 찌그러진 트로피와 베트남전 무공훈장이 나타났다. 춘단은 그것들을 보며 연행되었다. 수갑을 찬 춘단의 손목이 차게 식어 있었다.

3.

- 너 켕기는 거 많은 거 안다.

나나가 춘단과 함께 취조를 받으러 간 날이었다. 어두운 취조실에 앉은 나나에게 형사가 말했다. 고아네? 살던 오피스텔도 뺐고, 사채에 마이킹에. 술집에서 몸 팔고 공사 치고 그러면서 살았어? 요즘에는 룸살롱에서 마약도 한다던데. 그거 진짜야? 막 떨, 뽕. 그런 것도 하고 그래? 형사가 나나의 눈을 바라보며 말했다. 돈 필요하지. 그래서 도와준 거지? 그 여자 집안 보니까 돈은 많겠더라고. 나나는 말이 없었다. 형사는 턱을 긁으며 말했다. 근데 있잖아, 난 너 억울한 거 안다. 나나가 고개를 들었다. 그 할머니 말이야. 이재연이 찾아간 할머니. 솔직히 좀 수상하잖아, 남편은 실종됐고 딸은 연락 두절이고. 왜 이재연이 하필 그런 사람에게 갔겠어? 형사는 나나에게 가까이 다가갔다. 우리는 그것만 찾으면 돼. 범행 도구, 증거 말이야. 범인을 찾고 가늠할 그거. 무슨 말인지 알지? 나나의 눈에 웃고 있는 형사의 얼굴이 보였다. 그러니까 그것만 찾아 주면 넌 풀어줄게. 싫으면 이재연이랑 할머니랑 손잡고 재판 받든가. 빵에서 살 자신 없잖아. 침묵이 이어졌다. 형사는 나나의 반응을 살피고 있었다. 저기요. 그때 나나가 말했다. 증거만 찾으면 되는 거죠? 나나는 형사를 따라 웃었다.

모든 게 끝나면, 술집에 나가지 말고 이 양식장에서 같이 일하자.

나나는 눈을 떴다. 춘단이 코를 고는 소리가 들려왔다. 창밖의 둥근 해가 수평선에 걸쳐져 있었다. 나나는 조용히 겉옷을 주워 입으면서 양식장을 나왔다. 그거 해서 얼마나 번다고. 나나가 중얼거렸다. 노친네. 나한테 끝이 어딨어. 처음부터 지금까지 쭉, 계속해서 굴러떨어지기만 하는데. 나나는 조개들이 담긴 바다를 지나쳐 갔다. 그리고 전화를 걸었다. 형사님. 나나는 잠시 입을 다물었다. 찾았어요. 나나는 춘단의 비밀에 대하여 얘기하며 계속해서 걸었다. 말을 하면 할수록 추락하는 느낌을 나나는 받았다. 갈 곳은 여전히 없었다. 나나는 춘단이 빌려주었던 옷을 입고 있었다. 촌스러운 꽃무늬 패턴의 잠옷. 바다 너머로 해가 완전히 떠올라 있었다. 나나는 햇빛을 맞이하며 숨을 내쉬다가 다시 걷기 시작했다. 나나의 눈에 비치는 양식장이 점차 작아지고 있었다.

*

이재연이 트로피를 주던가요?

춘단은 취조실에 앉아서 고개를 숙이고 있었다. 아니요, 두고 갔습니다. - 그래서 숨겼습니까? 춘단은 대답하지 않고 고개를 끄덕였다. 형사는 강렬한 눈빛으로 춘단을 바라보았다. 그걸 지금 믿으라는 말이죠? 춘단은 마른침을 삼켰다. 감식반이 지문이랑 혈흔을 분석하고 있어요. 형사가 말했다. 조개 속에서 나온 다른 물건들에 대해서도 설명하셔야 할 겁니다. 춘단은 입을 앙다물었다. 그 여자가 줬다고 하면 되는 일을, 어째서 빙빙 돌리고 있는지 춘단 자신도 알 수 없었다. 몇 가지 질문을 하던 형사는 마지막으로 물었다. 딸도 자신의 엄마가 이런 일을 한다는 거 압니까? 찰나에 춘단의 심장이 내려앉았다. 이번에는 저번처럼 쉽게 돌아가지 못할 겁니다. 형사가 취조실을 나가며 말했다.

그날 춘단은 경찰서에서 잠을 잤다. 남자들의 코 고는 소리 사이로 파도 소리가 들려오는 것 같았다. 춘단은 〈마더〉를 흥얼거리며 눈을 감았다. 그래서 나나는 잘 도망쳤을까. 딸은 서울에서 잘 살고 있을까. 딸이 돌아온다면 무슨 이야기를 해야 하지. 깨진 트로피를 숨겼다고 해야 할 텐데. 수상한 사람들의 수상한 물건들을 숨겼다고. 아니다. 왜 부귀수산을 세웠는지, 그곳에서 무슨 짓을 했는지. 무슨 짓을 하면서 네 생각을 했는지. 너에게 뭘 보여 주고 싶었는지. 아니다. 왜 너희 아빠랑 결혼했는지. 왜 너를 잡을 수 없었는지. 아니, 아니다. 왜 해녀가 됐는지. 왜 해녀가 되지 않을 수 없었는지. 그게 얼마나 싫었는지를 얘기해야 할 것이다. 잠을 자지 못한 춘단의 얼굴이 지쳐 있었다. 동이 튼 뒤 춘단이 다시 취조실로 들어가니, 전에 보았던 형사가 팔짱을 낀 채 춘단을 노려보고 있었다. 그는 신경질적으로 차트를 내려놓으며 춘단에게 말했다. 자수했습니다. 형사의 말에 춘단이 되물었다. 누가 말이오? 형사는 춘단의 수갑을 풀며 말했다. 이재연요. 춘단은 그제야 사건의 전말을 들을 수 있었다. 죽은 사람은 재연의 친부였으며, 현장에는 재연과 재연의 친모가 함께 있었다고 했다. 이재연이 트로피로 아빠의 머리를 내리쳤답니다. 형사가 말했다. 부귀수산에서 나온 증거물을 경찰이 모두 확보한 걸 확인하면 나머지 진술을 하겠다고 하네요. 춘단의 눈이 서서히 커졌다.

스포트라이트를 받던 얼굴, 서를 나오면서 춘단은 기자들에게 둘러싸여 연행되는 여자를 발견했다. 긴 머리칼과 창백한 혈색, 잠을 제대로 자지 못한 것 같았다. 금방이라도 형사들의 손에 앙상한 손목이 부러질 것 같았다. 춘단은 그날 피아노를 치던 모습과 상반된 얼굴에 공연히 입을 벌렸다. 그리고 홀린 것처럼 여자에게 다가가 말했다. 괜찮을 거요. 기자와 경찰들이 피곤한 얼굴로 춘단을 밀어냈다. 여자는 잠시 춘단을 바라보더니 웃으며 고개를 돌렸다. 감사합니다. 춘단은 그 목소리를 곱씹으며 취조실로 끌려 들어가는 여자의 뒷모습을 바라보았다. 흰 코트를 입었던 여자, 태연히 피아노를 치던 여자, 사건 조사가 차근차근 진행되고 여자를 옥죄고 있음에도 괜찮다고 말하는 모습. 진실을 마주하는 얼굴. 엄마, 이제 쉬어. 춘단은 문득 소리치고 싶었다. 그 애는 죄인이 아니라고.

부귀수산으로 돌아온 춘단은 입을 벌리고 죽어 있는 조개들을 바라보았다. 무덤 위를 걷는 것 같았다. 문을 열자 나나가 벗어 두었던 옷이 눈에 들어왔다. 더 깊숙이 파고들자 나나가 노래를 옮겨 주던 컴퓨터와, 나나와 비밀을 속삭였던 자리가 보였다. 춘단은 그것들을 모두 지나쳐 가며 창밖을 바라보았다. 나나의 전화번호를 물어봤더라면 좋았을 텐데. 춘단은 그리 생각하며 차가운 바닥에 앉았다. 나나가 떠났다고 생각했다. 딸이 한밤에 서울로 올라갔던 것처럼, 춘단으로부터 도망치듯 떠났다고 생각했다. 그럼에도 춘단은 원망하지 않았다. 언제나 그렇듯, 잘못은 자신으로부터 파생되었다고 믿었으니까.

4.

엄마, 나 대학교 붙은 것 같아.

붙은 것 같아. 그날 딸은 밥을 먹고 있었다. 춘단은 물에 밥을 말며 말했다. 어디인데? 춘단이 물었지만 딸은 대답하지 않았다. 그 애는 막연히 축하받을 수 없다는 걸 알고 있었다. 춘단이 머릿속으로 딸의 학비와 기숙사 비용을 헤아리는 동안 딸이 말했다. 안 갈 거야. 춘단은 밥그릇을 치우고 방으로 들어가는 딸을 붙잡았다. 왜? 가야지. - 됐어. - 붙은 거 아니야? 딸은 얼굴을 보여 주지 않았다. 그건 우리가 정할 수 있는 게 아니야. 춘단은 딸이 내뱉는 말을 이해할 수 없었다. 딸이 말하는 단어들을 조합할 수도 없었다. 춘단은 그저 사그라드는 딸의 어깨를 잡고 싶었다. 그제야 너에게는 더 많은 길이 열려 있다고 말해 주고 싶었다. 춘단은 무책임해지고 싶지 않았다. 좋은 부모가 되고 싶었다. 방문이 완전히 닫히기 전에.

엄마.

나는 엄마가 정말 싫어.

엄마의 터무니없는 말들이 싫어.

엄마가 멍청한 게 죽고 싶을 정도로 싫어.

그때 춘단은 딸을 놓았다. 딸이 방문을 닫는 모습을 지켜보았다. 그리고 조금 뒤, 닫힌 문 너머로 개처럼 고생하면시까지 대학교를 졸입하고 싶지 않다는 말이 들려왔다.

*

남편은 춘단보다 20살이 많은 남자였다. 베트남전쟁 참전으로 무공훈장을 받았고, 달에 150만 원씩 나오는 연금으로 술을 마시거나 도박을 하며 생을 이어 나갔다. 춘단은 남편을 처음 만났던 스무 살의 언저리를 기억했다. 부모가 끊은 배표로 그를 만나러 갔을 때, 남자는 바다를 보며 독한 담배를 피우고 있었다. 지독하게 태양을 바라보던 눈. 남자에게서 술과 담배가 뒤섞인 냄새가 났다. 저 멀리서 춘단이 타고 왔던 배가 떠나고 있었다. 춘단은 그제야 실감이 났다. 그와 결혼을 하고 몸을 섞어야 한다는 사실이, 그의 아이를 낳고 그와 그의 아이의 밥을 차려야 한다는 것이. 춘단은 텅 빈 모래사장을 둘러보았다. 앞으로 춘단은 이곳에서 살아야 했다. 할 수 있는 것도 하고 싶은 것도 없는 땅 위에, 누군가 대충 그리고 버린 이정표와 같은 삶만이 남아 있었다.

남편은 돈을 잃은 날이면 손찌검을 했다. 그가 생활비를 나누지 않아 춘단은 아이를 낳고 바다로 나가야 했다. 남편이 술을 먹으러 나갈 때면 아이는 외롭거나 불행해야 했고, 춘단은 그 모든 걸 알면서도 모른 척해야 했다. 불행은 보편적이고도 빈번하게 일어나고 있었다. 싼값에 해산물들을 흥정하고 나면 춘단은 온몸에 진이 빠져 움직일 수 없었다. 아이는 그럴 때마다 라면을 끓여 저녁을 때웠고, 춘단은 배에 무더기로 남은 튼살을 매만지며 잠이 들었다. 짜디짠 라면 냄새를 맡으며 잠이 들 때마다 춘단은 감쪽같이 사라지고 싶었다.

딸은 그렇게 자라났다. 유치원을 보내지 못해서 스스로 한글을 깨우쳤고 여덟 살 때 구구단을 모두 외웠다. 딸이 중학교에 다니기 위해 배편을 끊어 달라고 얘기했을 때, 춘단은 그 애를 위해서라면 무슨 일이든 하리라고 결심했다. 그렇게 마음먹은 춘단이 몇 년 뒤 부동산을 전전한 것은 오로지 딸을 위해서였다. 합격 통지서에 적혀 있는 곳들은 모두 서울에 위치한 대학이었기에, 그날 춘단은 땀을 흘리며 서울의 언덕을 올라야 했다. 서울 어디에도 춘단이 가진 돈으로 사람답게 살 수 있는 집은 없었다. 턱없이 오른 집값과 모아 둔 돈을 볼 때면 춘단은 무력해졌다. 얼마나 더. 춘단은 생각했다. 이미 최선을 다하고 있는데, 도대체 얼마나 더 해야 하는가에 대하여. 춘단은 돌아오는 길에 대문에 걸려 있는 무공훈장을 보았다. 여덟 개의 뿔을 가지고 있는 날카로운 금장의 훈장. 그걸 보고 있노라면 명예가 무의

미하다는 생각이 들었다.

- 아무래도 대출을 받아야 할 것 같아요.

춘단이 해녀복을 빨며 말했다. 남편은 TV에서 방영하는 오래된 전쟁영화를 보고 있었다. 학교가 너무 멀어서요. 사람이 죽어 가는 소리가 정신없이 울려 퍼졌다. 젊은 애가 여기서 할 수 있는 게 없잖아요. 남편은 병째로 소주를 들이켜기 시작했다. 그래서 말인데, 모아 둔 돈 있으면…. 그때, 춘단의 머리 쪽으로 병이 날아왔다. 소주병의 파편을 맞으며 춘단은 남편을 바라봤다. 내가 자란 곳이 마음에 안 찬다 이 말이야? 남편의 눈은 실핏줄이 모두 터져 붉게 번들거리고 있었다. 애는 물질이나 시키다가 시집 보내. 춘단은 파편을 손에 쥐었다. 손 틈새로 피가 흘러나왔다.

모두가 잠든 밤, 딸을 기다리던 춘단은 합격 통지서를 보며 장판을 까뒤집었다. 딸은 나가서 돌아오지 않았다. 장판 밑에는 춘단이 남편 몰래 숨겨 두었던 현금이 빈틈없이 깔려 있었다. 춘단은 떨리는 손으로 그걸 하나하나 세며 입술을 깨물었다. 딸의 결혼자금으로 모아 두었던 돈이란 것이 문득 허무하게 느껴졌다. 잊어버린 거다. 춘단은 중얼거렸다. 그 애가 나와 다른 삶을 살 수 있다는 걸 잊어버린 거야. 적지 않은 돈을 모아 쥔 춘단은 가방을 열었다. 그리고, 불이 켜지는 소리가 느리게 울려 퍼졌다.

춘단은 그날을 기억했다. 잠에서 깬 남편이 영원한 잠에 빠져들던 날. 춘단은 남편을 보았다. 술에 얼굴이 붉게 달아올라 있었다. 남편은 무표정한 얼굴로 돈 가방을 바라보았다. 뒤이어 고개를 돌려 춘단을 보았다. 그날 남편은 춘단을 때렸다. 춘단이 자신의 돈을 도둑질이라도 한 것처럼 배신감을 담아 때렸다. 평소에 하던 손찌검이나 폭언과는 차원이 달랐다. 동물이 동물을 잡아먹는 듯한, 그건 맹렬하고도 온전한 폭력이었다. 춘단은 그 폭력을 모두 감내하면서도 남편이 가방에 손을 대지 못하게 했다. 유리처럼 부서지는 물건을 다루듯이 가방을 끌어안았다. 춘단은 차라리 죽었으면 싶다가도 남편을 죽이고 싶었다. 그럼 좋은 부모가 될 수 있을 거라고 춘단은 생각했다. 해가 뜬 창밖을 보니, 하룻밤을 꼬박 새우고 돌아온 딸이 창문 너머로 춘단과 남편을 바라보고 있었다. 그리고 춘단과 눈이 마주치자 도망치듯 그곳을 벗어나기 시작했다. 춘단은 창문에서 눈을 떼지 못한 채로 남편의 다리를 붙잡았다. 단언하자면, 그 순간 춘단은 누구도 원망하지 않았다.

*

일주일이 지나고 젊은 형사가 찾아왔다. 그는 사건이 종료되었다는 말과 함께 택배 상자를 내려놓았다. 트로피는 이재연 씨가 여기 두고 갔던 걸로 마무리됐습니다. 형사가 말했다. 바닷물 때문에 지문이나 혈흔을 제대로 분석하지도 못했어요. 춘단은 멍한 얼굴로 상자를 바라보았다. 자수한 게 오히려 잘된 거죠, 뭐. 춘단은 주먹을 쥐었다. 형사의 말이 계속될수록 심사가 뒤틀렸다. 춘단은 여자가 자수한 것에 감사하지 않았다. 되레 여자가 자신의 아버지를 죽였다는 말에 반문하고 싶었다. 정녕 그 여자가 죽인 게 맞냐, 그 길고 가는 손가락으로, 흰 코트와 흰 차를 타고 왔던 그 여자가, 자신의

부귀수산

트로피로, 정녕 사람의 머리를 찍어 내린 것이 맞느냐. 조개 속에 있던 것들은 중요하지 않았다. 춘단은 처음으로 진실을 직면할 수 있는 힘을 느꼈다.

형사는 명함을 남기며 뜻밖의 결과가 나오면 연락하겠다고 말했다. 뜻밖의 결과. 뜻밖이라는 건 나쁜 쪽일까 좋은 쪽일까. 형사의 말이 판결처럼 들렸다. 이미 모든 건 결정됐고, 당신은 아무것도 할 수 없다는 선언처럼. 춘단은 고개를 들었다. 형사에게 면회를 요청했다. 형사의 미간이 일그러졌지만 그는 거부가 무의미하다는 것을 알았다. 이미 여자는 살인자였고, 춘단은 무엇을 하더라도 그 사실에 흠집을 낼 수 없었다. 형사의 차를 타고 가는 동안 춘단은 MP3 플레이어로 〈마더〉를 들었다. 공연장에서 들었던 것보다 더 경쾌한 리듬이 이어폰을 타고 흘렀다. 춘단은 이어폰을 빼고 그날 들었던 노래를 상기하며 눈을 감았다. 우중충한 선율, 안개 낀 밤바다 같은, 달빛조차 없는 늪 같은 노래. 춘단은 그게 더 '마더'답다고 생각했다. 빠져나올 수 없을 만큼 증오스러웠다.

형사가 춘단을 내려 준 곳은 구치소였다. 춘단은 그곳에서 태평하리만큼 평온한 얼굴로 판결을 기다리고 있는 여자를 마주했다. 투명한 가림막을 사이에 두고 둘은 서로를 바라보았다. 처음 만난 밤 보았던 여자의 미세한 주름이 사라졌다가도 분명하게 나타나기를 반복하는 것 같았다. 춘단은 그 모습을 보다가 입을 뗐다. 대체. 여자의 눈썹이 들썩이는 것을 춘단은 보았다.

대체 왜 그랬어요.

춘단이 말하자 여자가 웃었다. 창백한 얼굴이 안개처럼 희멀겠다. 춘단의 주름진 이마에 땀이 흘렀다. 교도관은 나른한 눈으로 허공을 보고 있었다.

당신 죄가 아니잖소.

춘단이 덧붙였다. 주먹을 쥔 춘단의 손에 핏줄이 도드라졌다. 여자는 힘없는 눈으로 춘단을 바라보았다. 그리고 가림막에 얼굴을 가까이 가져다 대며 말했다.

나나한테 문자 한 통을 받았어요.

춘단은 얼굴을 뒤로 조금 젖혔다. 여자가 말을 이었다.

당신이 구속됐다고, 모두 다 들켰다고 말했어요.

여자가 가림막에 비스듬히 손을 대며 말했다. 춘단 씨. 제가 물어본 적이 있죠. 여자의 눈빛이 어둠에 잠식돼 있었다. 누군가 당신이 지어야 할 죄를 대신 지었다면, 그래서 벌을 받아야 한다면, 당신은 어떻게 하겠느냐고. 춘단은 입을 떼지 못했다. 여자는 눈을 깜박이지 않았다. 있잖아요. 결국 벌을 받는 건 제가 아니에요. 여자가 속삭이듯 말했다. 감옥에 가는 게 벌이라면 백 번이라도 더 받겠어요. 춘단은 땀이 흐르는 얼굴로 여자의 입을 바라보았다. 억울하지 않아요. 그건 내가 할 일이었으니까, 내가 해야만 했던 일이었으니까…. 여자는 가림막에서 손을 떼며 의자에 몸을 눕혔다. 잠이 들 것처럼 편안한 얼굴이었다. 당신은요, 제 어머니를 닮았어요. 여자가 춘단에게 말했다. 특히 말하지 못하는 사람 특유의 눈이. 참는 사람의 얼굴. 당신들은 왜 죄다 같은 얼굴을 하고 있는지. 짧은 면회는 그렇게 종료되었다. 춘단은 닫히는 문틈 사이로 흩날리듯 사라지는 여자를 보았다. 어째서. 구치소를 나가는 길에 춘단은 '왜'에 대하여 생각했다. 여자가 완전히 사라지고 난 뒤에야 묻고 싶었다. 그게 정녕 옳은 일인가에 대하여. 날이 밝아 나무가 푸른빛을 뿜어내고 있었다. 춘단은 하늘을 보며 앞으로 걸었다. 죄와 벌이 개밥처럼 뒤섞여 분간할 수 없었다. 춘단은 궁금했다. 누군가 내가 지어야 할 죄를 대신 지었다면, 그래서 벌을 받아야 한다면, 자신은 어떤 벌을 받아야 하는가에 대하여. 벌을 떠안고 바다로 빠지면 가라앉을 수 있는 걸까. 다시 떠오를 걱정 없는 깊은 바닷속으로. 영영. 춘단은 손을 뻗어 택시를 잡았다.

*

춘단은 바다가 거친 날이면 물질을 하지 않고 어린 딸과 해안선을 걸었다. 밀려오는 파도에 발을 적시다가 물이 빠지기 시작할 때면 조개들을 보며 이름을 지어줬다. 모래 속에 알알이 박힌 조개들을 보며 춘단이 뭐라고 했더라. 바다 깊은 곳에 던지라고 했던 것 같다. 그렇게 해야 살 수 있을 줄 알고. 그때 어린 딸이 말했다. 조개는 바다 깊은 곳에서 살 수 없어, 산소가 있어야 하니까. 영특한 딸은 조잘거리며 조개들을 펄에 묻었다. 그때 춘단은 조금 쓸쓸했던 것 같다. 아이가 너무 자라 버려서, 더 이상 아이의 세상이 춘단이 아니게 되어서, 그 아이가 세상 밖에서 원망이라는 걸 알아 버릴까 봐. 자신을 사랑하는 사람을 미워하는 일이 얼마나 괴로운 일인지 알기 때문에. 춘단은 조개를 묻는 딸의 머리를 부드럽게 만지며 바다를 보았다. 갯벌의 웅덩이마다 낙조가 비치고 있었다. 그건 춘단의 머릿속에서 가장 선명한 기억이었다.

그런 딸이 커 버렸을 때 춘단의 세상은 정지했다. 믿을 수 없는 날이었다. 남편이 괴물이었다는 사실을, 딸은 불행을 감내하지 않을 것이란 사실을. 딸은 온갖 증오를 함축했다가 토해 내듯 분출하는 사람 같았다. 춘단은 여태 남편이 미쳤다고 생각하지 않으면서도 딸이 미쳐 버렸다고 생각했다. 달아났던 딸이 현관문을 열고 다시 나타났을 때, 물건들이 허공을 오가고 부서졌을 때. 그러다가 집 밖에 걸려 있던 낡은 무공훈장이 딸의 손에 들려 있는 것을 보았을 때, 춘단은 모든 게 끝났거나 끝날 것이라고 생각했다. 춘단을 때리던 남자는 비틀거리다가 누런 장판 위로 쓰러졌다. 남자의 머리맡에 피가 고이는 걸 본 둘은 눈을 마주쳤다. 우는 딸 앞에서 춘단은 울지 않았다.

엄마, 어떡해?

춘단은 딸이 손에 쥔 무공훈장을 바라보았다. 녹슨 훈장이 검붉은 피에 젖어 번들거리고 있었다. 춘단은 훈장을 빼앗으며 딸에게 말했다. 얼른 씻고 짐 챙겨. 머뭇거리는 딸에게 춘단은 더 강한 어조로 말했다. 어서. 딸은 그제야 떨리는 손으로 몸을 씻었다. 춘단은 락스로 바닥을 닦았고, 이어서 남편의 머리를 닦았다. 방 너머로 딸이 짐을 챙기는 소리가 들려왔다. 춘단은 남편에게 자신의 해녀복을 입혔다. 백팩을 메고 나온 딸에게 춘단은 현금이 든 가방을 떠맡겼다. 기차 타고 서울로 가. 딸은 여전히 그 자리에 있었다. 보증금은 낼 수 있을 거야. 나머지는 네가 해야 해. 딸은 춘단을 바라봤다. 혜영아, 제발. 춘단이 말했다. 혜영은 그제야 가방끈을 움켜쥐고 현관문을 열었다. 엄마. 혜영이 말했다. 이제 쉬어.

*

춘단은 포구로 돌아가는 택시 안에서 다시 〈마더〉를 들었다. 이상하게도 아까는 경쾌하게 들렸던 음악이 다시 음울하게 느껴졌다. 춘단은 차창을 내렸다. 우중충한 곡조가 파도 소리에 말려 갈리기 시작했다. 혜영이 옆에 있었더라면 들려주었을 텐데. 좋아하지는 않아도 계속해서 들을 것만 같은 노래였다. 춘단은 볼륨을 높였다. 귀가 먹먹해질 때까지 계속해서 노래를 재생했다. 그 애는 서울에서 어떤 노래를 듣고 있을까. 잘 살고는 있을까. 거기서도 내 생각을 할까. 춘단은 알 수 없었다. 혜영을 도망가게 했기 때문에. 그 애에게 감당할 수 없는 죄를 짓게 했기 때문이었다. 춘단은 포구에서 내렸다. 부귀수산을 향해 걷기 시작했다.

부귀수산 앞에는 형사가 두고 간 상자가 놓여 있었다. 그 안에 있는 것. 그것을 마주할 때가 되었다고 춘단은 생각했다. 춘단은 박스를 열었다. 무공훈장과 트로피가 에어 캡에 싸여 가지런히 놓여 있었다. 춘단은 그것들을 꺼내 꼼꼼히 닦았다. 녹이 모두 빠지고 칠이 벗겨질 때까지 춘단은 닦고 또 닦았다. 춘단은 빨간 플라스틱 테이블 위에 무공훈장을 올려놓으며 생각했다. 이런 것이구나, 무언가를 꺼내서 진열한다는 것은. 춘단은 트로피를 훈장 옆에 두었다. 그리고 명함을 남겼던 형사에게 전화를 걸었다. 형사님, 접니다. 춘단이 말했다. 10년 전에, 사람을 죽였습니다. 주소를 부르는 춘단의 입은 떨리지 않았다. 전화기 너머로 분주하게 움직이는 소리가 들려왔다. 춘단은 전화를 끊고 양식장의 나무판자 위로 기름을 부었다. 그리고 남편이 쓰던 지포 라이터를 꺼내 불을 붙였다. 춘단은 양식장을 나오며 딸을 떠올렸다. 그 애에게 말하고 싶었다. 나는 쉴 수 없었다고. 너 없는 바다에 홀로 남았던 것은 속죄였을 뿐이라고. 춘단은 뒤를 돌아보았다. 간판의 '귀'가 타오르기 시작했다. 양식장과 그 주변의 모든 것들이 허망할 정도로 빠르게 무너져 갔다. 활활 타오르던 밭과 그 연기 속에 잠긴 아버지의 얼굴. 춘단은 맹렬한 불길을 바라보며 이어폰을 귀에 꽂았다. 그날 들었던 〈마더〉가 흘러나오고 있었다. 춘단은 판결을 기다렸다. 바다의 지평선 너머로 해가 지고 있었다. 이렇게 맑은 날이 있었던가. 춘단은 연안으로 고개를 돌렸다. 해녀복을 입은 남자가 해안선 위에서 부패하고 있었다. 조개들이 무덤처럼 남자를 뒤덮었고, 햇빛을 받은 조개껍질이 오팔처럼 빛났다. 그 때문에 눈이 부셔서, 춘단은 눈을 감았다. 느리고, 부드러우며, 정교한. 태풍이 몰아치는 바다 같다가도, 늪처럼 고요한 노래가 흘러나오고 있었다.

●

학원에 가는 아이들과 자신이 다르다는 것, 육지와

섬이 다르다는 것. 중학생이 된 혜영에게 있어 다름을 받아들이라는 것은 세상의 첫 번째 가르침이었다. 혜영은 그 가르침을 통해 슬픔에 무뎌지는 법을 배웠다. 벗어날 수 없다는 절망감. 그때 혜영이 느낀 것은 무력감이었다. 가난과 무지가 덫처럼 발목을 물어 버린 것 같았다. 혜영의 노력은 그런 감정에서 파생된 것이었다. 혜영은 학교에서 공부를 하다가 교문이 닫히면 도서관에 갔고, 도서관이 닫히면 패스트푸드점으로 자리를 옮겼다. 그러다 대학의 합격 통지서를 받은 날, 혜영은 학교 뒤의 소각장에서 교과서와 문제집을 모두 태워버렸다. 그리고 배편이 끊길 때까지 집으로 돌아가지 않았다. 포구를 맴돌았던 밤을 혜영은 기억했다. 기이할 정도로 고요한 파도 소리와 사람들이 버린 과자 봉지에 얼굴을 파묻던 갈매기 떼. 혜영은 그런 것들을 보며 포구에 앉아 있었다. 교복 치마를 입은 다리가 해풍에 얼어 버릴 것 같았다. 잠들지 않으려고 애면 살가죽을 꼬집어 댔다. 그날 혜영은 기어코 해가 떠오르는 것을 보았다. 그리고 집으로 돌아가서 어머니를 무자비하게 휘두르던 아버지를 보았다. 어떤 순간에도 멈추지 않았던 혜영의 세상은 그때 정지했다. 혜영은 그 순간을 평생 기억하기로 결심했으니까. 호수 같던 바다와 사무치던 바람을. 주먹질을 하던 아버지와 쓰레기를 주워 먹던 갈매기들을 절대 잊지 않기로 했으니까. 그제야 혜영은 결심이 섰다. 집 앞에 걸려 있는 무공훈장을 들었다. 후회하지 않을 것이라는 걸 알았다.

혜영은 잊지 않을 대상에 춘단도 넣었다. 차라리 춘단이 노력하지 않는 인간이었다면 더 좋았을 것이라 혜영은 생각했다. 신이 있었더라면 춘단에게 거대한 집과 차와 시간을 주었을 텐데, 춘단의 노력에는 그에 합당한 보상이 딸려 온 적이 없었다. 춘단은 혜영이 받은 두 번째 가르침이었다. 노력만으로 사는 게 평탄해지지 않는다는 것을 춘단은 가르쳐 주었다. 서울로 올라가는 기차에서 혜영은 생각했다. 어느 해안가에서 나눴던 이야기를, 조개를 주우며 물었던 것을, 바다 깊은 곳으로 돌려보내라는 춘단의 말에도 불구하고 모래사장에 파묻어 둔 그것을. 조개는 바다 깊은 곳에서 살 수 없어, 산소가 있어야 하니까. 그 모든 걸 기억하고도 혜영은 춘단을 절대 사랑하지 않기로 했다. 그 조개는 아직 살아 있을까. 조개는 100년을 넘게 사니까 누군가 잡아가지 않았다면 다시 만날 수 있을 것이다. 그러나 혜영은 다시는 해안가에 가지 않았다. 춘단과 이야기를 나누던 모래사장은 기억 속에서 지우기로 했다. 아마 춘단은 영영 모를 것이다. 혜영이 감당할 수 없는, 죽을 때까지 안고 갈 죄에 대하여.

부처핸접

전효원

잘 벼려 낸 칼을 쓰는 직업을 갖고 있으며, 손에서 칼을 놓고 있는 동안에는
휴대폰과 엄지 두 개를 사용하여 글을 쓴다. 쉽고 재미있게 읽히면서도
생각할 거리를 한두 가지 정도 담아내는 이야기를 목표로 하고 있다.
삼라만상에 다양한 관심을 두고 있으나 어느 분야든 깊이 파지 않는
성격이라 지식은 얕은 편이다. 대자연 속에서의 휴식을 즐기지만 잠은
튼튼한 지붕 아래에서 자야 하는 모순적인 취향의 소유자이다.

땡그랑 땡그랑.

늦여름 고즈넉한 산사에 청량한 풍경 소리가 울려
퍼진다. 회색 승복을 입은 남자가 법당에 가부좌를 틀
고 앉아 눈을 감은 채 명상 중이다. 남자는 빡빡머리이
긴 하나, 한쪽 눈썹에 일부러 낸 스크래치며 양쪽 귓불
에 자리한 큼지막한 피어싱은 그가 실제 승려가 아님
을 짐작하게 한다. 목에는 굵직한 금목걸이까지 걸려
있으니 물욕을 벗어나지 못한 중생 중 하나임이 분명
하다.

그의 이름은 무량(無量). 한때 대한민국 힙합 신을
주름잡았던 최고의 비트 메이커다. 최근 몇 년째 내놓
는 곡마다 반응이 신통치 않지만, 한물간 것 아니냐는
주변의 우려와 달리 자신은 단순한 슬럼프라고 믿고
있다. 아니 솔직히 말하자면, 슬럼프라고 생각하지도
않는다. 원초적인 자극만 추구하는 싸구려 비트에 귀
가 절여진 대중이 나의 수준 높은 음악 세계를 이해하
지 못하는 것뿐이다. 화학조미료가 범벅된 인스턴트
음식처럼 듣자마자 귀에 박히는 얄팍한 트랙 따위 내
가 못 만드는 게 아니야! 안 만드는 거지!

후우우우.

무량이 울컥한 감정을 심호흡으로 가다듬었다. 마음을 비우고 심신의 안정을 되찾기 위해 강원도 깊은 산속의 이름 모를 절에 찾아와서까지 이렇게 번뇌에 사로잡히면 안 되지. 무량은 느리고 길게 날숨을 내보내며 좁혔던 미간을 펴고 어깨의 힘을 뺐다. 나무아미타불.

띵동.

무량이 깜짝 놀라 주머니에서 휴대전화를 꺼내 설정을 진동으로 변경하며 앞에 앉은 여승의 눈치를 살폈다. 여승은 헛기침으로 주의를 주고 다시 눈을 감았다.

웅. 웅.

주머니 안에서 진동이 계속 울렸다. 매니저 지연의 폭풍 문자였다. 지연과는 무명 시절부터 10년 넘게 함께하고 있다. 애는 착하고 성실한데, 눈치가 좀 없는 편이다. 잠시 쉴 테니 당분간 찾지 말라는 내 당부는 가볍게 팽개쳤냐. 오, 당분 라임!

오빠, 어디세요?

〈샤워 미 더 머니〉에서 연락 왔어요! 마스터로 출연하실 의향 있냐고요.

당연히 하실 거죠?

우승 상금 5억 원 걸린 초대형 랩 경연 프로예요. 무량의 진면목을 증명하실 기회라고요!

오빠?

지연아, 이놈아! 음원 장사꾼 프로듀서가 찍어 낸 프랜차이즈 비트에, 스타가 되고 싶은 마음뿐인 얼뜨기 래퍼들만 가득한 경연 프로그램에 천하의 무량이 나갈 거라고 생각하냐? 내가 왜 그런 시장통에서 내 진면목을 증명해야 되냐? 무량은 방석 위의 휴대전화 화면을 노려보았다. 심신의 안정은 상처투성이의 레코드판 위에서 계속 튀어 오르는 바늘처럼 산산이 부서졌다.

빠악!

"헙!"

무량의 어깨에 죽비가 날아들었다. 명상에 집중하지 못하는 무량을 지켜보던 여승이 그의 어깨를 내려친 것이다.

"아오, 왜 이렇게 세게 때려요?"
"시주님, 집중하십시오."
"아니, 그냥 제가 알아서 좀 쉬다 간다니까 대체 왜 이리 빡빡하게 그러시는 거예요? 원래 템플스테이가 이래요? 뭔가 이상해. 옷도 무슨 진짜 승려복을 주시고…."
"무슨 말씀이신지."

여승은 합장한 손이 살짝 흔들렸지만, 가까스로 태연함을 유지했다.

그의 법명은 지거(知去). 설악산 국립공원 외곽에 자리 잡은 이곳 학선사에서 주지 스님 법해(法海)와 함께 부처님을 모시고 있다. 여승 둘이 기거하는 작은 사찰이지만 큰 어려움 없이 수행에 매진해 왔으나, 최근 들어 인근 마을의 인구가 급격히 줄어들고 절을 찾아오는 신자도 적어져서 형편이 예전 같지 않다. 하루하루 끼니를 걱정해야 하는 상황이 이어지는 가운데 주지 스님의 건강에 이상 신호까지 감지되어 지거는 걱정이 이만저만이 아니었다.

그런 지거의 앞에 무량이 나타나 조용히 며칠 묵어가고 싶다며 돈다발을 내민 것이었다. 여승 둘만 머무는 절에 남자를 들이기가 망설여졌지만, 거절하기엔 너무 큰 액수였다. 당장에 관음전 옆 요사(寮舍)채♣의 큰방을 내주고 유명 사찰들의 템플스테이 프로그램을 검색해서 뭘 제공해야 하는지 연구했다. 우선은 참선부터 시작했는데 보아하니 죽비가 필수 아이템이었다. 주변에 재료로 알맞은 대나무가 없어서 적당한 막대기로 대충 모양만 비슷하게 만들었다. 그래서 무량의 어깨가 좀 많이 아팠을 수도 있다.

그나저나 이 남자가 도시에 돌아가서 소문을 잘 내주면 살림에 많은 도움이 될 수도 있으니까 좋은 프로그램을 제공해야지. 화려한 옷차림을 보니 꽤 잘나가는 인물 같은데 말이야. 사람들이 몰려올 사태에 대비해 생활관을 미리 지어야 하는 것 아닌가. 밝은 미래를 상상하자 지거의 얼굴에 웃음이 피어났다.

"왜 웃어요? 거봐! 일부러 세게 때린 거 맞죠?"
"아, 흠, 흠. 아닙니다."
"수상해. 참선도 원래 별도의 공간에서 하는 거 아니에요? 이렇게 부처님 바로 앞에서 하는 건 처음 보는데⋯."

무량이 대웅전 내부를 둘러보며 말을 이었다.

"여기 진짜 절이 맞긴 하죠? 뭐, 석탑도 없고, 종도 없고. 설마 무속이나 그런 쪽은 아닌지…?"

"시주님! 부처님 면전에서 무슨 말씀이십니까!"

지거가 죽비를 치켜들며 발끈했다. 규모가 작아서 비록 불전은 대웅전, 관음전 두 채에 방 두 칸짜리 요사채 한 채가 더 있을 뿐이지만, 학선사는 엄연히 대한불교 조계종 제3 교구에 속해 있는 사찰이다. 조계종의 교구별 사찰 명단에는 어떤 이유에서인지 제외되어 있고 종단에서도 지원이 거의 없긴 한데, 분명히 통일신라시대에 지어진 정통 사찰이 맞다. 힘든 형편에 주지 스님까지 치매 증상을 보이고 계셔서 가뜩이나 앞날이 암담한데 정통성마저 의심받으니 평정심을 유지하기 힘들었다. 그러다 무안한 표정의 무량을 보니 아차 싶었다. 이러면 안 되지. 만족스러운 프로그램!

"시주님, 이제 발우공양 차례입니다. 준비해 올 테니 잠시 쉬고 계시지요."

"여기서요? 밥도 여기서 먹어요?"

"날이 좋으니, 요 앞에 평상에서 드시지요. 시주님 혹시 싫어하시거나 알레르기 있는 음식 있는지요?"

"아, 아뇨."

"알겠습니다. 얼른 준비할게요."

지거는 요사채에 딸린 공양간에 들어가 정성껏 식사를 준비했다. 만족스러운 템플스테이!

한편 무량에게는 지연의 문자가 끈질기게 도착했는데, 계속 무시하고 넘기며 저린 발을 주무르던 무량의 마음을 갈고리처럼 낚아채는 문장이 마침내 화면에 떴다.

이 바닥 애송이들한테 진짜 힙합이 뭔지를 보여 줘야죠! 그걸 오빠 아니면 누가 하겠어요?

"그건 그렇지." 무량의 입가에 미소가 번졌다.

저는 오빠가 이거 꼭 하셨으면 좋겠어요. 일단 출연한다고 답신 보내 놓을게요!

무량은 미소가 가득한 얼굴로 어쩔 수 없다는 듯이 통화 버튼을 눌렀다.

"그래, 알았다. 출연할게. 네가 그렇게까지 원하는데 그 정도는 할 수 있지. 부담은 뭘. 그냥 하던 대로만 하면 되지. 지금 당장? 이렇게 바로 미팅을 잡으면 우리가 되게 간절하게 원하는 것처럼 보이지 않을까? 그리고 나 여기 강원돈데? 아, 알았어. 내가 가면 되지 뭐 하러 여기까지 데리러 와. 아이고, 걱정하지 말아. 바로 출발할게. 근데 차 있는 데까지 한 시간은 걸어야 해. 알았어. 뛸게."

밥상을 들고 공양간을 나서던 지거가 요사채 앞에서 무량과 마주쳤다. 무량은 회색 승려복을 벗고 휘황찬란한 옷차림으로 갈아입은 상태였다.

"어? 시주님?"
"급한 일이 생겨서 가 봐야 할 것 같네요. 워낙 바쁜 사람이거든요, 제가."
"아, 그러시군요."
"그런데 혹시⋯."

무량이 말끝을 흐리자 지거의 눈동자가 풍경에 달린 물고기처럼 흔들렸다. 설마 그 말을 하려는 건 아니겠지? 곤란한데.

"혹시 ㅎ…."

무량이 이으려던 말을 지거가 재빨리 끊었다.

"환불은 안 됩니다. 전국 템플스테이 규정이…."
"하산하는 빠른 방법이 있나 물어보려는 거였는데. 환불은 안 되는군요."

지거의 얼굴이 새빨갛게 달아올랐다. 허둥지둥 밥상을 땅에 내려놓고 입에서 나오는 대로 아무 말이나 주저리주저리 내뱉었다.

"일단 환복을 하시면 환불이 안 돼요. 환속하신 거나 마찬가지라 환율 문제도 있고요. 요즘 같은 환절기에 우리나라 환경을 위해…."
"대체 무슨 말씀을 하시는 거예요? 뜬금없이 환 자라임 폭격이야. 스님도 랩 경연 프로 한번 나가 보세요. 우승하시겠네, 아주. 제가 심사 위원이니까 잘 봐 드릴게요. 우승 상금이 5억 원이나 된대요. 아, 스님은 속세의 돈에 큰 관심은 없으시려나."
"쿠폰을 드릴게요!"
"네?"
"언제든 본 사찰을 다시 방문하시면 열흘간 묵어가실 수 있는 쿠폰을 드리겠습니다. 그리고 지인분과 함께 방문 시 할인 혜택도 드릴게요."

지거는 주섬주섬 주머니에서 볼펜을 꺼내 노란 복부적에 '템플스테이 열흘 이용권'이라고 적었다. 그러고는 무량이 내키지 않는다는 듯이 뒤로 뺀 손을 덥석 잡고 굳이 쿠폰을 쥐여 주었다.

"아니, 이걸 말하려던 게 아니라…."

"네네, 하산을 빨리하는 방법요? 간단하죠. 걸음을 서두르시면 됩니다!"

"하! 큰 깨달음을 얻었네요. 참으로 감사합니다."

무량은 부적 쿠폰을 주머니에 구겨 넣고 돌아섰다.

"나무아미타불 관세음보살. 살펴 가십시오."

지거는 무량이 환불을 요구하지 않고 하산하는 데 만족했지만, 차려진 음식을 보니 괜히 무리해서 반찬을 많이 만들었다는 후회가 들었다. 목돈이 들어왔다고 신이 나서 귀한 식재료를 너무 낭비했다. 날이 더워서 금방 상할 텐데 어쩌지. 주지 스님도 안 계시고, 혼자 저걸 다 먹어야 하나. 그나저나 주지 스님은 어디 가셔서 나흘째 돌아오시지 않는 걸까. 종단에 지원금을 요청하러 가신 건가. 설마 어디서 길을 잃으신 건 아니겠지. 치매 증상이 점점 심해지니 걱정이네. 관세음보살.

꼬리에 꼬리를 무는 근심에 빠져 있다 문득 정신을 차려 보니 눈앞에는 빈 밥상만 남아 있었다. 지거가 흙바닥에 앉은 채로 두 사람 분량의 음식을 모두 먹어 치운 것이었다. 부처님, 이건 식탐이 아니고 저의 무의식이 발우공양을 수행한 것입니다. 덕분에 무안이비설신의 무색성향미촉법(無眼耳鼻舌身意 無色聲香味觸法)♣의 의미를 깨달았나이다. 지거는 마음속으로 변명하며 서둘러 밥상을 치웠다.

그런데 식기 정리를 채 마치기도 전에 관음전 앞이 소란스러워졌다. 설마 무량이 마음을 바꾸어 환불을 받으러 온 건가 하는 걱정에 부리나케 밖으로 나온 지

♣ 무안이비설신의 무색성향미촉법(無眼耳鼻舌身意 無色聲香味觸法): 눈·귀·코·혀·몸·의식이 없으며, 색깔·소리·향기·맛·감촉과 그 현상에도 실체가 없다,라는 의미.

거의 눈에 들어온 것은 여남은 명의 험상궂은 남자들 틈에서 주지 스님 법해가 비틀거리는 모습이었다.

"스님!"

지거가 달려가 법해를 부축하려 하자 도마뱀 얼굴이 앞을 가로막았다.

"뭐야? 할멈만 있는 줄 알았더니 젊은 스님도 있었 네? 아가씨도 여기 살아?"
"승려에게 아가씨라뇨. 주지 스님을 놓아주십시오. 뭐 하시는 분들입니까? 깡패예요?"
"너야말로 대표님께 무슨 말버릇이야? 사바세계를 당장 뜨고 싶은가 보다?"

옆에 있던 덩치가 버럭 하며 지거의 멱살을 잡자 도 마뱀처럼 생긴 얼굴의 대표가 촐싹거리며 손을 저었 다. 큰 입은 옆으로 길게 찢어졌고, 검은자위가 기이할 정도로 작아서 이 세상 사람이 아닌 듯해 서늘한 기분 이 들었다.

"최 실장아, 왜 멱살을 잡고 그러냐? 그러니까 우리 가 진짜 깡패 같잖냐? 할멈도 놔 드려라. 얘들이 나 쁜 애들은 아닌데, 배운 게 없어서 그래요. 스님이 이해 좀 해 주세요. 부처와 보살과 비구니의 이름으 로 아멘. 아, 이거 아닌가? 크하하하!"

검은 양복들이 일제히 대표를 따라 웃었다.

대표의 옆에 서 있던 안경 쓴 남자가 절의 이곳저곳 을 손가락으로 가리키며 말했다.

"여기랑 여기는 철거하고요. 저 큰 건물만 남겨서 클

럽하우스로 리모델링할 계획입니다. 루프톱에 앉으면 18홀까지 한눈에 다 들어오는 위치입니다."

안경의 다양한 제안에 대표는 양 손바닥을 비비며 입맛을 다셨다.

"뭣이? 관음전을 철거? 어림없는 소리 하지 말거라, 이 악귀야!"

서서 자는 것처럼 조용하던 법해가 버럭 고함을 질렀다. 다들 깜짝 놀랐는데, 가장 놀란 사람은 지거였다. 아이고, 주지 스님 또 동자승이 되어 버렸네. 지금까지는 나랑 둘이 있을 때에만 그래서 괜찮았지만, 사람들 앞에서 저러시면 소문 다 날 텐데 큰일이네. 대표의 험악한 얼굴이 더 구겨지자 법해가 부리나케 달려가 관음전 입구를 막아서며 얼굴 앞에서 팔을 교차했다.

"악귀? 내가 악귀라고? 그 이상한 포즈는 또 뭐야, 할멈?"
"관음전에서 떨어져! 호오잇! 하아잇!"

교차한 팔을 맞부딪치며 외치는 법해의 모습은 관심만 불러일으켰다.

"여기 금괴라도 있나?"

대표가 법해를 밀치고 검은 양복 무리와 함께 구둣발로 관음전에 들어갔다. 특별한 것 없는, 수수한 법당이었다. 부처님의 형상이 새겨진 보관(寶冠)을 쓴 관세음보살이 한 손엔 연꽃을, 다른 손엔 금강저를 들고 가부좌를 튼 채 모두를 내려다보고 있었다.

"이거 순금인가, 도금인가?"

대표가 관세음보살의 손에서 금강저를 빼냈다.

"안 돼! 악귀들이 풀려난다! 호오잇! 하아잇!"

법해가 자꾸 이상한 소리를 해서 조금 창피했지만, 지거도 화가 치밀었다. 지금껏 느껴 본 적 없는 분노에 눈이 타오르는 듯 뜨거웠다. 증오로 뭉친 악귀가 몸을 통과해 지나간다면 이런 기분일까. 나무아미타불 관세음보살.

"부처님을 모시는 신성한 곳에서 이 어인 행패십니까? 당장 돌아가 주세요!"

지거의 항의에 대표는 실실 웃음을 흘리며 종이 한 장을 내밀었다.

"어이 비구니, 이걸 보라고. 할매가 이 절을 담보로 대출을 받으셨어요."
"예? 그게 무슨…?"

지거가 놀란 눈으로 법해를 돌아보았으나, 동자승으로 퇴행한 법해는 요상한 기합을 넣으며 본인 눈에만 보이는 악귀들과의 싸움에 한창이었다. 판단력이 흐려진 상태에서 불공정한 서류에 도장을 찍으셨나 보다. 어쩌다 이런 사채업자들과 엮이셨을까.

"비구니, 재밌는 거 보여 줄까?"

대표가 휴대전화로 보여 준 것은, 믿기 힘들었지만, 강원랜드에 입장하는 법해의 사진이었다. 카지노 곳곳에서 멍한 표정을 짓고 있는 법해의 모습들도 찍혀 있었다.

"대출받은 돈은 깔끔하게 날렸어. 하룻밤에 5억 원을 동전 한 닢 남기지 않고 말이야. 와, 이 할매 통 크게 베팅하더만!"

그런데 모든 사진에서 법해의 옆에 자리한 검은 양복을 입은 남자들이 눈에 띄었다. 그들이 카지노에 입장할 때부터 법해의 옆에 붙어서 정신이 온전치 않은 노승을 자기들 마음대로 조종한 것임이 분명했다. 애초에 주지 스님을 강원랜드로 유인한 것도 이자들이겠지.

"스님께선 당신들의 마수에 걸려서…."
"어허, 이거 왜 이래? 피해자 행세하지 마셔! 부처님을 모시는 스님이라고 굳게 믿었다가 5억 원을 날리게 생긴 건 우리니까. 이 낡아 빠진 절간이라도 어떻게든 고쳐 봐야지 어쩌겠어? 안 그래?"
"갚을게요! 갚으면 되잖아요!"
"푸하하! 그래, 갚으면 되지. 시간은 많이 못 줘. 상환능력이 없다고 판단되면 바로 회수 조치에 들어갈 테니까 원망도 애걸복걸도 사절이야. 할매는 어렵지만, 아가씨 취직자리는 알아봐 줄 수 있으니까 언제든 얘기하고. 이거 도금 같긴 한데, 일단 담보로 가져간다."

대표가 금강저를 빙글빙글 돌리며 부하들을 이끌고 산을 내려갔다. 정상적인 등산로로 가면 평지까지 한 시간은 족히 걸리지만, 그들은 인근의 공사 현장으로 가서 차를 타고 공사 차량용 통행로를 이용했다. 아까 안경의 말로 미루어 보건대 그들은 이 산의 나무들을 마구 베어 내고 골프장을 짓는 중인 자들과 한패가 분명했다. 치밀하게 계획된 덫이었다. 절을 철거하겠다는 것도 괜히 하는 말이 아니었다. 지거의 머릿속에서 백팔번뇌가 각다귀 떼처럼 어지러이 휘몰아쳤다.

이튿날 근심 걱정에 뜬눈으로 밤을 보낸 지거가 새벽 불공을 드리러 대웅전으로 향했다. 주지 스님은 "콜! 콜!"이라며 잠꼬대하는 걸 보니 쉬시게 두는 편이 나을 것 같았다. 목탁을 들고 부처님 앞에 자리를 잡으려는데 발치에 뭔가가 채였다. 전날 급조했던 죽비였다.

번뜩하며 기억 속의 장면이 살아나자 지거의 귓가에 웅장한 종소리가 울렸다. 나무아미타불 관세음보살. 빠져나갈 길을 미리 보여 주셨군요. 우승 상금 5억 원! 그 사람이 분명 나한테 우승 가능성이 있다고 했어. 하지만 승려 신분으로 그런 세속적인 방송에 나가도 될까. 십중팔구는 파계의 벌로 교단에서 추방당할 텐데. 가발 쓰면 되려나. 에라, 레츠 고!

그리하여 검고 긴 생머리에 노란 비니를 쓴 지거가 서울 상암동의 방송국 〈샤워 미 더 머니〉 촬영장에 쭈뼛거리며 나타나게 된 것이었다. 통 넓은 청바지와 박스 티까지 동원해 지거로선 최선을 다해 꾸몄지만, 당연히 지거에게는 시선이 집중되지 않았다.

시선이 집중된 대상은 이미 유명해서 우승 후보로 거론되는 여섯 명이었다. 참가자들은 본인과 경쟁해야 하는 상대인 것을 잊었는지 그들과 인증 샷을 찍고 수줍게 사인을 받았다. 자신들과는 레벨이 달라서 감히 경쟁이 되지 않는다고 자포자기한 것인지도 모르겠다. 그러나 지거의 목표는 오로지 우승이었다. 5억 원! 저들이 아무리 인기와 실력이 좋다 해도 겨뤄 이겨 내야 한다. 지거는 눈을 가늘게 뜨고 우승 후보들의 면면을 살폈다. 그중엔 텔레비전을 아주 가끔만 시청하는 지거도 얼굴과 이름을 알 정도로 유명한 아이돌 그룹 소속의 래퍼 포티도 있었다.

"쟤 제로하나 아니야?"

"맞네. 저놈도 참가했네."

우승 후보들 외에 사람들의 이목을 끄는 참가자가 한 명 더 있었다. 키가 훤칠하고 피부도 깨끗해서 외모로만 따지면 아이돌 포티 못지않아 보였다. 그런데 참가자들의 말에 뾰족하게 가시가 돋친 이유가 뭘까. 지거는 가만히 귀를 기울였다.

"엄마 백으로 꽤 위까지 올라가겠지?"

"맞다. 상금 5억 원이 아수라 그룹에서 후원하는 거랬지?"

"상위권 갈 게 뻔하지. 쟤네 엄마가 회장이고 형이 대표잖아."

"근데 제로하나 쟤는 내놓은 자식이라는 말도 있던데."

"아무리 그래도 가족하고 남이 싸우면 가족 손을 잡겠지."

"재수 없어."

아직 벌어지지도 않은 일로 욕을 먹고 있네. 지거는 제로하나라는 청년이 조금 안쓰러웠다.

제작진이 심사하는 예심에서 지거는 텔레비전에서 자주 봤던 걸 그룹 노래 중 랩 부분을 카피했다. 가사는 틀리지 않고 잘 외웠는데, 플로우에서 뭔가 구수한 냄새가 났다. 심사를 맡은 제작진 둘은 의미심장한 표정으로 눈을 마주쳤다. 우리 프로에서 걸 그룹 랩을 하다니 용기가 가상하다 해야 하나. 그리고 이 느낌 뭐지? 트로트도 아니고 타령도 아니고, 이건… 염불? 이거 웃기는 캐릭터다. 일단 본심에 올려서 방송에 내보내자. 시청자들에게 욕을 들어먹든 말든 그거야 우리 알 바 아니지.

"이름이 지기예요?"

"네."

"지거(Jigger)면 칵테일 만들 때 쓰는 계량컵인가? 본명은 뭐예요?"

"그게 소승은….".

"소승은 씨요?"

"아, 네네."

"일단 예선 합격입니다."

"와앗, 감사합니다!"

"본선에서는 가사를 직접 써야 해요. 1라운드는 자기소개 사이퍼니까 잘 준비하세요."

36명이 겨루는 본선에 지거가 진출할 수 있었던 건 시청률에 불을 지필 논란거리를 만들고 싶은 제작진의 의도가 반영된 결과였다. 같은 여자라도 키메라는 몸매며 랩 실력이며 우승 후보로 손색이 없는데, 그와 완전히 반대되어 야유받을 참가자도 필요하니까. 어리바리 지거 씨가 그 역할을 좀 맡아 주세요. 그런 제작진의 속셈을 알 리 없는 지거는 의욕에 불타올랐다.

"본선은 몇 시에 해요?"

"다음 주 금요일 12시까지 오시면 됩니다."

제작진의 대답에 지거는 곤란하다는 표정을 지었다.

"다음 주요? 오늘 하는 거 아니었어요? 서울에 자주 오기 힘든데…."

"힘드시면 안 와도 되는데, 노쇼는 즉시 탈락입니다."

제작진은 지거의 형편은 궁금하지도 않다는 말투로 답하고 얼른 가라며 손을 펄럭였다. 지거는 근심이 가득한 얼굴로 참가자들이 대기 중인 강당에 돌아왔다. 정신이 오락가락하시는 주지 스님을 홀로 두고 멀리 와서 가뜩이나 불안한데, 다음 주에 또 와야 한다고? 몇 번이나 더 와야 하는 거지?

지거의 머릿속에 메아리치는 걱정들이 밖으로 들리지 않아서 다행이지, 주변인들이 이 소리를 들었다면 다들 데굴데굴 굴렀을 것이다. 저기 누구신데 그런 걱정을 하세요? 아무리 봐도 그쪽은 다음 주가 마지막 촬영일 가능성이 크지 않아요? 혹시라도 다다음 주 기차표는 예매하지 마세요. 어차피 취소할 테니까요. 이렇게 우승컵을 꿈꾸는 지거에게 핀잔만 찰랑찰랑 넘치는 빈 잔을 쥐여 주었을 것이다.

강당 한쪽에서 환호성이 들리더니 사람들이 우르르 몰려갔다. 이번 프로그램의 심사 위원인 동시에 참가자들과 팀을 이루어 마스터로서 함께 경쟁할 프로듀서들이 현장을 찾은 것이었다. 경연의 완성도와 시청률의 큰 축을 담당할 힙합계의 스타들이었다. 지거는 귀를 열고 정보를 수집했다.

"트렌드를 선도하는 〈썬더그라운드〉, 끈적 에로틱

〈오!베이(Oh!Bae)〉 커플, 싸나이 군단 〈가군〉 형님들까지 우리나라 대표 힙합 레이블 다 오셨네."

"다들 두 명씩인데 네 번째 팀에는 마스터가 한 명이네. 저 사람, 무량이잖아?"

"좀 구리지 않나? 다들 저 팀은 피하고 싶을 듯."

"맞아. 무량 스타일, 옛날이니까 먹혔지."

아는 얼굴의 등장에 지거는 괜히 찔려서 비니를 깊이 눌러쓰고 가발로 얼굴을 가렸다. 대단한 사람인 양 행동하더니 세간의 평판은 별 볼 일 없네. 어쨌든 저 사람 팀은 피해야겠다. 혹시라도 내 얼굴을 기억해서 승려인 게 들통나면 곤란하니까. 이번에도 지거는 옆에서 들으면 헛웃음을 터트릴 걱정을 했다. 본인이 지금 이 팀 저 팀 가릴 상황이라고 생각해요? 그러거나 말거나 지거는 조금 전에 예매한 기차표 시간에 맞춰 서울역에 가는 게 급선무였다.

"지거야, 어디 다녀온 게냐?"

학선사에 돌아가니 법해가 모처럼 총기 있는 눈으로 지거를 맞았다. 아침에 절을 떠날 때만 해도 지거에게 작은 스님, 작은 스님 하면서 동자승 행세를 했는데 안심이었다. 그 모습도 나름 귀엽긴 했지만.

"스님, 제가 누군지 아시겠어요?"

"이 땡중이 아무리 늙었기로서니 기저귀 갈아입히며 키운 우리 지거를 몰라볼 리가 있나?"

지거가 골난 표정을 지었다.

"아침에는 몰라보셨거든요! 제가 정말 걱정이 많다

고요.”

“그러면서 환자를 온종일 배곯게 혼자 둔 게야?”

“아이고? 본인이 환자라는 인식은 하시나 봐요?”

“내일모레 아흔이니 노망이 든다 한들 이상할 게 없지. 식사도 했으니 걱정 말거라.”

“전국의 여든일곱 드신 노인분들이 들고 일어설 말씀 자제하시고요. 암튼 괜찮아 보이셔서 다행이네요.”

안심한 표정의 지거를 보던 법해가 결심한 듯 입을 열었다.

“지거야, 내 정신이 온전할 때 네게 꼭 해야 할 이야기가 있다.”

“뭔데 이렇게 분위기를 잡고 그러세요?”

“이 절의 비밀에 관한 이야기다. 잘 듣거라.”

“비밀요?”

“종단에서 왜 이곳 학선사를 없는 절 취급하는지 궁금해했지? 교구 사찰 명단에서도 제외되어 있고 말이다. 이제 그 이유를 알려 주마. 언제 또 이렇게 말짱한 정신이 돌아올지 모르니.”

지거는 자세를 바로잡았다. 이곳에서 법해와 생활하는 동안 100번도 넘게 물었지만, 답을 듣지 못했던 내용이었다. 철이 든 이후로는 그냥 비구니만 둘인 조그만 절이어서 무시를 당하는 것이겠거니 생각했다. 거기에 무슨 비밀이 얽혀 있다고?

“그건 이곳 학선사가 평범한 사찰이 아니기 때문이다. 단순히 부처님을 모시고 중생들에게 가르침을 전파하는 곳이 아니라는 말이다. 나 역시 일평생 여타 승려와는 다른 수행을 해 왔다. 구병 승려로서 나의 소임은 사바 세상을 혼란케 하고 중생을 괴롭히는 악귀들을 관세음보살의 공덕으로 물리치는 일이니라. 이 요사채 옆의 관음전이 바로 나와 선임자들이 잡은 악귀들을 가두고 봉인해 둔 장소다. 머지않아 내가 입적하고 나면, 지거 네가 내 뒤를 이어 학선사를 지켜야 한다."

지거는 한쪽 눈썹을 치켜올리며 미간을 찌푸렸다.

"스님, 저번에도 그러시더니 무슨 이상한 영화 보셨어요? 악귀니 뭐니 자꾸 웬 황당한 말씀이세요?"
"그래, 믿기 힘들겠지. 하지만 사실이란다."

법해의 표정은 시종일관 진지했다. 하지만 저런 표정으로 하는 농에 지거가 한두 번 속은 게 아니었다. 이럴 땐 무반응으로 받아넘기는 것이 상책이다.

"예, 그렇군요."
"어허? 사실이래도!"
"알겠어요. 좀 쉬세요."

법해의 잔뜩 주름졌던 이마가 힘이 풀려 펴지더니 눈동자가 초점을 잃었다.

"작은 스님, 저 졸려요."

지거의 얼굴에 떠오른 당황스러운 빛이 이내 체념의 표정으로 바뀌었다. 어쩐지 이상한 소리를 하시더니 동자승 모드였네. 걱정이다. 여기서만 저러시면 다행인데, 요즘 자꾸만 시내에 내려가시니 마음이 놓이질 않네. 이제 나도 방송 촬영 때문에 매주 한 번씩 서울에 가야 하는데. 나 대신 돌봐 드릴 사람도 없고, 혼자 어디 가서서 길 잃고 헤매시는 건 아닐까. 또 나쁜 사람들한테 홀려서 빚을 잔뜩 지고 오시면 어쩌지.

"잠시만요. 이불 펴 드릴게요."

지거가 이불을 펴자 법해가 냉큼 베개를 베고 누웠다. 영락없이 철모르는 동자승의 행동이었다. 법해는 이불을 목까지 끌어 올리고 눈을 감았다가 문득 생각난 게 있는 것처럼 눈을 번쩍 떴다. 그러고는 손짓으로 지거를 가까이 부르고 속삭였다.

"있잖아요. 주지 스님이 그러시는데요. 이 옆에 관음전에 악귀들이 갇혀 있대요. 관세음보살께서 꾹꾹 밟고 계시는 거래요." 법해는 검지를 세워 입술에 가져다 대고 덧붙였다. "비밀이에요."

"아이고, 걱정하지 마세요. 어디 가서 발설해 봐야 놀림만 받을 텐데요."

피식 웃으며 방을 나선 지거는 어둠 속의 관음전을 보고 멈춰 섰다. 빈말로라도 규모가 크다고 말할 순 없는 불전이지만, 그날따라 유독 웅장한 느낌이 들었다. 악귀들을 봉인해 둔 장소라니. 그럼 저번에 불량배들이 금강저를 가져가서 봉인이 풀리고 그러는 거 아닌가? 거참 나까지 이상한 소리를 하고 있네. 주지 스님의 건강이 걱정이다. 지거는 합장을 한 후 오른손을 들어 버들가지를 살짝 쥔 형태의 수인을 맺고 병마와 번뇌를 물리치는 진언을 암송했다. 옴 소싯지 가리바리 다남타 목다에 바아라 바아라 반다 하나하나 홈 바탁. 어려서부터 법해에게 배우고 익혀 온 관세음보살 42수 진언 중 하나였다. 지거는 관음전의 그림자가

움직이는 듯하다고 느꼈지만, 착각이겠거니 하고 요사
채 자기 방으로 들어갔다.

이후 일주일간 지거는 부처님과 관세음보살을 섬기
고 주지 스님을 돌보는 틈틈이 랩 동영상을 시청했다.
솔방울이 달린 나뭇가지를 마이크 삼아 조회수 높은
영상의 랩을 따라 하고, 인기 래퍼들의 동작을 흉내 내
기도 했다. 법해는 정신이 온전할 때는 한심하다는 표
정으로 혀를 찼고, 동자승 모드일 때는 손을 머리 위로
들어 좌우로 흔들며 호응했다. 호오잇! 하아잇!

금요일 오후 1시. 36명의 참가자가 왼쪽 가슴에 번
호표를 달고 방송국 스튜디오 무대에 모여 있었다. 12
시까지 집합하라더니 이미 한 시간이 넘도록 녹화가
지연되었다. 마스터 중 가군과 썬더그라운드 두 팀이
아직 녹화장에 도착하지 않았다. 오!베이 커플은 찰싹
달라붙어서 꽁냥거리느라 기다림을 지루하게 여기는
것 같지 않았다.

무량은 무대 위의 참가자들을 주시했다. 그는 지금
이런 순간에도 진지한 자세로 연습하는 사람을 원했
다. 아직 시작도 안 했는데 벌써 중압감에 손을 발발
떨고 있거나, 그저 장난스럽게 경험 삼아 와 본 게 분
명하거나, 몇몇 인기 좋은 래퍼들에게 존경의 시선을
보내고 있는 참가자의 번호를 채점표에 적었다. 이들
은 내 팀원이 될 자격이 없다.

무량은 우승 후보로 꼽히는 여섯 명에게 시선을 돌
렸다. 그들에게선 1라운드 합격은 당연하고 본인들이
원하는 마스터를 고를 수 있다는 확신이 느껴졌다. 명

품 마니아 9치, 전투복을 입은 불스아이, 꽤 쓸 만한 랩 실력이 외모에 가려졌다는 느낌의 키메라와 그녀의 남자친구라는 사실이 가장 큰 강점인 소금쟁이, 근육 맨 무손실, 그리고 초절정 인기 아이돌 포티.

"오빠, 포티는 반드시 무조건 꼭 잡아야 해요."

순정 만화 주인공처럼 잘생긴 포티의 얼굴을 보자 대기실에서 열 번도 넘게 들은 매니저 지연의 당부가 자동 재생되었다.

"그 아이돌?"
"어허, 그냥 아이돌이 아니에요! 10년에 한 명 나올까 말까 한 아티스트라고요. 반드시 무조건 꼭 오빠네 팀으로 데려와서 영하고 트렌디한 이미지를 줘야 한다니깐요."
"왜? 내가 영하고 트렌디하지 않아서?"
"아…."

아는 무슨 아. 거짓말이라도 좀 하지. 하여간 지연이 짜식, 응원을 하려면 제대로 좀 하든가. 무량은 스태프들 뒤에 있는 지연을 찾았다. 그런데 지연은 시선을 포티에게 고정한 채 얼굴을 붉히고 있었다. 저거 포티랑 친분 쌓으려고 이 프로그램에 나 출연시킨 거 아니야? 자신을 흘겨보는 무량과 시선이 마주친 지연은 두 주먹을 불끈 쥐어 보였다. 반드시 무조건 꼭이라 이거지? 무량은 콧김을 뿜으며 다시 무대 쪽으로 고개를 돌렸다. 키메라는 오늘도 엄청 야한 차림이군. 의식적으로 시선을 옮기는데 다시 머릿속에서 지연의 목소리가 들려왔다.

"팀원 셋 중에 여자도 한 명 정도는 넣는 게 좋겠어요. 다양성도 챙기고, 러브라인이 가능하면 화제성 면에서 완전 금상첨화고요. 아, 포티는 가능성 없어요. 명상과 다도만 즐기시는 금욕적인 캐릭터라 팬덤에서 스님이라고 불리는 분이세요. 물론 오빠도 러브라인은 절대 안 되고요."

"야, 내가 그럴 리가 있냐!"

"알아요, 알아. 그래도 혹시나."

"그럼 키메라 데려와?"

"뭐야? 역시 남자들은 일단 야하면 장땡이구만."

"네가 여자 한 명은 영입하라며! 여자 중에 키메라 실력이 제일 낫지 않아?"

"하긴 소금쟁이랑 찢어 놓고 다른 남자랑 러브라인 타면 재밌긴 하겠다. 완전 다른 타입으로."

"누구, 9치?"

"예, 9치 아니면 무손실이 좋겠어요. 현 남친이랑 상반되는 덩치 맨으로. 근데 키메라가 오빠를 택한다는 보장은 없잖아요. 보나 마나 여러 팀에서 키메라한테 손을 내밀 텐데요."

그냥 말이라도 키메라가 나를 택할 가능성이 크다고 해 주면 코가 길어지기라도 하냐? 무량은 다시 매니저를 째려보다가 무대 위의 참가자 중 여성을 찾아보았다. 36명 중에 여자 래퍼는 총 네 명이었다. 키메라를 제외한 나머지 셋은 처음 보는 얼굴들이었는데, 긴장한 표정으로 입술을 달싹거리며 자기소개 연습을 하고 있었다. 그중 노란 비니를 쓴 긴 생머리 참가자는 고개를 잔뜩 숙이고 머리카락으로 얼굴을 가리다시피 한 모습이었다. 부끄럼을 타는 건지, 주눅이 든 건지. 저래서 나중에 배틀은 어떻게 하려고 하나. 일단은 포티, 9치, 키메라로 가자.

"아이고, 죄송합니다. 지방 행사 하고 오는데 길이 너무 막혀서요."

마침내 스튜디오에 나타난 썬더그라운드와 가군의 마스터들이 미안한 기색 없이 사과하고 자리에 앉았다. 행사도 다니고 좋겠다. 무량은 자기한테 사과한 것도 아닌데 손을 들어 사과를 받으며 부러운 기색을 감췄다.

"대한민국 최고 래퍼를 찾아라! 〈샤워 미 더 머니〉 1라운드를 시작하겠습니다!"

요란한 사이렌 소리를 곁들인 강렬한 힙합 비트가 나옴과 동시에 사회자가 무대 중앙에 등장했다. 그는 아나운서처럼 말끔한 정장을 입었는데, 머리에는 원형의 빨간 얼굴에 기괴한 웃음을 짓고 있는 말뚝이탈을 쓰고 있었다. 특이한 차림의 사회자가 어색한 동작으로 리듬을 타는 모습이 웃음을 자아냈다.

"〈샤워 미 더 머니〉에는 사상 최고의 우승 상금, 무려 5억 원이 걸려 있습니다. 저기 심사 위원석의 마스터분 중에도 직접 참가해서 상금을 받고 싶다는 의사를 비친 분이 계신다는 소문이 있어요. 하하하. 자, 이렇게 어마어마한 상금을 쾌척하신 후원사 대표님! 쩨쩨하게 PPL 이런 거 없습니다. 직접 영상으로 모시겠습니다!"

무대 중앙을 가득 채운 스크린에 한 중년 남자의 모습이 나타났다. 검은자위가 비정상적으로 작은 눈에 입이 옆으로 길게 찢어진 얼굴의 남자였다.

"대한민국 힙합을 사랑하는 팬 여러분, 안녕하십니까? 아수라 그룹 CEO 영건입니다. 〈샤워 미 더 머니〉에 5억 원을 소나기처럼 퍼부은 사나이죠. 하지만 이 소나기는 여러분의 불타는 열정을 식히는 게 아니라 기름처럼 더욱 활활 타오르게 할 것입니다. 여기서 끝이 아닙니다. 우승자는 저희 아수라 그룹에서 새롭게 출범하는 아수라 엔터테인먼트와 계약을 맺고 정식 앨범을 발매하게 됩니다. 최고의 프로듀서가 준비한 타이틀 곡도 이미 준비되어 있습니다. 어서 이곳으로 올라오십시오. 오케이, 잇츠 라임 타임!"

스튜디오 안의 모든 이들이 큰 소리로 환호했다. 오직 한 사람 지거만이 충격을 받은 얼굴로 스크린을 노려보며 부들부들 떨고 있었다. 아수라 그룹의 CEO라는 남자가 지난번에 학선사에서 철거 계획을 세우고 행패를 부린 대표였기 때문이다. 저자가 여기서 왜 나오지? 골프장 개발에 엔터사 출범에 아주 문어발식 사업을 펼치고 있네. 좋아. 이렇게 된 이상, 당신의 흉계에 빠져서 진 빚을 당신의 돈으로 갚아 주지.

"1라운드는 자기소개 사이퍼입니다. 랜덤으로 플레이되는 비트가 마음에 드시는 분은 무대 중앙의 마이크를 쥐고 마스터들과 나머지 참가자들에게 자신이 누구인지를 보여 주시면 됩니다. 디제이 레디? 오케이, 잇츠 라임 타임!"

사회자의 진행 멘트를 신호로 유명 힙합 곡의 인스

트루멘탈 버전이 스튜디오에 울려 퍼졌다. 다들 기세 좋게 마이크를 쥐고 준비한 랩을 선보였는데, 지거가 듣기에도 참가자 간의 실력 차이는 분명했다. 무대 앞의 마스터들이 랩을 들으며 고개를 끄덕이거나 가로 젓는 모습에 불안감이 더욱 커진 지거는 선뜻 무대 중앙으로 나서지 못하고 떨리는 손을 감추려고 자꾸만 다리를 움켜쥐었다. 잘하는 래퍼를 보면 자신감이 한없이 쪼그라들었고, 실수하는 래퍼를 보면 자신의 미래를 보는 것 같았다. 그러다 보니 지거를 제외한 35명의 참가자가 모두 랩을 선보이고, 반주만 계속 흘러나오는 상황이 되었다. 말뚝이탈을 쓴 사회자가 지거를 보며 물레질하듯 양손을 돌렸다.

본의 아니게 주목을 받게 된 지거가 무대 중앙으로 걸어가 마이크 앞에 섰다. 마이크대에서 마이크를 뽑아 들고 선을 올무 모양으로 감아서 살짝 쥔 후, 불안을 떨치고 마음을 편안해지게 하는 관세음보살 진언 견색수 암송으로 자기소개를 시작했다. 옴 기니라나 모나라 훔 바탁. 표류하는 조각배를 암초로 유인하는 해무처럼 지거를 감싸고 있던 서늘한 불안감이 스르르 물러났다.

옴 기니라나 모나라 훔 바탁
생전 처음 발을 들인 이 바닥
다들 나보다 잘하는 것 같아
허나 난 지금 승리의 냄새를 맡아

마스터들은 고개를 갸웃하며 서로 눈을 맞추었다.

"목소리는 좋네."

"호흡은 넉넉한데?"

"어우, 발성이… 마이크가 필요 없겠어."

칭찬은 하면서도 미심쩍은 면이 있는 건지, 뭔가 이
상하지만 칭찬할 수밖에 없는 건지.

출발은 늦었지만 보폭이 다르니까
나중의 자리가 승패를 가르니까
진리와 수행의 과실이 곧 익어
이런 나를 놓치면 후회는 네 거

"어떻게 보면 구식인데 이게 기본인 것 같기도 하
고."

"독특한 매력은 있네."

"그러게. 왠지 기분이 좋다?"

마스터들은 본인들이 지거의 장점만 나열하고 있다
는 사실을 깨닫지 못한 채 제작진이 제공한 참가자 정
보를 확인했다. 이름이…?

소승은 아니 지거
나를 빨리 찍어
소승은 아니 지거
나를 빨리 찍어

"스님, 계십니까?"

대웅전에서 불공을 드리던 지거는 밖에서 들리는 목

소리에 소스라치게 놀랐다. 저 사람이 여길 왜 또 왔지? 설마 내 정체를 알고 찾아온 걸까? 아니야. 목소리만 비슷한 다른 사람일 수도 있지.

"오빠, 정말 여기서 템플스테이를 했다고요? 이렇게 조그만 절에서?"

지연의 목소리까지 들리니 더는 부인할 수가 없었다. 무량이 매니저까지 데리고 학선사를 찾아온 것이었다. 지난 금요일 있었던 〈샤워 미 더 머니〉 1라운드 녹화에서 모든 마스터가 외면했던 지거를 무량이 선택했다. 덕분에 다음 라운드에 진출할 수 있어서 다행이긴 한데, 무량이 지거의 얼굴을 알아봐서 승려 신분이 탄로 나면 교단으로부터 추방당하는 건 아닐까 조마조마했다. 그러던 차에 두 사람이 학선사로 찾아왔으니 가슴이 철렁할 만도 했다. 나무아미타불 관세음보살.

"시주님, 안녕하셨습니까?"

"오, 다행히 기억하시네요. 이 쿠폰 모른다고 잡아떼면 어쩌나 걱정했는데."

지거가 겨우 마음을 추스르고 나가서 인사를 건네자 무량이 노란 복 부적을 손에 들고 흔들었다. 무량이 급하게 서울로 돌아가던 날 지거가 볼펜으로 써 준 '템플스테이 열흘 이용권'이라는 글씨가 선명했다.

"열흘까지는 필요 없고, 대신 우리 두 사람이 3일만 묵을게요. 어차피 금요일에는 방송 때문에 서울 올라가야 하거든요. 그럼 둘이 합쳐 6일이니까 4일은 제가 포기하는 거예요. 딜?"

"알겠습니다. 그렇게 하시지요."

"아이고!"

지연이 등에 지고 있던 큼지막한 배낭을 털썩 내려놓으며 앓는 소리를 했다.

"어깨 빠지는 줄 알았네. 여기 우리가 묵을 방이 있기는 있어요? 설마 야외 취침 해야 하는 건 아니죠? 저는 여름에도 따뜻한 물로 샤워해야 하거든요. 근데 스님, 혹시 방송에 나오신 적 있어요? 낯이 익은데?"

"아니요! 산속 조그만 절에서 수행만 하는 승려가 방송에 나갈 일이 뭐 있겠어요."

"뭐, 그건 그러네요. 좀 흔하게 생기셔서 착각했나 봐요."

"아니 근데,"

무량이 고개를 갸웃했다.

"진짜로 어디서 본 얼굴인데?"

"시주님은 지난번에 절 보지 않으셨습니까?"

"그런가…."

지거는 얼른 돌아서서 요사채로 두 사람을 안내했다.

"자, 자. 시주님은 지난번처럼 그쪽 방 쓰시고, 지연님은 저랑 같은 방 쓰시죠. 이쪽으로 오세요."

지거가 이끄는 대로 무거운 배낭을 질질 끌며 작은 방으로 향하던 지연이 문득 지거의 소매를 붙들고 물었다.

"어? 잠깐만요! 스님이 제 이름을 어떻게 아세요?"

아, 실수했다. 지난 금요일에 팀 무량에 뽑혀서 같은 팀원들과 함께 인사를 하던 자리에 매니저 지연도 동석한 덕분에 이름을 알고 있었던 것인데, 비구니 지거로서는 지연을 처음 만나는 날이었다. 지거는 소매를 빼내며 고개를 숙였다. 지거의 민머리에 한 줄기 땀이 흘렀다.

"아, 그, 그게…."

지거가 당황하여 말을 더듬자 지연이 다 안다는 표정으로 얼굴을 가까이 들이밀고 눈을 맞추었다. 그러고는 은밀하게 속삭였다.

"오빠죠? 무량 오빠가 지난번에 왔을 때 제 애기 했어요? 뭐라요? 피곤에 찌든 일상에 편안한 휴식 같은 존재라든가, 옆에서 잘 챙겨 줘서 고맙다든가, 그런 애기? 10년 넘게 곁에 있어도 저 오빠 속은 도통 알 수가 없어요."

"조, 좋은 사람이라고 하던데요."

"정말요?"

지연이 얼굴에 화색을 띠며 지거의 손을 잡고 냉큼 방 안으로 들어갔다. 무거운 배낭은 한 손으로 가볍게 들어 멀찍이 던졌다. 지거의 눈이 가늘어졌다. 오호, 매니저가 무량에게 연심을 품고 있구나.

"예. 소승의 막연한 느낌이었을지는 모르겠으나, 무량 시주님이 지연 님에 대한 이야기를 할 때는 약간 아련한 표정이었답니다. 자, 어서 환복하고 나오십시오. 무량 시주님 기다리시겠습니다."

"아, 네네!"

방에서 나온 지거는 공양간으로 들어가기 전에 관음전을 향해 합장했다. 관세음보살님, 용서하소서. 위기를 벗어나기 위해 어쩔 수 없이 거짓을 입에 담았나이다.

"지연아, 발우공양 할 때는 조용히 식사만 하는 거야."

무량이 마주 앉은 밥상 앞에서 지연을 나무랐다.

"조금 전까지만 해도 대체 왜 이런 산속에 데려온 거냐고 내내 투덜거리더니 갑자기 왜 이렇게 신이 났어?"

"아, 왜요? 오빠가 절에 들어가서 승리 전략을 세우자면서요! 어려울 때 이 절에 와서 섭외를 받은 거니까 다시 여기 오면 좋은 기운을 받을 수 있을 거라고 그래 놓고 조용히 밥만 먹으면 어째요. 오빠가 저번 녹화에서 인기 있는 참가자를 다 뺏기고 약체들만 영입하는 바람에 부처님의 도움이 절실히 필요한 것도 맞는데, 진인사대천명, 우리끼리 머리를 맞대는 게 우선이죠. 스님, 얘기 좀 하면서 식사해도 괜찮죠?"

뭣이라, 약체? 그래, 어디 얘기 좀 들어 봅시다. 지거가 분노를 삭이고 자애로운 미소를 지었다.

"긴급한 상황인 듯하니 부처님도 양해해 주실 것입니다. 부처님의 법을 개차법(開遮法)이라고 합니다. 열리기도 하고 닫히기도 하는 법이라는 뜻으로, 여건에 따라 융통성을 발휘할 수 있다는 의미이지요. 그렇게 꽉 막힌 분은 아니시거든요, 우리 부처님이."

부처핸접

지연이 의기양양하게 숟가락으로 지거와 무량을 번 갈아 가리켰다.

"거봐요. 자, 무슨 생각이신지 이야기 좀 해 보세요. 도대체 제로하나에, 랩터에, 그리고 또 이름이 뭐더라? 그래, 지거! 그 셋을 데리고 뭘 어쩔 계획이세요? 그냥 포기하신 거예요?"

"나도 포티랑 키메라 데려오고 싶었지. 근데 걔네들이 다른 마스터를 선택한 걸 어쩌라고!"

무량이 조금 전 지연을 나무랐던 것은 새까맣게 잊고 언성을 높였다.

"너도 솔직히 내 입장 돼 봐라. 내가 얼마나 창피했는지 알아? 명색이 마스터라고 높은 의자에 앉았는데, 포티부터 시작해서 다섯 명한테 연속으로 까였잖아. 이것들이 전부 나를 피하는 게 지나칠 정도로 분명하니까 짜증과 모멸감이…."

"그래서 될 대로 되라고 막 골랐어요?"

막 고르다니, 말씀이 너무 심하시네. 지거가 숟가락을 움켜쥐고 지연을 째려봤다.

"나도 나름 머리 쓴 거야. 랩터 걔가 은근히 마니아 팬이 있더라고. 생각보다 전화 투표수를 많이 받을 수도 있어. 그리고 제로하나는 너도 알다시피 프로그램 후원사 대표 동생이잖아. 아무래도 유리할 거야."

"그럼 지거는요?"

지연과 지거 두 사람이 눈을 말똥말똥 뜨고 무량의

대답을 기다렸다.

"네가 여자 한 명은 영입하라며? 키메라 빼면 아무나 다 똑같다고 생각했는데, 지거 걔가 좀 독특한 매력이 있더라. 발성은 압도적으로 좋고. 다른 마스터들도 걔한테 관심은 있었어. 너무 초보라서 안 뽑은 거지. 근데 바닥에서 시작하면 성장 폭이 눈에 확 띄어서 마스터인 이 몸의 능력이 더욱 빛나지 않겠냐? 긴 생머리라 남자들한테 인기도 있을 것 같고."

"뭐야? 오빠, 긴 생머리 좋아해요?"

지연이 의외의 포인트에 발끈하며 본인의 단발머리를 잡아 늘였다.

"머리도 머리고 애가 묘한 기운이 있잖아. 너는 못 느꼈어? 그때 스튜디오 안의 뾰족한 투기가 부드럽게 정화되는 느낌이 들었는데. 뭔가 이 절에서 받았던, 그 어떤, 선한 기운이 퍼졌거든. 그게 뭐였는지 확인해 볼 겸 다시 템플스테이 하러 오자는 거였고."

"저는 오빠가 종종 말하는 그 기운이라는 거, 10년이 지나도 모르겠다고요."

"나는 딱 보면 안다니까. 맞아! 제로하나 그놈은 지거한테 반한 거 같더라. 눈빛이 아주 예사롭지가 않아. 내가 특히나 연애 쪽으로는 눈치가 빠르잖아."

"눈치가 빠르긴 개뿔."

"뭐?"

"아니에요. 식사하세요, 오빠."

티격대는 두 사람을 뒤로하고 지거는 조그만 반상을 따로 챙겨서 관음전으로 향했다. 며칠째 관음전에 틀어박혀 있는 법해를 위한 상이었다. 치매 증상을 보이는 주지 스님이 밖에 나가서 사고를 치는 것도 불안했지만, 저렇게 꼼짝하지 않고 불경만 외는 것도 걱정이었다.

"스님, 식사하시어요."

법해는 입술을 달싹거리며 지거를 일별하고는 다시 두 손으로 염주를 쥐고 관세음보살께 기도를 올렸다. 불경을 외우느라 지거에게 대꾸할 여유가 없는 듯했다. 하지만 지거도 언제까지 두고 볼 수만은 없었다.

"이러다 정말 쓰러지시겠어요. 카지노에 이어서 이제는 병원비로 빚을 만드실 거예요?"

법해는 지거에게 손바닥을 내밀어 방해하지 말라는 뜻을 비치고 불경 암송을 이어 갔다. 법해는 염불을 끝까지 마치고 나서야 꼿꼿이 세웠던 허리에 힘을 풀었는데, 마치 풍선에서 바람이 빠지는 것처럼 쪼그라들어 기력이 하나도 없어 보였다. 지친 숨소리에는 끙끙 앓는 소리가 섞여 나왔다.

"지거야." 법해가 한숨처럼 지거의 이름을 불렀다.

"네, 스님."

"관음전의 결계가 날이 갈수록 약해지고 있다. 자칫 봉인해 둔 악귀들이 풀려날까 걱정이구나. 내가 한시라도 자리를 비울 수가 없다."

"어휴, 또 그 말씀이세요? 풀려난 악귀랑 맞서 싸우시려면 잘 챙겨 드셔야죠. 숭늉 끓여 올게요. 드시고 계세요."

지거는 근심이 가득한 얼굴로 관음전을 나섰다. 기둥에 손을 대고 기대어 신발을 신는데 나무 기둥이 삐그덕 하는 소리를 냈다. 결계가 약해져? 순간 관음전의 그림자가 꿈틀대며 움직여서 눈을 비볐다. 구름 그림잔가? 스님 때문에 나까지 이상해지겠네.

한편 지연과 무량은 식사를 마치고 잠시 바람을 쐬러 대웅전 앞마당으로 나왔다.

"오빠, 풍경이 너무 멋지죠?"

"날이 꾸물꾸물해서 까딱하면 비 올 것 같은데 멋지긴 뭐가 멋지냐?"

한껏 감상에 젖은 지연과 달리 무량은 눈살을 찌푸리며 퉁명스럽게 대꾸했다. 지연은 아랑곳하지 않고 행복한 표정으로 말을 이었다.

"먹구름이 심상치 않긴 하네요. 그래도 산에서 보는 노을이 참 예뻐요. 도시에서 보는 것보다 훨씬 붉고 강렬하네요. 너무나 낭만적이에요."

"아니, 방금 점심 먹었는데 뭐 벌써 노을이 져?"

"산이라 그런 거 아닐까요?"

"아무리 산이라도 그렇지. 이제 2시인데?"

그제야 지연도 고개를 갸웃거리며 의아해했다.

"그건 그렇네요. 그럼 저 불처럼 빨간 게 대체 뭐죠? 어… 불? 불이다! 불이야!"

타오르는 붉은색의 정체를 파악한 지연이 고함을 지르며 허둥지둥 요사채로 달려갔다. 지거가 숭늉을 담은 대접을 들고 공양간에서 뛰어나왔다.

"불이라뇨? 어디요?"

"숭늉으로 끌 수 있는 수준이 아니에요! 저 앞에 산불이 났어요."

"아니, 이건 그래서 떠 온 건 아닌데요."

"아무튼 신고! 신고! 119!"

지거가 급히 장삼 주머니에서 휴대전화를 꺼내 신고를 했다. 그러나 통화 내용은 절망적이었다. 속초시에 큰 산불이 나서 모든 차량과 헬기가 그쪽 현장으로 출동한 상황이라 당장은 학선사에 지원을 보낼 방법이 없다는 것이었다.

"그럼 어떡하라는 거예요?"

지연의 물음에 지거는 섬돌에 내려놓은 숭늉 대접을 바라보았다. 지연은 어림없다는 듯이 고개를 절레절레 저었다.

"우리 둘이 물을 날라서 어떻게 될 상황은 아닌 것 같아요."

"왜 둘이에요? 무량 시주님은 어디 가셨나요?"

"어, 그러게요. 이 오빠 어디 가셨지? 위험한데."

그때 관음전의 문이 벌컥 열리더니 법해가 본인 키보다도 긴 장창을 들고 나왔다. 그러고는 말릴 새도 없이 산불이 난 방향으로 달려갔다. 그 뒤를 지거가 쫓았고, 지연도 덩달아 달렸다.

"저 할머니 스님은 또 누구세요?"

"저희 주지 스님이신데, 치매에 걸리셨어요. 스님! 어디 가세요?!"

점점 거세지는 불길은 소나무 숲을 태우고 학선사

를 노렸다. 고목에 둘러싸인 목조건물 세 채를 향해 뜨거운 바람이 폭풍처럼 불어닥쳤다. 법해는 산불이 내려다보이는 커다란 바위 위에 올라 왼손으로 장창을 비스듬히 들고 관세음보살 진언을 큰 소리로 외쳤다. 무슨 말인지 모를 주문을 반복해서 외치는 법해를 보며 지연이 걱정스러운 얼굴로 물었다.

"저 스님이 뭐라고 하시는 거예요? 상태가 정말 안 좋으신 것 같아요."

"관세음보살 진언 32수 구시철구수 진언입니다. 선한 신들과 용왕의 보호를 기원하는 진언이지요. 지연님도 함께 하십시다. 왼손에 창을 든 것처럼 살짝 주먹을 쥐시면 됩니다."

지거는 지연의 손을 이끌어 법해와 나란히 서서 진언을 함께 외치기 시작했다.

"옴 아가로 다라가라 미사예 나모 사바하!"

세 사람의 암송이 이어지자 사위가 점점 어두워졌다. 하늘에 넓게 퍼져 있던 먹구름이 학선사 위로 모여들어 점점 두터워졌다. 으르렁거리는 검은 맹수의 눈빛처럼 시커먼 구름 위에서 번개가 번쩍거렸다. 이어 톡톡 빗방울이 떨어지기 시작했다. 법해가 목소리를 더욱 높였고, 지거와 지연도 목에 핏대를 세웠다. 빗줄기가 조금씩 굵어지더니 오래지 않아 천둥 번개를 동반해 거센 소나기가 쏟아졌다. 귀가 먹먹할 정도로 요란하게 내리는 세찬 빗줄기에 세 사람의 가사 장삼은 금세 흠뻑 젖어 버렸다. 학선사를 에워쌌던 불길은 순식간에 사그라들었다.

기력을 소진한 법해가 빗속에 풀썩 주저앉았다.

"스님, 이러다 감기 걸려요. 어서 안으로 드시지요."

지거가 법해를 부축하고 휘적휘적 요사채로 향했다. 지연은 방금 벌어진 일이 도대체 이해되지 않는다는 얼굴을 하고 두 손으로 젖은 머리를 넘겼다. 흐려진 시야에 현실감각마저 의미를 잃는 듯했다. 저 노승이 주문을 외워서 이 소나기를 발생시켜 산불을 끈 건가? 거기에 나도 동참했고? 젖은 승복이 달라붙은 피부에 한기를 전해 온몸이 부르르 떨렸다.

지거가 법해를 방으로 모시려 큰방 문을 열었는데, 안에서는 무량이 태블릿 PC 위로 손가락을 놀리고 있었다. 뒤따르던 지연이 그를 발견하고 소리를 빽 질렀다.

"아, 오빠! 갑자기 안 보여서 어디 가셨나 걱정했잖아요! 여기서 뭐 하세요?"

"아까 그 거대한 불을 보고 갑자기 악상이 떠올라서 곡 작업 중이야. 어마어마한 곡이 태어나는 중이다. 아, 근데 이거 태블릿으로는 한계가 있네. 빨리 서울 가자. 이거 증발하기 전에 작업실에 가야 할 것 같아."

"지금요? 비가 이렇게 오는데?"

"지금 비가 문제니?"

"저 이 사람, 매니저 안지연, 항상 오빠의 안전이 완전 최우선이라구요!"

"오올, 안전 라임! 암튼 내가 빨리 내려가는 방법을 알거든. 얼른 짐 챙겨."

"그 방법이 뭔데요?"

"걸음을 서두르면 돼."

"엥?"

"자자, 주지 스님 옷 갈아입으시게 그만 떠들고 나가세요!"

지거가 둘을 문밖으로 밀어냈다.

〈샤워 미 더 머니〉 2라운드는 팀 대항전이었다. 마스터가 만든 비트에 세 명의 팀원이 함께 랩을 하고, 승리한 팀에는 베니핏이 주어졌다.

"여러분, 이번 라운드에 나보다 더 멋진 비트를 가져온 사람은 없다고 확신한다. 여러분만 잘하면 1위는 바로 팀 무량의 것이라는 뜻이지. 내가 제비뽑기까지 잘한 덕분에 경연 순서도 가장 유리한 맨 뒤로 정해졌잖아. 한 사람 한 사람 고칠 점 아까 얘기했지? 그대로만 하면 돼. 다들 연습 많이 했겠지?"

지거가 경직된 얼굴로 무대 뒤 복도에서 모니터로 앞 팀의 공연을 보며 무량의 당부를 되새겼다.

"승은 누나, 너무 긴장하지 마세요. 제가 있잖아요."

지거는 처음에 제로하나의 말이 자신을 향한 것임을 알아채지 못하고 주변을 두리번거렸다. 아, 내 본명이 소승은으로 되어 있지. 헷갈리게 왜 본명을 부르고 난리람.

"승은 누나, 이거 긴장 완화에 좋은 음료래요. 시원하게 드셔 보세요."

화사한 표정의 제로하나가 건네는 음료를 받는 지거

의 모습을 방송 카메라가 클로즈업으로 담았다. 지거의 얼굴이 아닌 손을 말이다. '리얼랙스'라는 상표가 잘 보이는 방향으로 음료를 들고 지거가 답했다.

"아, 저도 이거 들어 봤어요. 많이들 추천하더라고요. 고맙습니다."

지거가 플라스틱 마개를 돌려 열고, 한 모금을 마셨다.

"맛있어요! 벌써 긴장이 사라지는 기분인데요? 제로하나 씨도 드세요. 우리 함께 리얼랙스로 릴랙스해서 실력 발휘 맥스로 해요!"
"네!"

두 사람이 함께 음료를 마시는 장면까지 찍고 카메라와 작가는 다른 곳으로 이동했다. 승려 신분을 숨기고 방송에 출연한 것도 모자라 PPL까지 찍다니, 종단의 높은 분들이 알면 큰일이다. 지거는 비니를 깊게 눌러 썼다.

"승은 누나, 원이라고 하지 왜 제로하나라고 불러요. 정 없게."
"원이요?"
"제 이름, 설마 몰랐어요? 저 너무 섭섭해요!"

영원이라서 제로하나. 알지. 아수라 그룹 대표 영건의 철부지 이복동생. 우리 절을 빼앗아 부수려 하는 천하의 나쁜 놈과 같은 핏줄!

"아잉, 누나. 그렇게 뜨거운 눈빛으로 보시면 또 부끄럽잖아요."

카메라도 없는데 왜 이리 친한 척인지, 지거는 제로 하나의 행동이 이해되지 않았다. 잘생긴 얼굴에 훤칠한 키로 아무 여자에게나 웃음을 흘리며 살아온 날라리 도련님이겠지. 하지만 이번엔 상대를 잘못 골랐소이다.

"제로하나 씨도 저를 지거라고 부르시는 편이 낫지 않을까요?"

"싫어요! 저는 승은 누나라고 부를 거예요. 승은 누나! 승은 누나!"

"하아, 편하실 대로 하시지요."

리얼랙스의 효과인지, 제로하나와 실없는 소리를 주고받은 덕분인지, 지거는 떨림이 잦아들어 차분한 마음으로 경연 순서를 기다릴 수 있게 되었다. 앞 순서인 팀 오!베이의 에로틱한 무대에 객석의 반응이 뜨거웠지만, 크게 신경이 쓰이지 않았다.

"팀 무량, 이제 올라갈 준비 할게요. 랩터 씨도 이쪽으로 오세요!"

마침내 막내 FD의 안내에 따라 셋이 무대에 올랐다. 바로 앞 스탠딩 객석에 1000명의 관객 심사단이, 멀리 위쪽에는 마스터 일곱 명이 자리했다. 사회자는 여전히 기괴하게 익살스러운 표정의 빨간 말뚝이탈을 쓰고 있었다.

"이번 경연의 마지막 순서는 팀 무량의 제로하나, 랩터, 지거의 무대입니다. 마스터 무량이 기존의 아날로그 스타일에서 벗어나 사납게 몰아치는 트랩 비트를 선보인다고 합니다. 곡명은 〈와일드파이어〉. 지금 시작합니다. 잇츠 라임 타임!"

녹화가 끝나고 돌아가는 차 안에서 지연은 무량에게 불만을 표시했다.

"오빠, 그나마 실력이 제일 나은 애를 탈락시키면 어떡해요? 대체 왜 퇴출 멤버로 랩터를 고른 거예요? 설마 제로하나와 지거의 러브라인을 남겨 두려고?"

승합차 뒷좌석에 깊게 기대어 앉아 눈을 감은 무량은 딴소리를 했다.

"근데 지거 말이야. 왠지 낯이 익지 않냐?"
"그게 무슨 말이에요? 같은 팀원인데 낯이 안 익으면 마스터로서 문제 있는 거 아니에요?"
"아니, 그런 게 아니라…. 소승은, 소승은. 처음 듣는 이름인데, 다른 곳에서 만난 적이 있는 것 같단 말이야. 실력이 형편없는 걸 보면 나한테 랩을 배웠던 수강생일 리도 없는데."

지연이 룸미러에 비친 무량을 향해 눈을 흘겼다.

"저번에도 기운이 좋으니 어쩌니 하더니. 오빠, 지거한테 관심 있어요?"

"야!" 무량이 눈을 뜨며 몸을 일으켰다. "내가 띠동갑한테 추근대는 양아치로 보이냐?"

"그런 뜻은 아니고요. 히히." 지연은 금세 실실 웃음을 흘렸다. "암튼 저는 지거를 이전에 본 적은 없는 것 같아요. 아마 오빠도 이번 프로그램 전에는 만난 적 없을걸요?"

"그런가." 무량은 다시 눈을 감고 시트에 등을 기댔다. "어쨌든 내가 보기에 지거 걔 정말 가능성 있어. 들으면 들을수록 발성이랑 호흡이 너무 좋아. 리듬감도 나쁘지 않고. 생초보라서 어색한 면도 분명히 있지만, 금방 발전할 거야."

지거의 발성과 호흡이야 평생 산사에서 좋은 공기를 마시며 염불을 외워 왔기에 당연히 뛰어날 수밖에 없었다. 게다가 오랜 세월 목탁을 두드린 덕분에 지거의 심장에는 메트로놈이 장착된 것이나 다름없었다. 아직은 아무도 모르는 비밀이었지만.

"제로하나도 생각보다 괜찮더라. 부잣집 도련님이라고만 생각해서 무시했는데, 의외로 성격도 사근사근하고. 보니까 랩도 그냥 허세만 끼어서 재미 삼아하는 게 아니라 진심으로 한다는 게 느껴지더라. 내가 지적해 준 단점들을 오늘 경연에서 거의 다 고쳤어. 반면에 랩터 그놈은 오직 제 잘난 맛에 사는 놈이더만. 내 지시는 다 무시하고 우리 팀에 온 거 자체가 못마땅해 보이던데 내가 굳이 왜 데리고 가냐? 빨리 잘라 내야지."

"에휴, 그래요. 잘하셨어요."

지연은 녹색 신호에 속도를 높였다.

"오늘따라 신호를 잘 받네. 오빠가 말하는 좋은 기운이라는 거, 저도 한번 믿어 볼게요. 저번에 거기 절에서 정말 신기한 경험 했다니깐요. 산불이 번져 올라오니까 주지 스님이 창을 들고 주문을 막 외우는

데, 진짜로 뭔가 있긴 있나 싶더라고요. 저도 따라서 주문을 고래고래 외웠지 뭐예요. 그랬더니 갑자기 우르르 쾅쾅, 소나기가 쏟아져서 불이 꺼졌잖아요. 작은 스님 말씀으로는 그게 용왕님의 가호를 비는 진언이라나 뭐 그런 거래요. 진짜 놀라웠어요. 오빠도 그걸 봤어야 하는데."

"설마 용왕님이 소나기를 내려 줬겠냐. 원래부터 날이 꾸물꾸물했잖아. 그냥 우연히 타이밍이 맞은 거겠지. 너는 나한테 맨날 좋은 기운 같은 소리 하지 말라더니, 왜 갑자기 이렇게 극단적으로 믿음이 신실해졌어?"

"그런가…."

"나는 오히려 믿음이 줄어들었다. 거기서 순간적인 영감을 얻어서 만든 곡으로 결국 꼴찌를 했잖아. 좋은 기운이 아니라 나쁜 기운이었나 싶다."

지연은 무량이 그저 피곤해하는 줄 알았는데, 4위라는 결과에 의기소침해서 축 늘어져 있다는 사실에 마음이 쓰여 운전에 집중이 안 됐다. 자꾸만 룸미러를 살피다가 앞차와의 간격이 좁아져 몇 차례 급히 브레이크를 밟았다.

"4위를 한 게 오빠 탓은 아니죠!"

"아냐. 내 탓이 제일 큰 것 같아. 나는 정말 좋은 곡이라고 자신했는데, 다들 반응이 신통치 않더라."

"그냥 오빠의 평소 스타일과 다른 곡이라서 낯설게 느낀 거 아닐까요?"

"그것만은 아닐 거야. 솔직히 너도 그렇게 좋다고 생각하진 않지?"

"아, 아니, 저는 오빠의 아날로그 느낌을 워낙 좋아하니까…."

"거봐. 그리고 내가 그날 산불이라는 재난 상황에 신나서 곡을 쓴 벌을 받은 것 같기도 해. 악재를 재료로 만든 곡이 좋은 결과를 낼 수 있을 리가 없지. 차라리 너랑 함께 소나기 주문이라도 외쳤으면 이런 결과를 맞지는 않았을 텐데."

"에이, 신나서 곡을 쓰신 건 아니죠. 아티스트는 언제 어디서든 영감을 얻으면 작업을 하는 게 당연하고요. 오빠는 잘못하신 것 없어요."

"그렇게 말해 주니 고맙다. 역시 지연이밖에 없네."

무량의 별 뜻 없는 말에도 지연은 과속방지턱을 만난 것처럼 깜짝 놀라 심장이 덜컹거려서 핸들을 잡은 손에 힘을 꼭 주었다.

"저, 저야 오, 오빠 챙기는 게 일이니까요. 그렇게 꺼림직하시면 그 절에 다시 한번 가는 건 어때요? 잘못 엉킨 실타래가 있으면 앞길이 꼬이지 않게 제대로 풀어야죠. 그래, 이번에는 팀원들도 다 함께 가는 걸로 해요. 합숙하면서 다음 라운드 제대로 준비하자고요."

"그거 좋은 생각인데? 역시 지연이가 최고네."

"아하하, 뭘요."

지연은 과장되게 웃으며 가속 페달을 너무 힘껏 밟지 않기 위해 애를 썼다.

지거는 상쾌한 밤바람을 깊이 들이마셨다. 싱그러운 솔잎 향이 몸의 모든 세포를 콕콕 찔렀다. 역시 이거야. 폐 안의 서울 공기를 하나도 남김없이 뱉어 내야지. 내가 우승 상금만 받고 나면 다시는 그 매연 가득한 도시에 발을 들이나 봐라. 그런 결심을 다지는데 서울에서 전화가 왔다. 지연이었다.

"여보세요?"

"여보세요, 지거 씨? 3라운드 진출 축하해요."

"감사합니다. 덕분이에요."

"그런데 이번에 우리 팀이 꼴찌를 하는 바람에 앞길이 험난해졌어요. 그래서 말인데 합숙 괜찮죠? 다음 화요일부터 3박 4일 합숙하고 금요일 경연에 바로 가는 걸로요."

지거는 법해가 있는 관음전을 바라봤다.

"합숙요? 서울에서요? 제가 할머니를 모시고 살아서 집을 오래 비우기가 좀 어려운데요."

"아, 걱정하지 마세요. 지거 씨, 강원도 산다고 했죠? 합숙 장소도 강원도니까 잠깐씩 집에 다녀오는 정도는 괜찮을 거예요. 제가 차로 데려다줄게요. 산속에 있는 절이라 주차장까지 좀 오래 걸어야 하기는 하지만요."

"예에? 저, 절요? 학선사요?"

지거는 놀라서 휴대전화를 떨어트릴 뻔했다.

"어? 지거 씨도 학선사 알아요? 되게 조그만데 의외로 유명한 절인가? 아하, 무량 오빠한테 들으셨구나. 암튼 제로하나는 서울에서부터 태우고 갈 건데, 지거 씨는 집으로 픽업 갈게요. 굳이 서울에서 만나서 도로 갈 필요는 없지. 문자로 주소 보내 줘요."

"으아! 아니, 괜찮아요! 그, 그냥 학선사에서 뵙는 걸로 해요."

"아하, 집에서 꽤 가까운가 봐요? 알겠어요. 그럼 화요일에 봐요."

전화를 끊은 지거의 머릿속이 정리되기도 전에 요사채 주지 스님 방에서 전화벨이 울렸다. 학선사의 유일한 유선전화였다. 종난에서 연락이 온 것일까? 지거는 서둘러 방에 들어가 수화기를 들었다.

"예, 학선사입니다."

"안녕하세요? 얼마 전에 템플스테이 갔던 안지연인데요. 기억하시죠?"

"아…, 지연 시주님. 기억합니다."

"그때는 1박도 못하고 바로 와 버려서 너무 아쉬웠어요. 그래서 다시 가려고 하는데요. 이번에는 남자 둘, 여자 둘, 총 네 명이에요. 가능하지요?"

학선사 템플스테이 프로그램을 정착시키고 싶은 마음이 여전했기에, 지거는 골치 아픈 상황이 예견되는데도 불구하고 차마 거절할 수가 없었다.

"네, 가능합니다. 아시겠지만, 방은 두 개뿐입니다."

"괜찮아요. 어차피 잠잘 새도 없이 연습해야 할 수도 있어요."

"네, 그러면 화요일에 준비하고 있겠습니다."

"감사합니다." 인사를 하고 전화를 끊으려던 지연은 문득 이상하다는 생각이 들었다. "어? 화요일에 가는 줄은 어떻게 아셨어요?"

"아, 그, 그게…."

"아하, 무량 오빠가 먼저 전화했군요? 내가 한다니까. 암튼 그날 뵈어요."

지거가 머뭇거리는 사이 지연이 알아서 대답하고 전화를 끊었다. 휴, 위험했다. 지거는 손등으로 이마에 흐르는 식은땀을 닦았다. 합숙 기간에는 들키지 않고 넘길 수 있을까. 나무아미타불 관세음보살.

화요일 아침에서 점심으로 넘어가는 즈음, 무량 일행은 땀범벅이 되어 학선사에 도착했다. 생전 처음으로 등산을 한 제로하나는 다리를 후들거렸지만 승은 누나와 함께 3박 4일을 보낼 생각에 표정이 밝았다. 장삼을 입은 지거가 대웅전에서 나와 그들을 맞았다.

"나무아미타불. 오시느라 수고하셨습니다."

"스님, 그동안 잘 계셨어요? 근데 지거 얘는 아직 안 왔나?"

"아, 그 머리 길고 예쁘게 생긴 분요? 아까 오셨는데, 잠깐 어디 가셨나 보네요."

"예쁘… 게요?" 지거의 대답에 지연이 눈을 굴렸다.

"왜요! 승은 누나 예쁘지! 엄청 예쁘지! 스님이 관찰력이 뛰어나시네. 어…?"

제로하나가 호들갑을 떨며 앞으로 나섰다가 지거의 얼굴을 보고 석불처럼 굳어 버렸다. 이 누나가 왜…, 머리가 왜…, 승은 누나가 스님? 입을 다무는 것도 잊은 채 108가지 질문을 머릿속에서 이어 갔다. 지거도 제로하나의 방황하는 눈동자를 보고 자신의 정체가 탄로 났다는 걸 눈치챘다. 마른침을 꼴깍 삼키는 지거의 민머리에 땀이 송골송골 맺혔다.

"무량 님과 지연 님은 각자 방에서 환복하시고, 제로하나 씨는 저와 함께 그 여시주님을 찾으러 가십시다. 아마 뒤편 산책로에 계신 것 같습니다. 자, 어서요!"

'저 스님이 제로하나 이름은 또 어떻게 알지?' 하는 의문을 품는 지연을 뒤로하고, 지거가 제로하나를 대웅전 뒤로 이끌었다. 산 정상으로 향하는 오솔길 양옆으로 누가 언제 쌓았는지도 모를 수백 개의 돌탑이 저마다의 소원을 간직한 채 늘어서 있었다. 충분히 멀리왔다 싶었을 때, 제로하나가 걸음을 멈췄다.

"스님, 아니 승은 누나, 이게 대체 어떻게 된 거예요?"
"소승은 사실 소승은이 아닙니다. 젖먹이 시절부터 이곳에서 지낸 덕에 지거라는 법명 외에는 이름이 없습니다. 시주님을 속일 생각은 아니었는데, 어쩔 수 없는 사정이 있답니다."

지거는 할 수 없이 정체를 감추고 랩 경연 프로그램에 나가게 된 자초지종을 제로하나에게 털어놓았다. 그리고 비밀을 지켜 달라고 부탁했다. 비밀은 꿀처럼 달콤하고 끈적한 것! 제로하나는 승은 누나와 비밀을 공유하게 되었다는 사실에 아찔한 현기증을 느꼈다.

"걱정하지 마세요, 누나! 앞으로 제가 최선을 다해서 도와드릴게요. 그동안 혼자서 얼마나 힘드셨어요? 뭐든 필요하신 거 있으면 언제든 말씀만 하세요. 제가 든든한 지원군이 되어 드리겠습니다. 아, 그래도 저는 계속 승은 누나라고 부를 거예요. 괜찮죠?"

"네네, 편하신 대로 하시지요."

"대신 저도 부탁이 하나 있어요."

"부탁… 요?"

지거는 제로하나가 터무니없는 부탁을 하지 않을까 싶어 목소리가 떨렸다. 뽀뽀라든가.

"저를 원이라고 불러 주세요."

"네?"

"제로하나 말고, 원이라고 불러 줘요. 자, 한번 해 보세요."

"아….."

"빨리요."

"워, 원이 씨."

"아니, 그냥 '원아'라고요!"

"원아."

"네, 승은 누나! 이제 내려가요."

다들 템플스테이를 위해 승려복으로 갈아입은 덕분에 지거의 변신 과정이 훨씬 수월했다. 게다가 제로하나가 열심히 도와주니 가뜩이나 눈치가 없는 지연으로서는 가발을 쓴 지거와 벗은 지거가 한사람이라는 의심을 조금도 할 수가 없었다. 무량이야 원래 자기 잘난 맛에 사는 사람이라 보통은 남에게 관심이 없고, 당장 2라운드 패배를 설욕하려는 생각뿐이어서 눈에 뵈는 게 없었다. 법해가 가발을 쓰고 지거 행세를 해도 이상하게 생각하지 못했을 거다.

"다음 라운드는 팀 대항 디스 배틀인 거 알지? 상대는 팀 가군으로 결정됐다. 한 명은 우리 비트로 연습해서 나가면 되는데, 다른 한 명은 상대 비트에 랩을 해야 해. 아무래도 조금 불리하겠지. 어떻게 할지 의견 있어?"

팀 무량 셋과 매니저 지연이 평상에 앉아 작전을 짜고 있었다.

"제가 경험이 많으니까 가군 비트에 나갈게요. 승은 누나가 우리 비트에 연습을 충분히 하고 나가는 편이 좋지 않을까요?"

제로하나의 의견에 일리가 있어 무량이 고개를 끄덕이는데, 지연이 반대 의견을 냈다.

"아니야. 승리할 수 있는 카드를 확실하게 잡고 가는 게 나아요."

무량이 또 고개를 끄덕였다. 지거는 별생각이 없었는데, 제로하나가 발끈했다.

"그럼 우리 승은 누나가 버리는 카드란 말씀이세요?"

"아, 아니, 그런 뜻은 아니고. 지거야, 그런 말이 아니야. 절대!"

"뭐, 그렇게 생각하실 만도 한데요."

"아니라니깐!"

"지연이 의견이 좋은 것 같아." 무량이 상황을 정리했다. "하지만 이유는 달라. 내 비트에 누가 나가면 유리한지는 중요하지 않아. 상대 비트에 나갈 사람으로 누가 나을지가 관건이지. 내 생각엔 지거가 틀에 갇히지 않아서 어떤 비트를 만나도 더 유연하게 대처할 수 있을 거야. 그리고 스타일이 독특해서 비트와 약간 어긋나도 의도한 것처럼 들릴 수도 있어. 지거 넌 발성이 워낙 좋아서 고막에 주먹질하는 박력이 있으니까, 자신감을 갖고 당당하게 마이크를 쥐기만 하면 돼. 랩도 연기야."

"엄청 난해한 비트면 어떡해요?" 지거가 걱정스럽게 물었다.

"흥, 사실 그럴 가능성이 크지." 무량이 코웃음을 치며 대답했다. "자기 팀 래퍼는 충분히 연습을 할 수 있으니까, 복잡한 구성을 짜거나 중간에 템포를 바꾸거나 다들 그런 짓거리를 하겠지. 나는 달라. 치졸한 전략은 질색이거든. 베이식한 올드 스쿨 힙합으로 정면 돌파할 거야. 싸나이 힙합을 자처하는 가군 꼬라지가 우스워지게. 제로하나, 자신 있지?"

"예스, 마스터!"

"오케이, 순서 확정! 땅땅땅!" 지연이 홀가분하게 의사봉을 두드리듯 주먹으로 손바닥을 치더니 공양간 쪽을 돌아봤다. "근데 스님은 어디 가셨지? 이제 저녁 공양 시간 아닌가?"

지거와 제로하나가 다급한 눈빛을 교환했다. 입을 뗀 쪽은 제로하나였다.

"주지 스님은 여전히 관음전에 계시고요. 작은 스님은 옆 동네 절에 무슨 행사가 있다고 지원 가셨어요. 며칠 걸릴지도 모른다던데요. 승은 누나랑 친한

가 봐요. 잘 부탁한다고 하고 가셨어요."

"엥? 템플스테이 호스트가 절을 비워? 지거 너 여기 자주 오니?"

"아… 네, 집이 가까워서요."

"그래? 어디길래?"

"아주 가깝죠, 하하."

그때 관음전 안에서 지거를 부르는 법해의 목소리가 들렸다.

"지거야! 지거야!"

"와!" 지연이 감탄했다. "진짜 친하긴 친한가 보네. 주지 스님이 지거의 랩 네임을 알다니."

"하하, 네, 맞아요. 스님이 왜 부르시나 가 봐야겠네요."

"그러면,"

지연의 매니저 본능이 깨어났다.

"지거는 지인이니까 템플스테이 비용 할인해 달라고 해야겠다. 우리만 남겨 놓고 다른 절에 가신 것도 컴플레인 걸어야지."

"그건 걱정하지 마세요. 작은 스님이 저는 무료로 해 주겠다고 말씀하셨어요."

"오, 정말?"

"네네. 그리고 앞으로 공양은 저와 제로하나, 아니 원이가 함께 준비할게요."

"원이? 오올, 둘이 언제 이렇게 친해졌대. 근데 제로하나가 요리에 도움이 되겠어?"

"그럼요! 제가 자취 경력이 얼마나 오래됐는데요!"

제로하나가 손날로 채 써는 시늉을 했다.

"부잣집 도련님이 자취를? 도우미 아줌마랑 함께
산 건 아니고?"

"모르셨어요? 저 혼외자라 집에서 내놓은 자식이잖
아요. 고등학교 졸업하고 쭉 혼자 살았어요."

"그랬구나. 세간의 인식과는 조금 차이가 있네."

그때 관음전에서 법해가 다시 지거를 부르는 소리
가 들렸다. 그의 목소리가 조금 다급하여 무슨 일이
있나 걱정이 된 지거가 서둘러 달려갔다. 법해는 관음
보살 앞에서 금강경을 읊고 있었는데, 장삼이 온통 땀
에 흠뻑 젖어 있었다. 지거가 얼른 다가가 안색을 살
폈다.

"스님! 괜찮으세요?"

"나는 괜찮다. 그런데, 응? 네 머리가 언제 이렇게
길어졌느냐? 악귀의 소행이냐?"

"아, 아닙니다. 템플스테이 프로그램 진행하느라 잠
깐 분장한 것입니다."

"수고가 많구나. 그나저나 조금 전 악귀 하나가 또
빠져나갔다. 내가 최선을 다해 막고는 있지만, 악의
수하들이 이곳을 지속적으로 공격하고 있어서 결계
가 점점 약해지는구나."

지거는 법해의 몸에 문제가 생긴 걸까 걱정했는데,
그가 악귀 얘기를 하니 오히려 안심이 되었다. 저런
허황된 말씀을 하시는 것도 정상은 아니지만, 크게 아
프신 것보단 낫지. 관세음보살님, 부디 주지 스님을

굽어살피소서.

"악의 수하들요?"

"이 아래 골프장 개발하는 자들이 분명하다. 수상한 낌새가 있는데 내가 여기 묶여 있어서 직접 가 볼 수가 없구나. 돼지머리 놓고 고사 지내는 수준이 아닌 일을 벌이고 있을 것이다. 지거 네가 틈을 내서 한번 가 보렴. 중대한 일이야."

"예, 알겠습니다."

지거는 건성으로 대답하고 그 일을 금세 새까맣게 잊어버렸다. 다음 날 새벽에 먹을거리를 사기 위해 제로하나와 함께 산을 내려가기 전까지는. 절에서 한 시간을 걸어 내려가 제로하나의 차를 타고 읍내에 가서 장을 보고 돌아왔다. 평소 같았으면 버스를 기다렸다 타느라 시간이 더 오래 걸렸을 텐데, 원이가 도움이 되었다. 돌아오는 길에 짐을 바리바리 들고 다시 한 시간 동안 산을 올라야 한다는 게 걱정된 제로하나가 다른 방법을 제안했다.

"골프장 공사 현장에 주차하면 안 돼요? 거기서 절까지는 금방이잖아요."

"하지만 거기는 사유지인걸."

"한쪽에 몰래 세우죠, 뭐. 산속에서 견인차를 부를 거야, 어쩔 거야."

그렇게 공사 차량용 통행로를 따라 산을 오른 제로하나가 공사 현장에 차를 세웠다. 거기서 학선사까지는 부지런히 걸으면 채 20분이 걸리지 않을 것이었다. 지거는 중장비들의 요란한 소리만 듣다가 공사 현장의 처참한 모습을 가까이서 보고 할 말을 잃었다. 지거보다도 나이가 훨씬 많은 초목이 잘리고 뽑혔으며, 벌거벗은 대지가 마구잡이로 파헤쳐져 있었다. 세월이 조성한 자연을 유린하여 인간들의 설계에 꿰맞추고, 천혜의 환경을 자랑하는 컨트리클럽이라고 홍보할 셈이었다.

"여기도 무슨 절 같은 게 있네요? 저런 건 사당이라고 하나?"

제로하나가 가리킨 것은 사실 네모난 컨테이너였다. 그런데 절이나 사당을 떠올릴 만도 한 것이, 둘레에 여러 겹의 금줄이 쳐져 있었고, 향을 피우는 냄새가 풍겼다. 공사 현장에 왜 이런 것이? 안전사고가 없기를 기원하는 곳이려나?

작은 창으로 들여다본 컨테이너 내부는 붉고 어두웠다. 한쪽 벽면에 빨간 초들이 켜진 제단이 마련되어 있었는데, 그 중앙에 모셔진 것은 끔찍한 괴물 동상이었다. 푸른빛을 띠는 몸에 소와 개와 인간의 머리 세 개가 함께 달려 있는 괴물이었다. 뾰족한 어금니 두 개씩이 입술 밖으로 삐져나왔고, 커다란 발로 수많은 사람을 짓밟고 서 있었다. 손아귀에는 피를 빨린 듯이 축 늘어진 시체를 쥔 형상이었다.

"으아, 저게 뭐예요?" 제로하나가 오만상을 찌푸리며 물었다.

"나찰(羅刹)⋯." 지거가 마른침을 삼켰다. "악귀 나찰이 관세음보살을 만나 불교에 귀의하기 이전의 모습이야. 중생을 현혹하여 광기에 빠지게 하고, 사람의 피를 빨아먹어 죽음에 이르게 하는 악마였지. 흔히 아수라와 혼용되어 쓰이는 이름이기도 해."

대체 왜 나찰을 모시는 신당이 이런 데 있는 걸까? 설마 주지 스님이 말씀하신 게 사실이었단 말인가? 지거는 검은 안개 속에 갇힌 것처럼 생각을 똑바로 정리할 수가 없었다. 제로하나가 지거의 손을 잡고 컨테이너 뒤로 이끌었다.

"누가 와요."

둘이 서둘러 몸을 숨기자, 검은 양복을 입은 무리가 컨테이너로 다가왔다. 그리고 그 뒤에 아수라 그룹의 대표 영건, 즉 제로하나의 이복형이 보였다. 지거의 손을 잡은 제로하나의 손이 파르르 떨렸다.

양복들이 만신창이로 두들겨 맞은 듯 보이는 남자를 끌고 와 영건의 앞에 무릎 꿇렸다.

"죄송합니다, 대표님."

남자가 머리를 조아리자 영건은 촐싹거리며 손을 저었다.

"어어, 아냐, 아냐. 죄송하긴 뭐 그럴 수도 있지."
"이해해 주셔서 감사합니다."
"방법을 잘 가르쳐 주지 않은 내 잘못이지. 다 내 잘못이다."

"… 예?" 남자의 목소리가 흔들렸다.

"활활 잘 타는 나무가 빽빽한 깊은 산속 낡은 절에 불을 어떻게 질러야 하는지 내가 설명을 너무 대충 했잖아, 그치? 네가 실패한 게 아니야. 내가 실수한 거지." 영건이 부하들을 향해 손가락을 튕겨 신호하며 말을 이었다. "그래서 내가 직접 보여 주려고."

"예?"

영건은 부하에게 건네받은 하얀색 말통의 뚜껑을 열고 담겨 있던 액체를 남자에게 부었다. 멀찍이 숨은 지거와 제로하나에게까지 휘발유 냄새가 풍겨 왔다. 영건이 말통을 집어 던지고 은색 라이터를 꺼내 불을 켰다.

"으어어어, 대표님 죄송합니다! 살려 주십시오!"
"아니, 아니. 지금은 대표가 아니지. 너를 가르치는 중이잖아. 나는 선생이고, 너는 학생이야."

영건이 라이터를 흔들며 낄낄거리니 주변을 둘러싼 부하들도 입술을 비틀었다.

"자, 불러 봐. 선생님-!"
"서, 선생님… 어흑."

남자가 울먹이자 영건과 일당들이 와하하하 웃음을 터뜨렸다. 지거와 제로하나가 서로를 마주 보는 눈빛에 두려움이 서렸다. 웃지 않아야 할 상황에서 웃는 사람은 공포를 자아내는 법이다. 두 사람은 영건이 당장이라도 저 남자에게 불을 붙일 것만 같아 조마조마했다.

영건 일당은 겁에 질린 남자를 끌고 컨테이너 안으로 들어갔다. 지거와 제로하나는 차마 안을 들여다볼 용기가 나지 않아 가만히 귀만 기울였다.

"나찰님의 재림을 위해 최선을 다하겠습니다."

그들은 영건의 인사를 신호로 의미를 알 수 없는 주문을 함께 외우기 시작했다. 그것은 지거가 알고 있는 어떤 진언과도 다른 말이었는데 소리로 미루어 힌디어라고 짐작할 수 있었다. 그들은 나찰이 관세음보살을 만나기 이전의 언어로 악귀를 숭배하고 있는 것이었다.

"라크샤사 카 두사라 아가만 차히!"

반복되는 주문을 듣고 있으니 발밑의 땅이 무너져 내리는 듯이 가슴속에 불안감이 자라나 등이 서늘해졌다. 소용돌이에 빠진 것처럼 사위가 혼동되고 어지러웠다. 지거는 눈을 꼭 감고 관세음보살을 세 번 불렀다. 겨우 마음을 다잡은 지거가 제로하나를 이끌고 컨테이너에서 물러나 학선사로 이동했다.

"큰어머니는 혹시라도 그룹이 저에게 넘어올까 전전긍긍하셨어요. 엄마 없이 자란 저를 가엾게 여기는 아버지의 연민을 오해하신 거였지요. 저는 회사엔 관심이 없었는데도요. 아버지가 돌아가신 후, 큰어머니의 욕심에 물들어 형님은 갖은 방법으로 경쟁자들을 잡아먹고 세력을 키웠어요. 자신을 향한 원한이 커질수록 본인의 권력이 강해진다고 주장하곤 했죠. 점점 인간의 마음을 잃어 가는 것 같더니 결국 저런 모습이 되어 버렸네요."

산길을 오르며 제로하나가 담담하게 전하는 가족사에 지거는 가슴 한쪽이 쓰라렸다.

"나는 부모님 없이 갓난아기 시절부터 이곳에서 자

랐어. 당연히 부모에 대한 기억도 없고, 지거라는 법명 외의 이름도 없어. 사실은 출생신고조차 되지 않은 투명 인간이야."

"아니, 어떻게 그럴 수가 있어요?"

"나도 자세한 사정은 몰라. 주지 스님이 부모를 잃은 나를 발견했는데 차마 보육원에 보내지도 못하고, 법적인 문제로 출생신고도 못 하신 거야. 어쨌든 내겐 생명의 은인이자 길러 주신 부모님이나 다름없어. 그러니 어찌 보면 이곳 학선사가 내 존재 자체라고 할 수 있지."

둘은 한동안 말이 없었다. 박자를 맞춘 발소리에 숨소리만 들렸다. 오르막이 끝나고 절터에 들어서기 직전이 되자 제로하나가 발을 멈추었다.

"좋아요. 저도 승은 누나의 우승을 위해 최선을 다하겠습니다. 누나에게 소중한 장소인 이곳을 지킬 수 있게요."

그런데 지거는 감사 인사 대신 뭔가 떠오른 듯한 표정으로 다른 요구를 했다.

"다시 한번 말해 봐."

"승은 누나의 우승을 위해 최선을 다하겠습니다?"

"비슷한데 조금 다르네."

"뭐가요?"

"아까 컨테이너에서 들었던 목소리. 아수라 그룹 대표."

"아무래도 아버지가 같아서…." 제로하나가 쓸쓸하게 대답했다.

"아니야. 다른 곳에서 분명히 들은 적이 있는 목소리야. 어디였을까?"

곰곰이 생각에 잠겼던 지거의 눈이 번쩍 커졌다.

"말뚝이다!"
"네?"
"〈샤워 미 더 머니〉 사회자 말이야. 말뚝이탈을 쓴 남자가 네 이복형이었어! 틀림없어. 우승 상금을 그가 후원하는 거였지? 그 프로그램에도 뭔가 꿍꿍이가 있는 걸까?"
"형님이 왜 그런 일까지…, 저는 전혀 예상이 안 돼요."
"그자가 무슨 일을 꾸미든 우승도 하고 그 계획도 막아야 해."
"저만 믿으세요!"

둘은 손을 맞잡고 승리의 결의를 다졌다. 제로하나는 다른 결의를 하나 더 다진 것 같지만.

디스 배틀 1차전은 9치와 제로하나의 대결이었다. 선공에 나선 9치는 두툼한 금반지가 가득 끼워진 손으로 마이크를 쥐고 건들거리며 무량이 가져온 비트를 요리할 준비를 했다. 우리 팀과 마찬가지로 변칙적인 비트를 만들겠지. 약간은 긴장한 상태였던 9치는 무량의 음악이 시작되자 의외라는 표정으로 눈을 굴렸다. 묵직한 베이스라인과 금속성의 드럼에 턴테이블 스크래치가 곁들여진 정통 올드 스쿨 힙합 비트였다. 승부를 포기했나? 쉬운 비트를 주면 나야 좋지. 여유

를 되찾은 9치가 한쪽 입꼬리를 올리고 무량을 손가
락으로 가리키며 랩을 시작했다.

한국 힙합의 전설, 최고의 베테랑
아니 솔직히 형님은 그냥 노땅
커맨드 센터 둥둥 띄운 테란
이렇게 나오면 내 승리는 이미 보장

배틀 상대인 제로하나를 공략하기에 앞서 상대 마
스터 무량을 먼저 디스하는 9치의 공격에 관객들은
두 팔을 높이 들고 환호했다. 말뚝이탈을 쓴 사회자도
큐시트를 바닥에 팽개치며 흥분을 표출했다. 무량은
담담하게 표정을 관리했다. 9치가 제로하나의 코앞에
얼굴을 들이밀고 랩을 이어 갔다.

어쩌냐 니네 집 돈인데 네 몫은 빵 원
영원이 네 승리는 영원히 요원
오늘부로 이 무대에서 네 모습 빠이여
나는 너를 청소하러 온 특수 요원

객석에서 다시 환호가 터져 나왔다. 9치는 계속해
서 제로하나를 무시하는 내용의 라임으로 공격을 이
어 갔다. 방송용으로는 부적절한 욕설에 인신공격까
지 섞어 가며 관객들을 더욱 흥분시켰는데, 제작진은
삐 처리가 되면 더욱 자극적인 영상이 되리라 확신하
며 즐거워했다. 9치는 본인 차례가 끝나자 거만한 자
세로 마이크를 바닥에 떨구었다. 제로하나는 아무렇

지도 않게 마이크를 주워 들고 차분하게 자신의 랩을
시작했다.

제로하나, 노 플라워
엄마 파워 없이도 잘 싸워
쌍욕에 막말해야 래퍼다워?
그러기엔 이 마이크 무거워
수치심 없이 금붙이로 온몸을 감싸고
선동과 혐오만 생산해서 팔고 사고
니 옷은 명품인데 혓바닥은 구질구질
치솟은 카드값 벌 생각뿐 그치 9치?

9치처럼 고래고래 악을 쓰지 않으면서도 묵직하게
날리는 라임들에 관객들은 짜릿함을 느끼며 솔직하게
반응했다. 9치의 저속한 공격에 과장된 표정으로 놀라
는 시늉을 하던 사람들도 제로하나가 카운터펀치를 날
리자 턱이 얼얼해지고 등줄기에 식은땀이 흐르는 감각
을 느꼈다. 그것은 카타르시스였다.

품위를 좀 지켜 나까지 창피하니까
그래선 나와 지거를 죽어도 못 이겨

랩을 마친 제로하나가 마이크를 스탠드에 얌전히 끼
우자 객석에서 우레와 같은 박수가 쏟아졌다. 마스터
들도 자리에서 일어나 엄지를 치켜세우고 박수를 보냈
다. 가만히 있는 건 팀 가군과 말뚝이탈 사회자뿐이었
다. 사회자는 분위기가 마음에 안 든다는 듯이 점수 발표를 서둘렀다. 관객 평가 점수로도, 마스터 점수로도 제로하나가 꽤 큰 차이로 승리를 거두었다.

제로하나는 사회자의 행동을 예의 주시했다. 몸집과 목소리로 미루어 지거의 말대로 영건이 맞는 것 같았다. 하지만 아수라 그룹의 대표가 왜 이런 프로그램에 나와서 저런 역할을 자처하는지 이해가 되지 않았다. 대체 무슨 계획인 걸까? 사회자는 환호하는 관객들에게 손을 내저어 조용히 시켰다.

"다음 2차전은 팀 가군 불스아이와 팀 무량 지거의 대결입니다. 이번에는 팀 가군의 비트로 겨루게 됩니다. 과연 어떤 스타일의 음악일지 기대가 되는데요. 역시 불스아이가 선공, 지거가 후공을 하겠습니다. 잇츠 라임 타임!"

불스아이의 랩은 크게 기억에 남지 않았다. 딱히 못하지는 않았지만, 지거에 대한 성희롱성 가사에 듣는 이들은 여전히 제로하나의 메시지를 떠올리며 얼굴을 찌푸렸다. 게다가 팀 가군의 비트는 무량이 예상했던 것 이상으로 복잡하고 템포 변화도 극단적이어서 전략적이라기보다는 비열하게 느껴질 정도였다. 관객들의 마음은 조금씩 팀 무량에게로 향했다. 이제 지거가 이 비트를 버텨 주기만 하면 된다.

지거가 무대 중앙에 서자 스튜디오가 일순 정적에 휩싸였다. 디제이가 팀 가군의 비트를 재생했다. 요란한 사이렌 소리가 반복되는 가운데 150bpm의 빠른 속도로 디지털 드럼 사운드가 휘몰아쳤다. 조금 전 불스아이가 랩을 할 때 처음 들었을 괴상한 비트에 초보 래퍼 지거가 과연 무사히 랩을 할 수 있을까?

팀원들의 염려 속에 지거가 새끼손가락을 세우고 나머지 손가락들을 접은 뒤 엄지와 검지로 마이크를 들어 마치 약병을 잡은 듯한 수인을 맺었다. 관세음보살 진언 14수 보병수는 모든 이들이 원만하게 화합하기를 기원하는 진언이다.

옴 아례 삼만염 사바하
좋은 날에 싸움만 거는 사람아
총칼에 자아를 위탁하고 살다가
손발이 까매지면 갈 곳은 하나야

사이렌 소리가 잦아들면서 반주의 템포가 급격히 느려졌다. 사전에 연습하던 비트가 아니면 공연자가 당황할 수밖에 없는 야비한 작전에 관객들이 엄지를 바닥으로 향하고 인상을 구겼다. 힙합의 깃발 아래 우리는 하나인데, 아무리 디스전이라지만 상도가 있어야지. 지거가 암송한 관세음보살 진언이 관객의 마음을 완전히 돌려세운 것이다.

초보 운전 무시하지 마 연탄재를 걷어차지 마
조금 서툴러도 규칙 준수, 내 열정은 마그마
잘 가는데 급정거 이런 위협은 오늘까지만
옴 가마라 사바하, 모두가 하나 되는 맘과 맘

착한 마음으로 좋은 친구들을 만나기를 기원하는 관

세음보살 진언 11수 보전수 이후로는 거의 축제 분위기였다. 지거의 랩이 가군의 비트에 맞아떨어지든 엇박으로 들어가든 아무런 상관이 없었다. 모든 이들이 하나 되어 손을 위로 들고 좌우로 흔들었다. 이 놀라운 광경에 무량은 막연히 느껴 왔던 지거의 MC 자질을 확신했다. 래퍼를 일컫는 다른 말인 MC, 즉 마스터 오브 세리머니(Master of Ceremony)의 가장 중요한 덕목인 관객과의 교감을 지거는 물 마시듯이 손쉽게 해냈다. 지거에게는 듣는 이의 마음을 움직이는 무언가가 있다. 나의 재기를 위해서가 아니라, 지거를 빛내기 위해서 최고의 비트를 만들어 내고 싶다.

점수를 볼 필요도 없이 지거의 압승이었다. 네 팀 중 최하 점수를 받은 팀 가군은 탈락이 확정되었다. 이변에 가까운 결과에 잠시 녹화가 중단되고 제작진과 사회자가 모여 긴급회의를 했다. 보아하니 사회자가 뭔가를 주장하고 제작진이 난색을 표하는 모양새였다. 자신의 주장을 계속 밀어붙이는 말뚝이탈의 모습에 그가 영건일 거라는 지거와 제로하나의 의심이 점차 확신으로 변해 갔다. 그는 단순히 쇼의 진행을 위해 고용된 사회자가 아니라 제작진 가까이에서 프로그램 전반에 영향력을 행사할 수 있는 인물인 게 확실했다. 어느덧 회의가 끝나고 녹화가 재개되었다.

"팀 가군의 충격적인 패배로, 4라운드 진출 팀은 팀 무량, 팀 썬더그라운드, 그리고 팀 오!베이, 이 세 팀이 되었습니다. 첫 녹화 때 말씀드렸던 대로 〈샤워 미 더 머니〉 우승자에게는 5억 원의 상금 외에 최고의 프로듀서가 만든 신곡이 부상으로 주어지는데요. 제작진과의 회의 끝에 어제 완성되어 따끈따끈한 그 곡의 후렴구를 오늘 공개하기로 했습니다. 지금 들어 보시죠. 잇츠 라임 타임!"

사회자의 신호에 디제이가 음악을 재생했다. 과연 최신 트렌드가 반영되어 대중의 취향에 꼭 들어맞는 스타일이었고, 방송의 홍보를 등에 업었으니 몇 주간 음원차트 1위를 차지할 수 있을 법한 곡이었다. 반주만 나오다가 후렴구 부분에서 가이드 녹음된 가사가 여러 명의 목소리로 구호처럼 터져 나오자 지거와 제로하나는 깜짝 놀란 눈으로 서로를 마주 보았다.

라크샤사 카 두사라 아가만 차히!
라크샤사 카 두사라 아가만 차히!

반복되는 후렴구는 골프장 공사 현장에 갔던 날에 들었던 것과 일치했다. 컨테이너 안에 무시무시한 나찰을 모시고 그 앞에 무릎 꿇은 영건과 일당들이 외우던 주문이 분명했다. 하지만 그런 사정을 모르는 사람들은 대중의 취향을 저격한 음악에 맞춰 흐르는 후렴구에 그루브를 타며 그저 흥겨워했다. 갑작스럽게 녹화가 중단되고 지루하게 회의가 이어져서 투덜대던 관객들의 불만은 깨끗이 사라진 듯했다.

해당 장면은 예고편에 포함되어 다음 날 본방송을 앞두고 각종 채널을 통해 널리 퍼져 나갔다. 지거는 학선사로 돌아가는 길에 버스 터미널에서 옷을 갈아입고, 장을 보러 읍내 마트에 들렀다. 그런데 옆에서 라면을 고르던 청년이 '라크샤사 카 두사라 아가만 차히'라고 흥얼거리는 소리가 들렸다. 있지도 않은 지거의 머리털이 쭈뼛 일어났다. 지거의 머릿속에서 퍼즐의 조각이 맞춰졌다. 영건이 상금을 후원하고 사회자 역할을 맡으면서까지 랩 경연 프로그램에 직접 영향력을 행사하는 이유를 깨달았다. 저 사악한 주문을 후렴구로 한 노래를 히트시켜 온 나라에 울려 퍼지게 하고 수많은 사람이 의미도 모른 채 주문을 외우게 하려는 의도였다.

"주지 스님!"

서둘러 절에 돌아간 지거가 관음전에 들어섰다. 그 사이 법해는 기력이 더욱 쇠해 몰골이 엉망이었다. 녹화하러 서울에 다녀오느라 온종일 혼자 계시게 한 것도, 관음전의 비밀에 관한 스님의 말씀을 믿지 못하고 혼자 악귀들과 싸우시게 둔 것도 너무 죄송하다는 마음에 무릎이 풀썩 꺾였다.

"죄송해요, 스님. 모두 사실이었다는 걸 이제야 깨달았습니다. 스님 말씀대로 저 아래 공사를 진행하고 있는 자들이 이 세상에 악귀를 풀어놓으려 하고 있습니다. 막을 방법이 있나요? 저는 무엇을 어떻게 해야 하나요? 아무것도 모르고 스님 혼자 외롭게 둬서 정말 죄송해요."

"그들이 무슨 짓을 벌이는지 보았느냐?"

"네, 나찰을 숭배하는 사당을 차려 놓았습니다. 그리고 나찰의 재림을 기원하는 주문을 방송에 내보냈습니다. 경연 프로그램 최종 우승자가 그 노래를 부르고 나면, 모든 국민이 그 주문을 외우게 될 수도 있어요."

"큰일이구나. 그 정도의 힘이 모인다면 나로는 역부족이다."

"방송 쪽은 제가 최선을 다해서 한번 막아 볼게요."

"네가 방송국에 아는 사람이 있느냐?"

"네, 어쩌다 보니 그렇게 되었습니다."

"너 요즘에 자꾸 이상한 노래를 부르더니 〈세상에 이런 일이〉 같은 데 출연한 거냐?"

"아, 뭐, 비슷해요. 그런데 스님, 사당에서 본 나찰은 머리가 셋 달린 괴물이던데요. 현실 세계에 그런 악귀가 나온다는 게 사실은 아직도 믿어지지 않습니다."

지거가 묘사한 나찰의 모양새에 법해는 끔찍한 기억이 떠오른 듯이 고통스러운 표정을 지었다. 초점 잃은 눈은 과거를 더듬었고, 긴장한 손은 바들바들 떨렸다. 지거가 건네는 물을 마시고 겨우 마음을 추스른 법해가 입을 열었을 때, 그는 주지 스님이 아닌 동자승이 되어 있었다.

"주지 스님이 그러시는데, 나찰은 원래 다양한 악귀를 통칭하는 이름이래요. 특정 존재가 아니며 그들은 어떤 모습으로든 나타날 수 있다고 해요. 저 같은 어린아이의 악몽에서 튀어나온 것처럼 기괴한 형태를 띨 수도 있고, 가장 친근한 사람의 모습일 수도 있대요. 하지만 소와 개와 사람의 머리를 한 녀석이라면 이야기가 달라요. 그건 사상 최악의 나찰이자 모든 나찰의 시초인 라크샤사예요. 27년 전 부활한

그놈을 잡기 위해 전국의 구병 승려들이 모두 모였
지요."

법해는 전해 들은 이야기와 본인이 직접 경험한 일
들을 혼동하고 있었다. 극심한 스트레스로 머릿속에
동자승을 불러오고서도 한 겹 더 방어기제를 덮어쓴
모양새였다. 동자승 법해가 이야기를 계속했다.

"모두가 힘을 모아 가까스로 그놈을 잡았어요. 그런
데 봉인을 위해 이곳 관음사로 끌고 오는 도중에 놈
이 최후의 발악을 했어요. 저 아래 버려진 민가 있
잖아요. 일행이 그곳을 지날 때 그 집에 살던 젊은
부부가 칼을 들고 승려들을 공격했어요. 라크샤사
에게 현혹당해 광기에 빠진 거였죠. 승려들이 그들
을 말리는 과정에서 몸싸움이 서툰 부부가 그만 서
로를 찔러 둘 다 목숨을 잃고 말았어요."

지거는 문득 이 27년 전의 이야기가 어디로 흘러가
는지를 깨달았다. 온몸에 서늘한 소름이 돋았다. 이것
은 아수라 일당이 부활시키려 하는 라크샤사에 국한
된 이야기가 아니었다. 바로 지거 자신에 관한 이야기
이기도 했다.

"그 부부에겐 출생신고도 하지 않은 갓난아기가 있
었어요. 불심을 불어넣어 라크샤사의 악의에 노출
된 그 아기를 치유하고, 또 다른 악귀들의 표적이
되지 않도록 보호하기 위해 이곳 학선사에서 기르
기로 결정했어요. 과거를 잊지 말라는 의미로 지거
라는 법명을 붙였지요."

감당하기 어려운 거대한 비밀, 기억에도 없던 과거

의 악연, 속세의 부모님을 해친 악귀에 대한 원한, 이 모든 것이 한꺼번에 밀어닥치자 지거는 아득해지는 정신을 붙잡으려 관세음보살의 이름을 반복해서 불렀다. 관세음보살, 관세음보살, 관세음보살, 지거, 관세음보살, 관세음보살, 지거, 관세⋯.

"지거!"

밖에서 누군가 지거를 부르고 있었다. 나가 보니 어둠 속에 무량과 지연이 있었다.

"이 시간에 여긴 무슨 일로 오셨어요?" 지거가 물었다.

"아, 작은 스님, 혹시 지거 여기 없습니까? 당분간 이 절에 머물겠다고 했었는데요."

"두 분 눈썰미는 정말 대단하시네요." 지거가 고개를 절레절레 저었다.

"네?"

"아무것도 아닙니다. 지거 씨는 아직 안 오셨습니다만 무슨 급한 일이 있나요?"

"얘기해도 아시려나." 무량이 시큰둥하게 대답했다. "우리가 경연 프로그램에 출연 중인 건 아시죠? 거기에 갑자기 변동 사항이 생겨서요. 이거야 원 전화도 안 받고 어디 있는 거야."

"디스 배틀 승리해서 다음 라운드에 진출했잖아요. 갑자기 변동이라뇨?" 지거가 물었다.

"오, 작은 스님도 방송 보셨구나. 그럼 얘기가⋯ 어?

오늘 녹화한 건 아직 방송 전인데 디스 배틀 승리한 건 어떻게 아시나요? 설마….”

무량이 의심의 눈초리로 쏘아보자 지거의 민머리에 땀이 흘렀다. 무량이 말을 이었다.

“… 작은 스님도 관객 평가단? 아까 방송국에 계셨어요? 당연히 우리 찍으셨겠죠?”
“아니, 그게….”

“오빠도 참!” 지거가 머뭇거리자 지연이 나섰다. “사람이 왜 이렇게 눈치가 없어요?”

지연이 결국 지거의 이중생활을 알아챈 것인가? 지거가 침을 꼴깍 삼켰다.

“작은 스님이 관객 평가단이면 대외적으로는 비밀을 지켜 드려야지 뭘 자꾸 물어요.”

지거는 마음 놓고 땀을 닦았다. 도토리 키 재기, 도돌이 기적이.

“그보다 갑작스럽게 변했다는 게 뭔가요?”
“작은 스님도 궁금하시구나.”

지연이 대답했다.

“원래 오늘 한 팀이 탈락하고 우리랑 다른 두 팀이 올라갔는데요. 녹화 끝나고 팀 오!베이가 갑자기 퇴출되어서, 두 팀만 남았거든요. 게다가 또 룰을 바꿔서 다음 주에 준결승 없이 네 명에서 바로 결승전을 하고 우승자를 정한대요. 방송국에 뭔 사정이 있어서 이렇게 서두르는 건지. 마음에 안 들지만, 우

276·277

리야 을이니까 따르는 수밖에 없죠. 그래서 준비 시간이 부족해요."

"오!베이가 왜 퇴출돼요?"

"원래 소금쟁이가 키메라 재능 빨아먹는 건 다들 알고 있었는데, 이번에 키메라한테 약 먹이고 남자 마스터랑…. 그걸 녹화도 하고 그랬대요. 어떻게 지 여자친구를…. 마스터 그놈은 지 부인이 임신 중인데, 사랑꾼 행세하더니만…. 아무튼 그 영상이 유출되어서, 성범죄자들을 방송에 내보낼 수 없다고 퇴출시켰어요. 내일 방송에도 오!베이 분량은 통편집할 거래요."

"아니," 지거가 미간을 찌푸렸다. "키메라는 피해잔데, 왜 퇴출되어야 하죠?"

"그러게 말이에요." 지연이 한숨처럼 대답했다. "피해자를 보호하기는커녕 가해자와 한 묶음으로 치워 버리기 급급한 꼬라지가 솔직히 놀랍지도 않네요."

"아무리 그래도 진행이 너무 막무가내식인데요."

지거는 이 일에도 영건의 입김이 영향력을 끼친 게 아닐까 의심이 들었다. 법해가 쌓아 올리는 방어막을 부수고 악귀의 부활을 더욱 앞당기기 위해 빨리 결승전을 치르고 우승 곡을 방송에 내보내려는 속셈이 아닐까. 라크샤사의 재림을 기원하는 주문이 담긴 바로 그 곡의 음원을 하루라도 빨리 발표하기 위해서. 오!베이의 영상이 유출된 것, 그뿐 아니라 어쩌면 소금쟁이가 키메라에게 먹였다는 약물 자체에도 영건이 관련되어 있을지 모른다. 악의가 폭주하고 있다. 막아야 한다.

"우리가 반드시 우승해야 해요."

분노한 지거의 단호한 선언에 무량이 웃음을 터트렸다.

"하하하, 작은 스님 우리 서포터 맞았네! 팬이시니까 우리의 우승을 위해 여기서 또 합숙 좀 하게 해주세요. 합숙 덕분에 오늘 결과도 좋았잖아요. 벌써 제로하나도 불렀어요. 그나저나 지거는 언제 오려나. 무슨 일 생긴 건 아니겠죠?"

"네, 별일은 없을 테니 걱정하지 마세요." 태연하게 대답한 지거가 둘을 요사채로 이끌었다. "일단 각자 방에 짐을 푸시지요."

그렇게 해서 팀 무량은 학선사에서 일주일간 합숙을 하며 결승전을 준비했다. 한 명의 우승자를 뽑는 결승전이므로 이번 라운드는 팀 대항전인 동시에 개인전이었다. 우승 후보로는 역시 인기 아이돌 래퍼 포티가 가장 유력하게 꼽혔다. 제로하나와 무손실은 그에 비해 약간 밀릴 것으로 예상되었다. 어떤 모습을 보일지 전혀 예상이 안 되는 다크호스는 바로 지거였다. 랩 실력만 따지면 여전히 최약체였지만, 지난 라운드에서 보여 준 무대 장악력과 독특한 매력이 결승전 생방송 전화 투표수로 이어진다면 의외의 결과가 나올지 모른다는 의견도 있었다.

과연 음원차트 1위가 보장된 최고의 신곡을 피처링을 맡을 팀원과 함께 녹음할 최종 우승자는 누가 될 것인가! 〈샤워 미 더 머니〉 예고편은 시도 때도 없이 어디서든 튀어나왔고, 문제의 후렴구도 점점 널리 퍼졌다. 법해는 시간이 갈수록 지쳐 갔다. 지거는 주지 스님을 돌보랴, 랩 연습을 하랴, 정신이 하나도 없었 다. 그나마 식사 준비 등 템플스테이 운영은 제로하나 가 도맡다시피 해서 다행이었다.

"승은 누나가 우승하실 거예요. 저만 믿으세요!"

제로하나는 제 무대는 신경도 안 쓰고 오직 지거의 완벽한 공연을 준비하는 데에만 온 정성을 쏟았다. 지 거로서도 학선사를 지키기 위해서 반드시 우승 상금이 필요했고, 라크샤사의 부활을 막기 위해서 우승자에게 주어지는 신곡을 차지해야만 했다. 하지만 제로하나가 자신을 돕는 이유에 연심이 섞여 있는 것을 알기에 속 이 편치만은 않았다.

"원아, 나는 불가에 귀의한 몸이라 네 마음을 받아 줄 수가 없어."

"상관없어요, 누나. 승은 누나한테 뭘 바라고 이러는 게 아니에요. 그저 제가 좋아하는 마음을 밀쳐 내지 만 말아 주세요. 그것만으로도 저는 행복하니깐요."

"그렇지만…."

"누나, 점심에는 두부스테이크에 어니언링을 좀 곁 들일까 하는데 괜찮죠?"

"그, 그래."

"그럼 전 이만 공양간으로 슝!"

무량은 기본으로 승부했던 지난 라운드에서 스스로 의 음악에 대한 자신감을 되찾았다. 불필요한 기교를 부리지 않고 진심으로 상대를 대했던 지거의 정직한 랩이 있었기에 가능했다는 사실을 그는 잘 알고 있었다. 저 초심자가 나에게 초심을 일깨워 주다니, 이런 전개는 예상하지 못했다. 누군가를 가르치는 것은 곧 그에게 배우는 일임을 미처 몰랐다. 재기를 위한 최고의 방법은 자신의 능력을 증명하고자 새로운 도전을 하거나 스포트라이트를 끌어오려 노력하는 것이 아니라, 본인이 지켜 온 자리에서 지거를 우승시키는 것임을 깨달았다. 내가 사라져야 내가 살아난다.

〈샤워 미 더 머니〉 대망의 결승전은 토요일 저녁 생방송으로 진행되었다. 먼저 팀 무량의 무대가 준비되었는데, 관객들은 세팅이 아직 덜 끝난 게 아닌가 생각했다. 아무런 장식도 없이 텅 빈 무대 중앙에 턴테이블 두 개와 믹서만 놓였기 때문이다. 무량이 힙합의 기본 중의 기본을 보여 주겠다는 의지를 천명한 것이었다.

무량의 스크래칭에 이어 본격적인 음악이 시작되자 첫 주자인 제로하나가 마이크를 쥐고 무대에 올랐다. 지거와 지연은 무대 옆에서 손을 맞잡고 각자 제로하나와 무량을 응원했다. 옴 바아라네 담아예 사바하. 지거가 뛰어난 말솜씨와 글솜씨를 갖게 해 주는 관세음보살 진언 31수를 계속하여 암송한 덕분인지 제로하나는 멋진 공연을 마칠 수 있었다.

"래퍼 제로하나의 〈샤워 미 더 머니〉 우승을 원하시는 분께서는 유료 문자 5588-4545, 오오팔팔에 샤워샤워로 '1' 또는 '제로하나'라고 문자를 보내 주시면 되겠습니다. 시청자 여러분의 많은 참여 부탁드립니다."

말뚝이탈을 쓴 사회자가 전화투표를 독려했다.

"다음 차례는 이변의 주인공, 지거의 공연입니다. 잠깐 무대로 모시고 말씀을 나누어 보도록 하겠습니다. 지거 씨, 모두의 예상을 깨고 최종 결승 무대까지 올라오셨는데, 기분이 어떠십니까? 우승하실 수 있을 것 같나요?"

"네, 꼭 우승하고 싶습니다."

말뚝이탈이 지거의 바로 곁으로 다가왔다.

"첫 경연부터 쭉 그 비니를 착용하시는데, 특별한 아이템인가요? 우승 부적?"

"아뇨, 특별한 의미는⋯."

"제가," 말뚝이탈이 지거의 대답을 잘랐다. "며칠 전에 강원도의 조그만 산에 등산을 갔는데요. 거기 있는 작은 절에서 불경이 아닌 이상한 음악이 들려오더란 말이죠. 요즘에는 스님들도 힙합을 듣나 싶어서 가까이 다가가 봤어요."

지거는 바로 옆에서 자신의 팔을 살짝 붙들고 있는 사회자가 무슨 이야기를 하려는 건지 알아차렸다. 영건, 이 사악한 작자가 내 정체를 파악했다. 위험하다. 다음 순간 말뚝이탈이 빠르게 손을 뻗어 지거의 비니와 가발을 훌렁 벗겨 버렸다. 손쓸 틈도 없이 지거의 반질반질한 민머리가 생방송 카메라 앞에 드러났다. 그 누구도 눈을 깜빡이지 못했다. 눈을 감은 사람은 지거뿐이었다.

눈부신 어둠이 지거의 사고를 가로막았다.

다시 정신을 차리고 눈을 떴을 때, 지거는 제로하나의 차 조수석에 앉아 있었다. 지거의 기척을 느낀 제로하나가 시원한 물이 담긴 텀블러를 건넸다.

"승은 누나, 정신이 좀 들어요?"

"원아, 어디 가는 거야? 경연은 어떻게 됐어?"

"경연 따위 엿이나 먹으라죠. 아까는 정말 누나 어떻게 되는 줄 알고 너무 놀랐어요. 병원에 모시고 가려고 했더니, 계속 학선사로 돌아가자는 말만 반복하시고."

학선사로 가는 중이구나. 지거는 지끈거리는 머리를 양쪽 엄지로 꾹꾹 눌렀다.

"우리 형, 왜 저러는 걸까요? 정상이 아니죠? 주지 스님 말씀대로 악귀가 씐 건가요?"

"그건 모르겠지만, 라크샤사라는 최악의 나찰을 깨우려는 중인 건 확실해."

제로하나가 몸을 부르르 떨었다. 어려서부터 큰어머니와 형이 무서웠다. 밖에서 낳아 온, 엄마도 모르는 아이. 집에서 천대받는 것이야 당연하다고 생각했다. 하지만, 언젠가부터 그들이 가족이 아닌 것을 넘어서서 인간이 아니라는 느낌을 받는 일이 잦아졌다.

"큰어머니의 독기가 형을 점점 괴물로 만들었어요. 학창 시절부터 동급생들을 적으로 간주하고 짓밟았다고 해요. 회사 대표가 된 뒤에는 수단과 방법을 가리지 않고 경쟁사를 무너뜨렸죠. 아버지가 돌아가시고 나서는 더 심해졌어요. 저는 살아남기 위해 형에게 위협이 되지 않는다는 것을 확실히 보여 줘야 했어요. 안심할 수 있도록 한심한 문제아가 되었죠."

"한심하지 않아." 지거가 나지막이 말했다.

"네?"

"원이 너 조금도 한심하지 않아. 네가 삶에 얼마나 진심이고 열심인지 내가 잘 알아."

제로하나는 오른손으로 핸들을 잡고 왼손으로는 가슴을 움켜잡았다.

"으윽! 누나, 이렇게 갑자기 심장 어택하기 있어요?"

"원이 어디 아프니? 몸에 생긴 병을 없애고자 할 때는 관세음보살 진언 12수 양류지수를 암송하면 도움이 돼. 옴 소싯지 가리바리 다남타 목다에 바아라 바아라 반다 하나하나 훔 바탁."

"으악! 저를 위해서 그렇게 정성스럽게 기도하지 마세요! 제 마음도 안 받아 줄 거면서."

"옴 소싯지 가리바리 다남타 목다에 바아라 바아라 반다 하나하나 훔 바탁."

"그만하시라니까요. 흑흑."

어둠을 뚫고 도착한 두 사람의 눈앞에 펼쳐진 학선사의 모습은 충격 그 자체였다. 관음전이 활활 불타고 있었다. 그런데 이상하게도 단청이 그려진 각기둥과 서까래 등 목조 구조물은 멀쩡했다. 관음전을 둘러싼 불길은 실제 불이 아니라 세상의 경계를 뚫고 삐져나오는 사악한 빛이었다. 색색의 음산한 기운이 관음전에서 사방으로 뻗어 나오고 있었다.

"주지 스님!"

"으…, 작은 스님."

법해는 관음전 법당 안에 쓰러져 있었다. 결계를 유지하기 위해 모든 기력을 소진한 법해는 동자승이 된 상태였다. 지거가 그를 바로 눕히자 동자승은 힘들게 입을 열었다. 눈물이 글썽이는 눈에는 처절한 패배감이 감돌았다.

"큰일입니다. 결계가 완전히 풀렸어요. 제가 지켜내지 못했습니다. 이제 문이 열렸다는 것을 악귀들이 알아차리면 곧 세상으로 몰려나오기 시작할 것입니다. 지원을 요청하긴 했는데, 그때까지는 작은 스님이 막아 주세요."

지진이 난 것처럼 바닥이 흔들렸다. 관음전 안의 모든 것들이 넘어지고, 천장에서 먼지가 안개비처럼 흘러내렸다. 삐거덕거리는 대들보 틈새를 통해 이계 존재들의 으르렁거림과 괴성이 들렸다. 서둘러 법해를 모시고 밖으로 나오자마자 요란한 소리를 내며 관음전이 무너져 내렸다. 순식간에 폭격이라도 당한 듯 처참한 모습이 된 관음전에서 차갑고 날카로운 빛들이 쏟아져 나왔다. 이를 어찌 막을 수 있단 말인가.

무너진 관음전에서 악귀들이 하나둘씩 모습을 드러내자 사위에 음산한 기운이 팽배해졌다. 지거 혼자 막을 수 있는 상황이 아니었다. 평생을 구병 승려로 활동한 법해마저 무너지지 않았나. 영건의 계획대로 〈샤워 미 더 머니〉 우승자가 라크샤사의 재림을 기원하는 주문을 전국으로 퍼트리는 중인 것이 분명했다.

크고 작은 그림자들이 관음전 아래에서 땅 위로 스멀스멀 기어 나왔다.

"지거! 제로하나! 이게 대체 무슨 일이야?"

무량과 지연은 지거가 걱정되어 방송을 뒤로하고 따라왔는데, 지옥의 입구가 아가리를 벌리고 있는 장면을 보게 될 것이라고는 예상하지 못했다.

"마스터, 우승자는 결정되었나요?" 지거가 물었다.

"말도 마. 방송이 완전 엉망진창이야. 너희 둘 가고 나서 뜬금없이 포티도 기권하고 사라져 버렸고, 결국 혼자 남은 무손실이 우승자로 결정됐어. 부족한 방송 분량을 우승 곡 제작 과정으로 채우고 있어. 그 놈의 요상한 후렴구만 반복해서 트는데, 그렇게 계속 들려주면 지루한 법 조항이라도 중독되겠더라."

"오빠, 스님께 반말을 하면 어떡해요?" 지연이 무량을 나무랐다.

"아, 그… 그런가."

"괜찮습니다. 그동안 속여서 죄송해요." 지거가 합장하며 고개를 숙였다.

"아니야. 사정이 있었겠지… 요. 그나저나 절은 왜 이 난리가 난 거야? 대체 저 수상한 그림자들은 뭐고?"

"그 노래 때문에 악귀들이 풀려났어요. 막아야 해요. 옴 제세제야 도미니 도제 삿다야 훔 바탁." 지거가 모든 도깨비와 귀신들의 항복을 기원하는 관세음보살 진언 4수 보검수를 외웠다. "옴 제세제야 도미니 도제 삿다야 훔 바탁."

하지만 뚫려 버린 결계를 통해 온갖 악귀와 요괴들이 계속해서 이쪽으로 넘어왔다. 주먹만 한 크기의 벌이 떼를 지어 날아들었고, 피처럼 붉은 두루마기 차림에 낡은 삿갓을 쓴 사립괴가 횃불처럼 불타는 눈으로 먹잇감을 찾아 두리번거렸다. 지거 혼자만의 힘으로 막기란 불가능해 보였다. 지난번에 진언을 외워 소나기를 불러와서 산불을 끄는 장면을 직접 목격했던 지연은 진언이 가진 힘을 알고 있었고, 이를 증폭시킬 방법을 떠올렸다.

"오빠, 연습할 때 썼던 장비들 아직 여기 있죠? 지금 지거의 비트를 연주하세요."

그러나 무량은 쏟아져 나오는 악귀들의 기세에 눌려 겁을 먹고 벌벌 떨고만 있었다. 제로하나가 무량이 묵었던 방의 문을 열고 서둘러 턴테이블 전원을 켰다. 무량은 여전히 바닥에 발이 묶인 채였다.

"오빠, 빨리요."

"으으…."

"무량아!" 지연이 참다못해 소리를 질렀다. "빨리 비트 줘!"

지연의 서슬에 무량이 그제야 요사채로 걸음을 더듬더듬 옮겼다.

"근데 너 왜 반말을…."

무량의 어이없다는 표정에 지연은 잠깐 멈칫하다

결심과 포기 사이에서 소리를 더욱 높였다.

"뭐! 왜! 내가 너보다 두 살 누나야! 너한테 잘 보이려고, 네가 연상 안 좋아하는 것 같아서 나이 속였다. 지금은 그런 거 따지지 말고, 빨리 드랍 더 비트!"

무량은 더 밍기적거리다간 지연에게 등짝을 맞을 것 같아 얼른 턴테이블 앞에 서서 손을 풀고 툴툴거리며 불평했다.

"아니, 다들 왜 이렇게 뭘 하나씩 숨기고 살았어! 제로하나 너는?"
"저는 이미 알려진 게 다예요. 승은 누나, 이거요. 우승 무대에서 드리려고 준비했는데."

제로하나가 뭔가를 지거에게 건넸다. 황금빛으로 반짝이고 양쪽 끝에 불꽃처럼 화려한 장식이 붙은, 금강저 모양으로 만들어진 마이크였다. 진언으로 아수라 무리를 퇴치하는 데 더없이 좋은 아이템일 테다.

"옴 바아라 아니바라 닙다야 사바하."

지거가 무량의 비트에 맞추어 모든 적을 항복시키길 기원하는 관세음보살 진언 6수 금강저수를 외우는 장면이 생방송으로 중계되었다. 지연이 휴대전화로 현장 상황을 라이브 스트리밍 중이었다. 시청자들이 보기엔, 화려한 조명이 번쩍이는 가운데 저세상 CG 기술로 탄생한 개성 만점의 크리처들이 깊은 밤 산사를 위협하자 가사 장삼을 입은 비구니 지거가 금강저를 들고 랩을 하며 맞서 싸우고 있는 기상천외한 배틀 장면

이었다. 진짜 힙한 힙합이 날것으로 움트고 있다는 소
문이 퍼져 나갔고, 동시접속자가 점점 늘어났다.

옴 바아라 아니바라 닙다야 사바하
밤바람 하늬바람 모두 다 벗 삼아
진언을 함께 외우면 이 황폐한 사막에
관세음보살 오시어 모든 악귀를 삼합처럼
한 뭉치로 구겨 한입에 꿀꺽
착한 중생들은 마음 놓고 구경
하거나 나를 따라 외쳐
옴 바아라 아니바라 닙다야 사바하
모두 다 나를 따라 외쳐
옴 바아라 아니바라 닙다야 사바하

수많은 시청자가 지거를 따라 진언을 외치자 악귀
들이 하나둘 힘을 잃고 관음전 아래로 끌려 들어가기
시작했다. 관음전을 불태우는 것처럼 보이던 지옥 불
도 점차 사그라들었다. 지거의 곁에서는 어느새 제로
하나가 목탁을 들고 비트에 맞추어 리듬을 쪼개고 있
었다. 막아 낼 수 있다. 지거가 금강저를 쥔 손에 힘을
더했다.

"그만두지 못 해! 이것들이 감히 원대한 계획에 재
를 뿌려?"

분노한 영건이 검은 양복 패거리를 이끌고 학선사
에 들이닥쳤다. 방금까지 방송국에 있었을 텐데, 어떻
게 이렇게 빨리 강원도에 왔을까. 이제 악귀에게 완전
히 장악당해 인간의 능력을 초월한 모양이었다. 그걸

증명이라도 하듯 검은 안개처럼 사악한 기운이 그의 몸에서 빠져나와 부하들에게 전해지고 있었다. 부하들의 눈이 붉게 타올랐다. 그들의 완력에 지거와 제로하나는 속수무책으로 밀려나고 말았다.

"라크샤사 카 두사라 아가만 차히!"

영건 일당이 봉인이 풀린 관음전 앞에서 주문을 외우자 지축이 크게 흔들리기 시작했다. 현장의 모두가 본능적으로 알 수 있었다. 최악의 나찰 라크샤사가 이 세계에 풀려날 시간이 임박했다.

제로하나가 어떻게든 막아 보려 덤볐지만 영건은 그의 멱살을 잡고 높이 들어 올렸다. 인간의 것이 아닌 괴력에 제로하나는 숨이 컥 막히고 정신이 아득해졌다.

"동생아, 지금까지처럼 찌그러져 있을 것이지 왜 나대서 화를 입냐?"
"형님 제발…."

영건은 제로하나의 간청이 끝나기도 전에 그를 지거 쪽으로 던졌다. 위험한 순간이었지만 지거는 피하지 않고 제로하나가 크게 다치지 않도록 그를 감싼 채로 함께 넘어졌다. 둘은 흙바닥에 구르며 신음했다.

"지거 스님, 진언을 멈추지 마세요!"

누군가 검을 휘두르며 나타나 지거를 재촉했다. 푸르게 빛나는 검기를 길게 내뿜는 검을 든 그 사람은 다름 아닌 아이돌 래퍼 포티였다. 포티가 검을 휘두르니 검기가 멀리 뻗어 나가 검은 양복들의 삿된 기운을 잘라 냈다. 검기에 맞아 붉게 타오르던 눈빛을 잃은 검은 양복들은 정신을 잃고 쓰러졌다. 영건이 주먹을 휘두르며 반격했으나, 푸른 검기에 가슴을 관통당하고 무릎을 꿇었다.

포티는 쉴 새 없이 검을 휘둘러 결계를 빠져나온 이계의 귀물들을 하나둘 원래의 자리로 돌려보냈다. 실로 놀라운 실력이었다.

"그만두라는 말 안 들려?"

영건이 뒤에서 팔을 둘러 지거의 목을 조르며 고함쳤다. 다른 손으로 지거의 머리를 밀어내니 지거의 얼굴이 순식간에 파리해졌다. 할 수 없이 포티가 검을 내리기 무섭게 악귀들이 사방에서 덤벼들었다.

빠악!

영건이 눈을 뒤집으며 입에 거품을 물었다. 그의 거대한 몸이 옆으로 쓰러지자 목탁을 움켜쥔 제로하나의 모습이 드러났다. 포티가 제법이라는 표정을 짓고는 빙글빙글 돌며 주변의 적들을 싹쓸이했다.

"그런데 포티 씨가 여긴 어떻게?" 상황이 웬만큼 정리된 뒤 지거가 물었다.

"뭘 그렇게 놀라요? 구병 승려가 법해 스님뿐이라고 생각한 건 아니겠죠? 저는 대한 불교 천태종 서해사의 구병 승려입니다. 법해 스님께서 지원 요청을 하셔서 왔습니다." 포티가 검을 검집에 넣으며 대답했다.

"네?"

"포티가 무슨 뜻인지 아시나요?"

"당연히 알죠." 포티의 열성 팬인 지연이 나섰다.

"재능의 탤런트, 진실의 트루, 거친 매력의 터프, 영원함의 타임리스! 맞죠?"

"아뇨." 포티가 검지를 세워 좌우로 까딱였다. "그건 기획사에서 억지로 꿰맞춘 겁니다. 사실 포티는 포 타이거, 즉 사인(四寅)을 의미합니다. 저희 서해사의 구병 승려는 이 사인검을 쓰거든요."

"와, 멋져요." 지연이 두 손을 모으고 감탄했다.

"이봐요! 지금 그렇게 폼 잡을 때가 아니라고요!" 제로하나가 성을 냈다.

단순히 포티에게 관심이 집중되는 게 질투 나서 열을 내는 줄 알고 다들 핀잔을 주려고 했는데, 관음전에서 몸을 일으키는 거대한 형체를 보고서는 모두 벌린 입을 다물지 못했다. 입에는 날카로운 어금니가 삐죽 나와 있고 사람의 머리 양쪽으로는 소와 개의 머리가 달려 있는 괴물, 라크샤사가 직접 등장한 것이었다. 여섯 개의 눈은 푸른빛을 발했고, 머리털은 불타는 듯이 붉었다.

포티가 기세 좋게 나서서 사인검을 앞으로 찔렀다. 하지만 라크샤사는 코웃음을 치며 사인검을 손톱으로 가볍게 튕겨 냈다. 그러고는 피할 새도 없이 포티를 멀리 걷어차 버렸다. 그가 갈고리처럼 굽은 손톱으로 공간을 가르니 먹구름 같은 독이 흘러나왔다. 라크샤사는 누구 한 사람의 힘으로 막을 수 있는 존재가 아니었다.

"크흑! 지거 스님, 어서 진언을…!"

포티의 외침에 지거가 금강저 마이크를 다시 움켜쥐

었다. 제로하나가 박자를 맞추어 목탁을 두드리며 신호를 보내자 무량이 리드미컬한 스크래치를 시작으로 지거의 비트를 플레이했다. 지연도 서둘러 라이브 중계를 재개했다. 랩으로 악귀와 싸우는 비구니에 대한 소문이 전 세계에 퍼져서 접속자는 그사이 기하급수적으로 늘어 있었다.

다 함께 외쳐
옴 바아라 아니바라 닙다야 사바하
답을 깨우쳐
옴 바아라 아니바라 닙다야 사바하

서울에서 광주, 부산에서 제주까지 전국의 시청자 모두가 진언을 외쳤다. 이를 드러내고 사악하게 웃던 라크샤사가 멈칫하며 뒤로 물러섰다. 개 머리가 발을 밟힌 개처럼 낑, 하고 우는 소리를 냈다.

사바세계 모두가 한마음으로 함께하면
꿰뚫어 볼 수 있지, 악마의 까만 가면
발붙이지 못하리, 파괴를 향한 바람은
다들 알고 있지, 선을 지키는 라임을
뭐라고?
옴 바아라 아니바라 닙다야 사바하
더 크게!
옴 바아라 아니바라 닙다야 사바하

뉴욕, 쿠알라룸푸르, 카이로, 산티아고. 국경과 인종

을 초월한 전 세계인들이 진언을 따라 외웠다. 라크샤사가 한쪽 무릎을 꿇었다. 소 머리가 신음 섞인 콧김을 뿜으며 고개를 떨구었다. 금강저 마이크에서 신비한 금빛 광채가 퍼져 나왔다.

사악한 먹구름이 태양을 가리네
하지만 관세음보살이 함께하시네
칠흑처럼 어두운 심해, 고난의 중심에
빛처럼 자리하심에 진언이 우리 가슴에
옴 바아라 아니바라 닙다야 사바하
옴 바아라 아니바라 닙다야 사바하

제로하나의 목탁 소리와 무량의 비트 위로 지거의 랩이 춤을 추었다. 금강저 마이크에서 뻗어 나간 빛을 쐰 라크샤사가 쓰러져 두 손으로 바닥을 짚었다. 중앙의 머리가 표정을 일그러뜨리고 울부짖었다. 지하에서 신비로운 빛이 흘러나왔다. 라크샤사는 늪에 빠진 맹수처럼 몸부림치며 조금씩 아래로 가라앉았다. 지연의 중계를 통해 그 모습을 본 전 세계 모두가 관세음보살 진언을 더욱 크게 외쳤다. 갈고리 손톱으로 땅을 긁으며 마지막 발악을 하던 라크샤사는 마침내 지하 깊은 곳으로 사라졌다.

지거가 금강저 마이크를 바닥에 떨어트렸다. 무량의 비트도 끝이 났다. 지연은 무량을 챙기러 달려갔고, 제로하나는 두 팔을 번쩍 들며 환호성을 질렀다.

몇 개월 후 전남 홍도. 산길을 걷던 포티가 지거를

돌아본다.

"지거 스님, 좀 서두르십시오. 사정은 급한데, 갈 길이 멉니다."

"어휴, 알겠어요."

포티의 잔소리에 지거가 싫은 티를 내며 걸음을 재촉했다. 홍도에 요괴가 나타났다는 소식을 듣고 출장 가는 길이었다. 지거는 별로 내키지 않았지만, 포티가 구병 승려의 의무를 운운하며 법해를 닦달하는 바람에 어쩔 도리가 없었다.

"그런데 저 사람은 왜 따라오는 겁니까?" 포티가 지거의 뒤를 향해 눈을 흘겼다.

"몰라서 물어요?" 제로하나가 발끈했다. "저는 승은 누나의 매니저이자 코러스 겸 목탁 연주자로 동행하는 겁니다. 금강저 마이크도 제 작품이라고요!"

"라크샤사를 불러온 게 당신 형이었죠, 아마?"

"이복형! 그리고 그 양반 지금은 학선사에서 법해 스님께 가르침을 받고 있다고요."

"아오, 두 사람 다 조용히 좀!"

지거가 버럭 하고 나서야 둘의 티격태격이 그쳤다. 지거가 손으로 가리키는 방향을 보니 풀숲 사이에 엎드린 호문조가 있었다. 온몸이 붉은 깃털로 뒤덮였고, 날개에는 호랑이처럼 줄무늬가 있는 거대한 새였다.

제로하나가 다섯 곡을 연속으로 음원차트 1위에 올린 무량의 새로운 트랙을 블루투스 스피커로 플레이하고 목탁을 꺼냈다. 포티는 사인검을 뽑아 들었다.

지거가 금강저 마이크를 쥐었다.

마이크 체크 하나 둘

단골손님

이산복

시나리오와 소설을 습작하며 10여 년의 시간을 보냈다. 가족과 가까운 지인들은 작가 대접을 해 주었으나 사실상 육아빠로 지냈다. 막연한 앞날에 동기부여 결여로 무념무상하게 지내다 안전가옥의 선택을 받게 되었다. 생각지 못한 반전을 맞아 인생의 후반전을 도모하고자 한다.

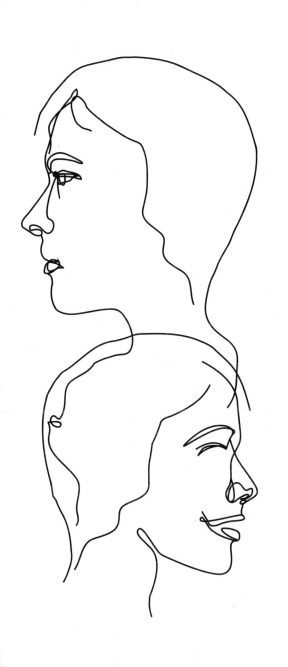

일주일 전 이야기부터 시작해야겠다. 아침에 눈을 뜨고 바닥에 눌어붙은 몸뚱이를 힘겹게 떼어 냈다. 전기장판 덕분에 등짝은 뜨끈했으나 코끝이 시렸다. 새벽에 눈이 떠지지 않아 다행이었다. 방문 맞은편에 나 있는 샛문은 쓰지도 않고 그 너머로는 외풍만 든다. 벌써 오래전에 막아 두었는데 거기 어디서 다시 찬기가 드는 듯했다. 7시는 돼야 밖이 환해졌다.

나는 몸을 일으켜 벽에 기댄 뒤 가만히 앉아 졸린 기운을 밀어냈다. 머리맡에 둔 혈압계를 가져와 커프를 팔에 둘러 고정하고 버튼을 눌러 혈압을 쟀다. 그런 다음 화면에 뜬 숫자들을 공책에다 날짜와 함께 기록했다. 몇 년째 아침마다 하는 일이다. 96과 157. 숫자를 보니 오늘이 마지막 날은 아니겠다.

이불을 걷고 밥상을 끌고 왔다. 구석에 놓인 밥솥에서 남은 밥을, 아담한 크기의 냉장고에서 반찬 두 개를 꺼내 식사했다. 밥솥의 수명이 다 됐는지 얼마 전부터 밥이 설익는다. 전날에 쌀을 불려 놔야 그나마 씹어 넘길 만하다.

식사가 끝나면 TV 옆 수납함에서 약 봉투들을 꺼내 늘어놓고 차례로 입안에 털어 넣는다. 혈압, 통풍, 전립선, 관절염과 신경계 질환 약들을 물과 함께 넘기고, 양 손바닥에 처방받은 피부 질환 연고를 바른다. 일할 때 장갑을 껴야 하는데 끼고 벗기가 번거로워 무시했더니 갈라진 논바닥마냥 엉망이 돼 버렸다. 가려움에 긁고, 굳은살을 잡아 뜯고, 갈라진 틈에 배어난 피를 닦고, 연고를 듬뿍 바르면서도 여적 장갑 낄 생각은 안 한다. 누가 보면 미련한 놈이라 할 법하다. 맞는 말이다. 그런데, 그러거나 말거나 나는 이날 이때까지 이러고 살았으니 바꿀 생각을 못 한다.

옷을 갈아입고 설거짓거리를 들고 나가 연탄아궁이가 남아 있는 시커먼 부엌의 개수대에 넣었다. 합판으로 만든 방문을 자물쇠로 채우고, 좁은 마당을 지나 대문을 열고 나갔다. 대문은 열쇠로 잠그는데 이게 항상 말썽이다. 몇 번이나 열쇠를 돌려 대지 않으면 제대로 체결이 안 된다. 잠겼나 싶어 당겨 보면 어처구니없이 열리는 경우가 있다. 그래서 꼭 잠겼는지 대문을 앞뒤로 흔들어 본 뒤에야 길을 나선다.

등 뒤로 떠오른 해가 그림자를 길고 뾰족하게 늘려 주었다. 뒤통수에 희미한 온기가 닿았다. 골목 안 집집마다 작은 창문들 너머에서 하루를 시작하고 있었다. 아침뉴스와 달그락거리는 사기그릇들, 밥솥에서 피어오른 밥내와 진한 미역국 냄새가 좁은 길을 가득 채웠다.

작은 열쇠 두 개로 자물쇠를 풀고 접이식 방범 창을 끝까지 밀어젖힌 후, 세 번째 열쇠로 미닫이 유리문을 열고 안으로 들어섰다. 반 시간을 걸어 내려왔더니 옷 안이 후텁지근했다.

　실내등과 간판에 전원을 넣고, 포스기를 켰다. 늘 9시 15분에서 20분 사이로 출근 시간이 찍힌다. 이것 역시 지난 4년간 반복해 온 일이다.

　사람들이 쏟아 내는 체취는 가능한 맡지 않으려 한다. 가게에서는 늘 공기청정기가 돌아가고, 날이 좋으면 문을 활짝 열어 놓는다. 광부들이 몸에 탄밥을 쌓는 것과 비교는 안 되지만, 장사 초기에는 툭하면 기침을 했다. 지금은 좀 나아졌다. 대신 손바닥이 마르고 갈라져 하루에도 몇 번씩 직성이 풀릴 때까지 긁어 댄다.

　점잖게 하루를 넘기는 날이 있는가 하면, 하루 종일 온갖 것들에게 시달리다 끝나는 날도 있다. 나쁜 일들은 꼭 한 번에 몰려온다.

　한 여편네가 곰팡이 핀 옷 한 무더기를 놓고 가, 분류하다 짜증 나서 비닐에 밀봉해 다른 옷들과 따로 담아 버렸다. 손 씻고 청소를 한 번 더 해야 했다.

　직장인으로 보이는 아들뻘 되는 놈이 운동화가 해져서 왔다고 변상하라며 툭 던지고 나갔다. 나는 바닥에 이리저리 굴러다니는 운동화들을 주워 담아야 했다.

　먼저 간 막냇동생보다 어려 보이는 놈은 정장을 맡기며 세입자 쫓아낸 얘기를 하다 지 건물 자랑으로 넘어가더니, 인생이 어쩌고저쩌고, 절반이 반말이라 귀

싸대기 한 대 올려 치고픈 마음을 억지로 내리눌렀다.

그놈과 비슷한 연배의 어떤 여자는 사라진 블라우스 단추 한 개를 똑같은 걸로 달아 놓으라며 몰아세웠다. 흑진주 단추의 가치에 대해 늘어놓다가, 그동안 지켜봤는데 동네 장사는 이따위로 하면 안 된다고 했다. 자기 분을 못 견딘 듯 목소리가 점점 더 유리 깨진 소리로 변해 갔다.

그때 뒤에서 기다리던 젊은이가 가볍게 한숨을 쉬었다.

나는 그에게 시선을 맞췄다. 우리 둘은 지금 서로 비슷한 생각을 하리라고 느꼈다. 그는 나를 살짝 동정한다는 듯 서글픈 미소를 보였다. 나도 동의하듯 살짝 입꼬리를 올렸다.

나와 젊은이 둘만 남으니 고요가 찾아왔다. 벌써 하루를 끝내 버린 기분이 들었다. 젊은이는 나를 배려하는 것인지 말이 없었다.

쇼핑백 안에서 그의 취향이 나왔다. 어두운색 계열의 슬랙스들, 회색 블레이저, 워싱 진, 셔츠는 새것 같은 클래식과 스프레드들이었다.

60년이 넘도록 모르고 살던 이름들이었다. 내가 세상을 안다고 으스대던 시절은 지나가 버렸다. 포스기에 익숙해지기까지 한 달 가까이 애를 먹었다.

젊은이가 꺼내 놓은 옷들과 입고 있는 모양새를 보니 또래 남자들 사이에 도는 유행을 따르고 있는 듯했다. 거리를 걷다 보면 그놈이 그놈 같은 비슷한 차림

새들이 눈에 들어오곤 한다. 그는 별다른 요구사항 없이 조용히 계산을 하고 조용히 문을 열고 나갔다. 좀 전까지 시달린 늙은이를 생각해 주었다. 이런 손님이라면 몇 트럭이 와도 반갑다.

모아 둔 옷을 더플백에 넣고, 신발과 모자들은 따로 분류한다. 일일이 태그를 달고 모든 주머니를 뒤져 분실물을 꺼낸다. 분실물 전용 지퍼 백에 하나하나 이름을 써서 등 뒤 선반 안에 넣어 둔다. 오전에 수거된 분실물은 립밤, 립스틱, 1회용 라이터, 1회용 치실, 이어폰, 소화제, 지사제, 신용카드, 콘택트렌즈 케이스, 지폐가 4000원, 동전이 모두 2150원이다.

저녁때까지 한 보따리가 나온다. 온갖 직함의 명함들, 돈을 빌려주는 명함, 여자를 부르는 명함, 영수증, 커피숍 쿠폰, 이름을 아는 약들과 모르는 약들.

분실물들은 그 사람에 대해 사소한 점이나 뜻밖의 점을 알게 해 준다.

한번은 20대 여성이 로열 코스로 맡긴 트렌치코트 안에서 손바닥만 한 사람 모양의 솜 인형이 나왔었다. 눈, 코, 입은 사인펜으로 조잡하게 그렸고 연한 갈색 머리칼을 어깨까지 색칠했으며, 왼쪽 눈 옆에 점을 찍어 놓았다. 붉은 실로 팔다리와 목이 꽉 조여 있었고, 콘크리트 못과 옷핀 열댓 개가 박혀 있었다. 사타구니 부분은 찢어졌고 안에서 접힌 종이가 나왔는데 알아보지 못할 글씨들만 잔뜩 적혀 있었다.

인형을 보는 것만으로도 기분이 안 좋았지만 버리지 않았다. 분명 다시 찾아갈 게 뻔했다. 인형의 주인은 자기 분실물을 찾아가면서 단 한 번도 내 눈을 보지 않았다.

시간이 한참 지나고 나서야 그 인형이 누구를 본떴는지 알게 되었는데, 인형의 주인과 동거하던 친구였다. 어깨까지 내려오는 갈색 머리를 하고 왼쪽 눈에 도드라진 점이 있는 친구가 옷을 찾으러 왔던 것이다. 어지간해선 손님에게 쓸데없이 말 거는 일이 없지만 그때는 궁금증을 참지 못해 물어봐야 했다. 대리인 확인이라는 핑계를 삼아, 같이 사는 게 맞는지를.

그녀는 모든 걸 함께 나누는 사이라고 말했다. 활발한 젊음이 느껴졌다.

그날 집에 돌아가는 길에 두 여자가 사는 빌라 건물을 몇 바퀴 돌아보았다. 한 명이 다른 한 명을 죽도록 증오하는데, 그걸 숨긴 채 함께 사는 집. 그런 곳에서는 뭔가 특별함이나 남다른 기운이 느껴질지 모른다는 막연한 호기심을 품었다. 하지만 아무런 위화감도 받지 못했다. 창문 틈으로 TV의 왁자한 웃음소리가 흘러나오고 가끔 누군가의 실루엣이 움직이는 게 전부였다.

이후에도 그 동네에서 살인 사건 같은 일이 일어났다는 소식은 듣지 못했다. 그때 그 인형은 도대체 무엇이었나. 실망감이 들었다. 하지만 곧 마음을 고쳐먹었다.

실망이라니. 노망이 났다. 혼자 지내는 노인은 쓸데없이 생각에 생각을 거듭한다. 돼먹지 않은 생각은 빨리 잊기로 했다.

오전과 오후 두 번의 배송을 마친 뒤, 박 형과 점심 식사를 하기 위해 문을 닫고 가게를 나섰다. 보통은 가게 안에서 햇빛 가리개를 반쯤 내리고 혼자 식사를 때우지만, 오늘은 함께 식사할 사람이 있다.

　　저번 주에 장기 대국에서 내리 세 판을 지는 바람에 박 형의 옷 몇 벌을 내 돈으로 세탁해 줘야 했다. 나는 깨끗이 포장된 옷들을 어깨에 걸쳐 메고 가벼운 발걸음으로 나섰다. 복수전은 잔치국수를 해 먹고 나서 벌일 예정이다.

　　지사에서 세탁을 끝내고 보내오는 옷들은 가는 철사를 엮은 옷걸이에 걸려 비닐에 포장되어 있다. 이 싸구려 옷걸이들은 가져가는 사람이 없어 수백 개씩 모았다가 버리곤 했다. 가게 문 옆에 내놓으면 폐지가 잔뜩 쌓인 리어카에 싣고 가는 사람이 박 형이었다. 내가 재활용이 되냐고 물으니 어떻게든 쓸 데가 있다고 말했다. 그러다 한번은 손님이 2년이 넘도록 찾아가지 않는 운동화를 신으라고 손에 쥐여 주니 연신 고맙다고 했다. 그렇게 통성명이 되었다.

　　박 형은 나보다 두 살 많은 47년생 돼지띠에 남원에서 태어나 자라다 상경했다. 한때는 트럭을 몇 대 소유해 전국에 안 다녀 본 곳이 없고, 팔도에 현지처가 있었다는 헛소리도 지껄이곤 했으나 처자식에 대해선 한 마디도 꺼내지 않았다. 그 화제를 꺼내기 거북한 건 나도 마찬가지라 우리 둘은 과거지사에 대해 일절 캐지 않았다. 출신과 학벌이 어찌 되든 간에 지금은 똑같이 홀로된 처지이니, 우린 만나면 그간 잘 살아 있었는지 안부를 묻고, 그날 날씨에 맞게 쑤시고 저린 몸뚱이에 대해 처방을 내려 주고, 그것도 아니면 내기 장기를 두었다. 가게 문 닫는 날이면 박 형을 만나 장기 두는 것보다 더 나은 세월 죽이기도 없었다.

머릿속으로 포진에 대해 고민하며 걷는 사이 어느새 막다른 골목 끝에 자리한 다세대주택 앞에 이르렀다.

처음 보는 승합차가 입구를 막고 있었다. 트렁크는 위로 열려 있었고, 상·하의가 연결된 흰색 보호복을 입은 사람 한둘이 양손에 50L 쓰레기봉투들을 들고 나와 대문 한쪽 구석을 채우고 있었다. 그 옆으로 휘어진 1단 행거와 남원산 목기라고 했던 밥상, 생계 수단이자 수족과 다름 없던 리어카, 그리고 장기판이 보였다. 누군가 내다 버린 집성목 식탁을 들고 와 반듯하게 자르고 선을 그어 박 형이 손수 만들어 낸 거였다. 승합차 옆문에 청소 전문 업체 스티커가 붙어 있었다. 그 광경을 보니 발걸음이 떨어지지 않았다.

"여기 살던 아저씨 어디 갔어요?" 내가 말했다.

보호복을 입은 남자가 장갑을 벗고 방진 마스크를 내린 다음 내 얼굴과 어깨에 걸친 옷가지들을 바라봤다.

"아는 분이세요?"

남자의 입 주변에 땀이 가득했다. 나는 고개를 끄덕였다.

"돌아가셨어요. 저흰 엊그제 집 좀 치워 달라는 전화 받고 어제오늘 청소 중이고요. 여기 사시던 분은 하루 이틀 더 전에 돌아가셨나 봐요."

바윗덩이가 가슴을 짓눌렀다.

"자식들이 있었는데."
"글쎄요, 찾아온 분은 없네요."

남자는 이제 가 봐야 한다는 듯 다시 마스크를 올리고 현관 안으로 사라졌다. 보호복을 입은 다른 남자가 양손에 가는 철사 뭉치를 한 아름 들고 나와 쓰레기봉투들 옆에 내려놓았다. 내 가게에서 얻어 갔던 옷걸이였다. 일일이 펴고 비닐을 벗겨 낸 것들과 아직 온전한 옷걸이들이 뒤엉켜 있었다. 나는 돌아서지 못했다. 멀뚱히 서서 열린 대문만 바라봤다. 이렇게 허무하게 돌아설 수는 없다. 어쩌다 이 지경이 된 건지 들여다봐야 했다. 생전에 서로 처지를 비관한 바대로 이건 남 일이 아니라 내게 일어날 일이기도 했다. 나는 앞마당으로 들어섰다.

박 형네 알루미늄 문짝은 활짝 열려 있었고 초입에서부터 소독약 냄새가 코를 찔렀는데 그 냄새 속에 악취가 섞여 있었다. 청소는 세 명이서 하는 중이었다. 바닥 한가운데에 검고 붉은 얼룩이 넓게 퍼져 굳어 있었다.

저기가 박 형이 마지막에 누운 자리였다. 평생 고생만 작살나게 하고, 오만 군데 아프기만 하고, 참 야박하고 덧없다. 목이 메어 와 고개를 떨궜다. 눈물이 차오르진 않았다. 슬퍼하기만 할 입장은 아니니까.

집주인이 나타나더니 날 알아보고는 시선을 피했다. 내가 박 형네를 왕래할 때 종종 마주쳤는데, 이제 겨우 환갑 지났을까. 연배도 한참 어린 놈이 집주인이랍시고 사람을 보는 둥 마는 둥 하며 인사 한 번을 똑바로 한 적이 없다. 그는 청소하는 사람 한 명을 불러 내더니 집 뒤로 데리고 가 버렸다.

문짝 옆에는 쓰레기가 아닌 살림살이가 아무렇게나 쌓여 있었는데, 특히 박 형이 그동안 받아 놓은 선물들이 보였다. 사회복지사가 주고 간 찜질 팩, 반찬 통 세트, 어디 행사에서 나눠 주거나 당첨 선물로 준 온열 매트, 전기밥솥, 냄비 세트, 찻잔 세트. 그런 것들을 박스도 뜯지 않은 채로 보관하고 있었다. 하루는, 쓰지도 않는 거 왜 쓸데없이 쌓아 놓고 사느냐고 물었다. 박 형은 언젠가 자식들이 찾아오면 뭐라도 쥐여 주려 한다고 말했다. 내가 우스갯소리로 요즘 밥솥이 션찮아 가져가겠다고 하니까, 나 죽거든 갖고 가라고 했다.

나는 먼지가 쌓인 전기밥솥 박스를 집어 들었다. 옆의 약상자엔 검은 매직으로 '진통제, 혈압, 통풍' 등이 큰 글씨로 쓰인 약 봉투가 예닐곱 개 있었는데, 그중에 수면제가 한 뭉치 보여 그것도 집어 바지 주머니에 쑤셔 넣었다. 고개를 드니 청소하던 남자 둘이서 나를 보고 있었다.

"이건 원래 나한테 주기로 했던 거라서." 내가 말했다.

주름이 깊어질수록 낯짝도 두꺼워진다. 그들은 무슨 말을 하려다가 체념한 듯 다시 청소를 시작했다.

돌아서 나가려는데 집주인이 날 부른다.

"이 집 아저씨, 몰래 고양이 키우고 그랬어요?" 집

주인이 물었다.

지금껏 드나들면서 고양이 얘기는 들은 적이 없다.

"모르겠는데." 내가 말했다.

"아니면 동네 고양이들을 죄 먹여 살렸나? 이게 웬 난리야."

무슨 일인가 싶어 집 뒤로 들어가 보았다. 이 집을 달마다 서너 번씩은 찾아왔지만 뒤편에 가 보는 건 처음이었다. 그동안 그쪽에 가지 않았던 이유는 건물과 담벼락 사이의 틈이 한 뼘이 조금 넘는 정도여서 드나드는 게 불가능했기 때문이다. 게다가 집주인조차 관리를 제대로 하지 않아, 오고 가는 사람들이 툭하면 쓰레기를 던져 대는 통에 오래전부터 손댈 생각도 못했다. 박 형은 여름이면 냄새가 방으로 들어온다며 창문도 못 연다고 투덜댔다. 하지만 그 역시 직접 뒤편을 청소하는 모범을 보이진 않았다.

좁은 틈으로 고개를 들이밀었다. 아래쪽에는 볕이 들지 않아 이끼가 번져 벽이 아예 녹색이 되어 있었다. 썩어 문드러진 수납장과 버려진 텃밭용 화분들 위로 고양이들이 포개진 채 죽어 있었다. 맨 아래 녀석은 거의 털과 백골만 남은 상태라 죽은 지 얼마나 오래됐는지 가늠도 안 되었다. 자기들이 죽을 자리를 찾아왔다기보다 죽은 다음 이 안으로 대충 던져진 듯했다. 얼굴이 이쪽 방향으로 놓인 놈도, 반대쪽으로 뻗어 있는 놈도 있었다. 한 놈의 입이 벌어져 있었는데, 있어야 할 기다란 송곳니가 하나도 없었다. 나는 손을 뻗어 다른 녀석의 입도 벌려 보았다. 다물린 채 굳어 있어서 강제로 손가락을 쑤셔 넣어야 했다. 마찬가지였다. 윗니도 아랫니도 없었다. 바닥에 떨어진 이조차 없었다. 나는 손을 거두고 좁은 틈에서 몸을 빼냈다. 몰라도 될 것까지 너무 많은 죽음을 봐 버렸다. 배고픔이 느껴지지 않았고 아무 생각도 나지 않았다.

 마지막 얼굴이라도 보고파 밥솥과 옷가지를 든 채로 곧장 장례식장에 찾아갔으나 헛수고였다. 연고자가 아니면 안치실에서 시신을 꺼낼 수가 없었다. 그럼 연고자가 찾아왔느냐고 물었는데 여태 오지 않았단다. 내가 가까운 지인인데도 소용없냐고 역정을 내며 우겨 봤다. 나를 상대한 직원은 동정을 보이지도 않고, 무정하게 내치지도 않으면서 내내 담담했다. 내게 시신을 인수하고 장례 비용을 치르겠냐고 물었다. 나는 돈 앞에서 입을 다물었다.

 가게로 돌아와 양손에 들고 있던 옷과 전기밥솥을 내려놓았다. 어깨가 천근만근이었다. 오늘 일을 잊고자 쉬지 않고 일을 만들어 가며 가게 문을 닫을 때까지 부산하게 움직였다. 정신이 다른 데 팔려 있어야 견딜 만했다. 마무리 정리를 하다 보니 한쪽에 빼 두었던 성인 운동화 한 켤레가 눈에 들어왔다. 반년째 주인이 찾아가지 않아서 챙겨 둔 거였다. 크게 선심이라도 쓰듯 새것 같은 운동화를 건네주면 귀찮다는 듯이 받아 들고 기분 좋은 기색을 숨기려 애를 쓰며 일그러지던 그 상판대기. 그 얼굴 한 번 더 보자 하고 있었는데, 끝이 나 버렸다. 나는 비닐에 포장된 운동화를 집어 원래 있어야 할 곳인 다른 운동화들 곁에 놓았다.

그날 밤, 설익은 밥을 퍼 몇 순갈 뜬 뒤 약을 순서대로 챙겨 먹고 바로 자리에 누웠다. 술기운을 빌려 잠들고 싶은 마음이 가득했다. 박 형의 수면제는 보이지 않게 서랍 안에 넣어 두었다. 왠지 언젠가 그걸 사용하는 날이 오리라는 생각이 들었다.

문득 장기판이 떠올랐다. 유품을 가져올 거라면 밥솥보단 장기판이나 챙겼어야 했다는 생각이 들었다. 하지만 앞으로 같이 둘 사람이 없는데 가져온들 얻다 써먹겠나? 부질없지. 자식 놈들한테 연락이 가긴 갔을까? 며칠 전에 짬 내서 한번 들여다보는 거였는데, 그랬다면 이리 허망하진 않았을 텐데.

서로 죽었는지 살았는지 들여다봐 가며 살기로 했는데, 이젠 날 들여다봐 줄 사람이 없다는 생각에 겁이 났다. 그리고 서글펐다.

바깥 어딘가에서 고양이 두 마리가 서로 울어 대고 있었다. 아까 본 고양이들 사체 모습이 눈앞에 아른거렸다. 고양이들이 왜 거기에 죄 쌓여 있는지 도통 모를 일이었다. 박 형이 누구한테 원한이라도 산 건지. 아니면 그곳이 뭐든 갖다 버려도 될 만큼 낮고 천박한 곳이었던 건지.

귀에 거슬리던 고양이 울음소리가 한순간 격렬해지다 사라졌다.

아침에 억지로 눈을 뜨고 일어나 앉았다. 머리에서 피가 빠져나갔다는 느낌이 들었다. 눈꺼풀은 뻑뻑했고 입 안이 바싹 말라 있었다. 방 안 공기가 어제보다 더 차가워서 오한이 들었다. 이렇게 하루를 시작해야 한다는 게 괴로웠다. 오늘따라 유독 죽지 못해 깨어나 이 꼴을 본다는 생각이 들었다. 머릿속 한쪽 구석엔 수면제가 자리 잡고 있었다.

밥 차리기도 귀찮아 윗목에 놔둔 단팥빵과 팩 두유로 아침을 때우고 약들을 순서대로 챙겨 먹은 뒤 집을 나섰다. 이놈의 대문은 몇 번씩 돌려야 잠겨 오늘도 애를 먹였다.

출근길의 절반을 지나서야 아침에 혈압 재는 걸 깜박했음을 깨달았다. 몇 년 동안 한 번도 빼먹지 않고 꾸준히 해 왔던 일이다. 하지만 오늘은 잊었다. 그냥 가기로 했다.

한편으론 바닥까지 가라앉은 마음을 빨리 떨쳐 버리고 싶었다. 박 형이 맞은 마지막은 생전에 숱하게 나눈 식상한 소재였다. 둘 다 그런 식의 끝이 오리라 생각했고, 그보다 더 나은 마지막은 상상해 내지 못했다. 천수 누릴 요행을 바라서는 안 된다고 자신에게 다짐하듯 서로에게 말하곤 했다. 그래도 막상 장기를 두며 툭하면 대거리를 하던 상대가 가 버리니, 가게 안이 초상집이었다.

젊은이가 문을 열고 들어왔다. 그는 늘 그랬듯 세탁하기엔 아직 이른 깨끗한 옷가지들을 꺼내 놓고 접수를 했다. 젊은이는 굳어 있는 내 표정을 힐끔 살폈으나 함부로 말은 걸지 않았다. 가만가만히 왔던 그대로 나갔다. 나는 습관처럼 같은 생각을 했다.

저런 손님이라면 몇 트럭이 와도 좋다.

셔츠들에 우선 태그를 붙여 놓고 울 재질의 네이비 블루 더블 코트 주머니 속을 하나하나 확인했다. 안쪽 주머니에서 뭔가 손에 잡혔다. 은색 알루미늄 재질에 일회용 라이터보다 작은 크기의 물건이었다. 무슨 뜻인지 모를 영어 상표와 64GB라는 글자가 각인되어 있었다. 앞 뚜껑을 열어 보고서야 이게 컴퓨터와 연결해 쓰는 물건임을 막연히 짐작할 수 있었다. 충격에 약한 물건일 게 뻔해 조심스럽게 분실물 지퍼 백 안에 넣고 공기가 새지 않도록 입구를 꾹꾹 눌러 밀봉했다. 그런 다음 등 뒤 선반 안에 넣었다. 내려놓았을 때 '잘그락' 소리가 났다.

마지막으로 나머지 옷들을 더플백에 넣고 입구를 조여 묶은 후, 다른 옷들과 함께 미닫이문 앞에 두었다. 그리고 마지막 배송 차를 기다리며 슬슬 뒷정리를 시작했다. 곧 마감 시간이었다.

그 희미했던 잘그락 소리가 머릿속을 떠나지 않았다. 접수대를 치우고, 쓰레기통을 비우고, 포스기를 끌 때까지 계속 개운치 않게 남았다. 그 소린 마치 성냥이 절반밖에 남지 않은 성냥갑을 흔드는 소리와 비슷했다. 아니면 은단 갑을 흔들 때 나는 소리와도 비슷했다. 아무튼 그 물건은 컴퓨터와 연결해 쓰는 게 확실했으나 속 내용물은 그게 아닐 거란 생각이 들었다. 나는 무지근한 허리를 펴고 벽시계를 봤다. 불이 환하게 켜진 가게 안에 비해 바깥 길가는 이미 어두웠다. 오고 가는 사람이 없었다.

나는 결국 젊은이의 분실물을 다시 꺼내 놓았다. 엄

지와 중지로 잡고 흔드니 잘그락 소리가 더 정확하게 들렸다. 그 작은 물건을 이리저리 살펴본 뒤, 위쪽 뚜껑을 열었다. 컴퓨터에 꽂을 법한 부분을 잡고 살살 좌우로 움직이니 쉽게 분리됐다.

물건을 기울여 안에 든 것을 왼손바닥 위로 쏟아 보았다. 윤이 나는 우윳빛의 날카로운 이빨 수십 개가 나왔다. 크기가 제각각인 것처럼 보였으나 하나하나 대조해 보니 서로 짝인 듯한 이빨들이 있었다.

송곳니 하나를 집어 접수대 커팅매트에 대고 힘을 주어 그었다. 초록색 매트에 흰 줄이 새겨지며 부스러기가 나왔다. 쉽게 부러지지 않는 것으로 보아 진짜 이빨이었다. 나는 이것들을 다시 원래 있던 작은 보관함에 넣고 뚜껑을 닫아 지퍼 백에 담은 뒤 선반 안에 두었다.

자신이 키우던 동물이 죽고 나면 뼈나 이빨을 보관하는 사람이 있을까? 나는 아마도 그럴 거라 여겼다. 그런데 그 동물이 한두 마리가 아니라면. 개나 고양이 송곳니가 정확히 몇 개인지는 모르지만 저 작은 통 안에 든 것만 해도 예닐곱 마리분은 넘어 보였다.

나는 이 발견이 우연이 아닌 필연이라고 느꼈다. 박형네 집 뒤에 쌓여 있던 고양이 사체들이 눈앞에 선명하게 보였다.

그 단정하고 번번한 젊은이가 축 늘어진 고양이 입을 열어젖히고 펜치 따위로 이빨을 잡아 비틀어 빼낸 뒤, 아무도 돌아보지 않는 곳으로 고양이를 던져 버리는 모습을 떠올려 봤다.

젊은이는 자기 집으로 돌아가 이빨들을 씻어 말린 뒤, 전리품 상자에 소중히 보관한다. 차분하게 인내심을 가지고 몰입하는 젊은이의 얼굴을 떠올렸다. 그리고 나를 동정하듯 서글픈 미소를 보이던 그 표정도.

나는 바깥의 어둑한 거리와 환한 가게 내부를 함께 보고 있었다. 안과 밖을 나누는 유리창으로부터 서서히 시선을 거두고 현실로 돌아왔다. 넋 나갔던 눈동자를 깨우고 정면을 보니 눈앞에 젊은이가 서 있었다.

목 뒤부터 등줄기까지 솜털이 한순간에 일어섰다. 그는 내 앞에서 안절부절못하는 마음을 감추려 노력하고 있었다. 나 또한 그러했다. 그는 나를 똑바로 보려 노력했지만 눈동자는 나를 살짝 피하고 있었다. 벽시계를 보니 그가 옷을 맡기고 간 지 한 시간 정도가 지났다.

"저, 아까 맡긴 옷에서 USB가 나오지 않았나요?"

나는 고객님의 물건을 안전하게 보관해 놓았다는 태도를 보이며 지퍼 백에 넣어 둔 물건을 조심히 건네주었다. 그 또한 조심히 받아 그대로 재킷 주머니 속에 넣었다. 나도 젊은이도 잘그락 소리가 나는 걸 원하지 않았다.

"감사합니다." 젊은이가 말했다.

"모든 옷을 검사하거든요. 좀 걱정되면 사진도 찍어 두고. 옷에서 동전 하나라도 나오면 지사에서 부리나케 전화 옵니다. 똑바로 하라고."
"예."

젊은이가 말끝을 흐리며 미소를 지었다. 입으로만 웃는 모양이 묘해 보였다. 그는 전리품을 되찾았지만 망설이고 있었다. 지금쯤이면 미닫이문을 열고 나가야 하는데 여전히 서 있었다. 그래서 이어질 대화에 대한 마음의 준비를 했다.

"어디서 떨어뜨렸는지 한참 찾았거든요."

하나 마나 한 소리를 하니 거기에 맞춰 주기로 했다.

"당연한 거죠. 이런 일들이 자주 있어서."
"중요한 자료예요. 저에게는."

중요한 거라, 맞는 말이다. 그건 오랫동안 공을 들인 수집품이다.

"네, 요즘 젊은 사람들 전부 컴퓨터로 일하는데 잃어버리면 큰일이죠. 회사 일에 문제가 생길 테니. 난 당최 이런 것들이랑은 안 맞아서."

괜히 포스기를 툭 건드렸다.

그는 어느새 나를 정면으로 보고 있었다. 내 얼굴 주름 사이사이를 들춰 보는 듯했다.

난 컴퓨터를 다룰 줄 모르고, 그 물건에 일절 관심이 없으니 떠보는 짓거리는 이제 관둬라. 이 핏덩이 놈아.

"아직 취업 준비 중이에요. 자기소개서랑 이력서들이 들어 있어요."
"뉴스 보니까 자기소개서가 중요해서 그것만 가르치는 학원도 있다던만, 어렵겠네요. 좋은 회사에 자신을 소개하는 게. 장점만 쓰기도 그렇고, 단점을 쓰기도 고민되고. 안 그래요?"

"내가 이만큼 가치 있는 사람이다. 그런 거 쓰죠."

"아하."

"가능성?"

젊은이는 거기까지 말하고 시선을 돌려 가게를 훑은 다음 나를 바라봤다. 작은 가게. 늙은 주인. 젊은이는 나보다 키가 조금 컸지만, 유난히 내려다본다는 기분이 들었다.

잠시 둘 다 말이 없었다. 몇 초 동안 형광등에서 나는 소리가 들렸고, 둘 사이에 실오라기 하나가 떠다니는 모습이 보였다.

"요즘 트렌드가 그래요."

나는 그의 말에 말없이 고개를 끄덕였다. 그는 여전히 내 얼굴을 살피고, 내 눈 속을 들여다보려 하고 있었다. 자기의 거짓말이 통했는지를, 자신의 은밀한 비밀을 내가 들췄는지를, 우리 둘 중 누가 포식자인지를 확인하려 들었다. 내가 가진 건 병든 늙음뿐이었으니 나는 아무런 기미도 내보이지 않았다. 흐려진 눈과 굳어 버린 얼굴과 구부정한 어깨가 내가 보여 주는 전부였다. 그는 이 늙은이가 일절 맞설 생각도 못 하고 있다는 걸 느꼈으리라.

이 정도라면 서로 적당히 둘러대었다고 여겼다. 젊은이는 자기 말을 믿으라고 했고, 나는 아무런 의문 없이 동의해 주었다. 그러자 비로소 그는 미닫이문을 열고 가게를 떠났다. 젊은이는 모퉁이를 돌아 사라지기 전에 한 번 이쪽을 돌아보았다. 그때 나는 이미 꺼져 있는 포스기를 만지작거리고 있었다.

'그래 봤자 아무도 신경 쓰지 않는 고양이들이야. 고작 그런 고양이나 죽이는 정도밖에 안 되는 놈이잖나.' 하지만 그 가능성이라는 말이 머릿속에 맴돌았다.

유리에 비친 내 얼굴을 봤다. 얼굴에 떨림 같은 건 없었지만 가슴 속 심장은 요동치고 있었다. 온몸에 피가 빠르게 돌았다. 마지막 뒷정리를 하는 양손은 떨리고 있었다.

나는 손끝에 더 힘을 주었다. 힘을 줘서 스위치를 내리고, 자바라 셔터를 밀어 자물쇠를 채웠다. 발가락 끝에도 힘을 주어 걸었다.

골목길을 한참 거슬러 오르고 나니 숨이 차오르고 몸에 열이 나기 시작했다. 긴장이 풀리며 잔뜩 들어갔던 기합이 빠져나갔다. 숨이 차분해질 때까지 입김을 뱉으며 누런 가로등 불빛 아래 머물렀다. 골목길은 텅 비어 있었다. 빌라와 주택들에서 아기 울음소리, 설거지를 끝내며 거름망을 탕탕 치는 소리가 들렸다. 집집마다 삐죽 튀어나온 연통에선 뜨거운 김이 밥 지을 때 나는 연기마냥 피어올랐다.

오르막의 끝은 쌍갈랫길이다. 오른쪽으로 가면 집으로 이어진다. 한편 왼쪽 방향은, 송곳니 수집가의 집으로 이어진다. 옷을 접수할 때 주소를 봐 두었다. 그 일대는 박 형이 폐지를 모으러 리어카를 끌고 다니던 동네 중 하나였다.

나는 여전히 불빛 아래 서성였다. 그리고 마침내 마

음을 정했다. '안 될 건 또 뭐야….' 나는 오르막으로 마저 올라가 왼쪽으로 방향을 틀었다.

가는 길 주변은 가로등 불빛을 받아 드문드문 보였고 나머지 공간은 새카맸다. 골목길은 내려가고 올라가다 휘어졌으며, 나는 길이 갈라지는 곳에서 방향을 다시 잡았다. 바람이 불 때마다 떨어진 낙엽들이 일제히 굴렀다.

사람을 몇 명 지나쳤다. 퇴근하고 귀가하는 듯한 남자, 파자마 차림으로 슬리퍼를 질질 끌고 내려가는 여자, 이 시간에 개를 산책시키는 아주머니, 집 앞에 서서 담배를 피우는 이. 아무도 나를 거들떠보지 않았다. 하나같이 핸드폰에 고개를 처박고 있었고 몇몇은 어둠 속에서 허연 얼굴만 떠다니는 모습으로 보였다.

길 아래쪽에서 가냘픈 노파 하나가 삐걱대는 카트에 폐지를 가득 실은 채 내려가고 있었다. 걸음이 하도 더뎌 보는 내가 답답할 지경이었다. 폐지 수거하는 이들은 그들 나름대로 정해 둔 시간에 동네를 돌기에 밤길을 걷다 보면 비슷한 곳에서 마주친다. 평소에 그들과 말을 섞어 본 적은 없다. 나는 늙은 다리를 재촉했다.

가게 문을 닫는 날에는 리어카를 미는 박 형을 따라다니기도 했다. 나는 가게 점주라는 명색을 내세워 마실 다니듯 쫓아다녔다. 그냥 다니면 눈여겨볼 곳 없는 밋밋한 길이지만 그와 함께 다니면 길가에 놓인 쓰레기들조차 이야깃거리가 되었다. 특히 딱지 안 붙은 가구라도 나오면 어김없이 박 형의 집안 살림이나 리어

카 개조 재료로 쓰였다. 장기판도 그렇게 나왔다.

"이거 다리 다 떼고 줄 긋고 다듬으면 쓸 만하겠는데? 장기판 하나 만들어 봐. 집에 있는 건 갖다 버리고. 요놈은 우리 둘 다 죽을 때까지 쓰겠어." 내가 말했다.

"여다 실어." 박 형이 말했다.

"두툼하니 실허다. 다리 네 개도 허투루 버리지 말고. 이걸로 뭘 만들어도 만들겠다."

"뒷짐 지고 입만 털지 말고 여다 실으라구."

"세탁소 사장이 쓰레기 만지작거리면 되나."

"지랄한다."

"내 손바닥을 봐. 갈라지고 벗겨진 걸! 지금도 간지러워 죽겠고만."

박 형이 혀를 차며 집성목 식탁을 리어카에 올렸다. 두툼하고 실한 식탁이 너무 무거워 결국 나도 거들어야 했다.

우리는 버려진 것들을 볼 때마다 그냥 지나치는 법이 없었다. 감정평가를 내리고, 용도에 대해 논하고, 서로에게 야지를 놓았다. 그런 날엔 시간 가는 줄을 몰랐다.

원룸 건물을 저만치 앞에 두고 멈춰 섰다. 5층짜리 직육면체 건물 1층 대부분을 차지한 필로티 주차장의 절반 정도에만 차량이 주차되어 있었다. 본격적인 주거 공간은 2층부터였지만 젊은이의 집은 1층 주차장에 붙어 있었다. 대문에 적힌 호수는 101이었다.

젊은이의 집에는 주차장 쪽으로 방범 창이 하나 나 있었다. 안에서 새어 나오는 불빛은 희미했다. 집에 사람이 있는지 없는지 분간이 안 될 정도였다.

호기심을 좇아 몸이 움직인 건 젊은 여자 둘이 살던 집을 찾아간 이래로 오랜만이었다.

처음 얼마 동안은 잠자코 바라보았다. 건물 안으로 두어 명이 들어갔다 나왔고, 배달 오토바이가 왔다 갔다. 101호를 뚫어져라 지켜봤으나 아무 일도 일어나지 않았다. 고양이 이빨을 모으는 데 쓸 법한 도구가 보이지도 않았고, 젊은이가 엉뚱한 곳에 사체를 버린 흔적을 여기서 찾을 수도 없는 노릇이었다.

101호 앞에는 전봇대가 서 있는데, 그 아래로 음식물 쓰레기 수거함과 각종 쓰레기봉투들이 어지럽게 놓여 있었다. 가까이 다가가 조심스레 하나씩 들춰 보고 뒤집어 봤다. 쓰레기봉투가 바스락대는 통에 신경이 곤두섰다. 101호는 말 그대로 엎어지면 코 닿을, 너덧 발자국 앞에 있었다.

하지만 당최 어느 게 어느 집 쓰레기인지 알 도리가 없어 때려치웠다. 주차장 안으로 발걸음을 옮겼다. 옅은 빛이 나오는 방범 창을 향해 소리 없이 다가갔다. 간유리 창문은 손가락이 들어갈 만큼만 열려 있었다. 나는 그 안을 들여다보고팠다. 사지를 뻗은 고양이 송곳니를 펜치로 잡아 빼고 있을지도 몰랐고, 품에 안은 고양이를 쓰다듬고 있을지도 몰랐다. 이놈이 어떤 놈인지 알고 싶었다.

한 발 더 다가갔을 때, 주차장 천장에 붙은 센서 등

에 불이 들어왔다. 생각지 못한 일이었다. 간유리에
비친 내 그림자를 보니 심장이 철렁 내려앉았다. 집
안에서 불이 켜졌다. 지금 당장 움직여야 했다.

101호의 문이 열리고 닫히는 소리가 들렸을 때, 나
는 원룸 건물 뒤편으로 이동했다. 그리고 모퉁이를 돌
아 나왔다. 쫓아오는 소리가 들렸다. 겉옷 주머니에서
방한 마스크를 꺼내 양쪽 귀에 걸고 뒤돌아보지 않으
면서 걸었다. 급하지 않은 모습을 보이려 걸음걸이에
신경을 썼다.

골목을 걸으며 쓰레기봉투 옆에 놓인 택배 상자를
집어 들었고, 다음 건물 앞에서도 집어 올렸다. 그런
다음 옆길로 빠져나갔다. 걸음을 조금 빨리했다. 다시
작은 삼거리에 다다랐을 때, 가로등 중간 즈음 반사경
이 붙어 있어 올려다봤다. 내 뒤를 따라오는 누군가의
실루엣이 보였다.

나는 온 길을 되짚어 가며 걸었다. 들고 있는 택배
상자들 때문에 걷기가 번거로웠지만 절대 버리고 가
서는 안 되었다. 갈라지는 길에서 방향을 잡고, 휘어
진 길을 올라가다 내려갔다. 저 앞에 가냘픈 노파가
보였다.

다짜고짜 노파 앞에 박스들을 내려놓았다.

"이거 할머니 주려고 내가 저 위에서 모아 가지고
왔어요."

노파는 나를 물끄러미 바라봤다. 설명할 겨를은 없
었다.

"이렇게 펴서 쌓으면 되나, 할머니?"

"… 고마워요, 내가 알아서 할게."

"날 추운데 도와주려고 그러지. 일찍 들어가셔야지, 오늘 같은 날."

"거기 둬, 내가 알아서 한다니까. 힘들게 뭘…."

발걸음 소리가 귓전까지 다가왔다.

"저 아래, 막다른 골목의 박 씨 아저씨 아시지? 할머니랑 동네 나눠서 다녔잖아. 내가 이거 같이 하고 그랬어요."

발걸음 소리가 멈췄다.

"이게 균형을 잘 잡아야 돼. 안 그럼 가다 죄 쓰러진다고." 내가 말했다.

노파는 말이 없다 못해 시무룩해 보였다.

'맞장구 좀 쳐, 염병할 할망구야.'

나는 쭈그려 앉은 채 박스들을 펴서 카트 위에 쌓았다. 노파는 계속 말이 없었다. 굵은 고무줄로 들쭉날쭉한 박스들을 엮어 단단히 고정하려 했으나 해 본 적이 없으니 마냥 서툴렀다. 내 손동작은 더욱 뻣뻣해졌고, 자세는 갈수록 엉거주춤해졌다.

노파가 내 손에서 고무줄을 채 갔다.

"여기 이렇게 단디 잡아."

나는 노파가 시키는 대로 카트와 종이 박스 위를 붙잡았다. 노파는 고무줄 한쪽을 카트에 건 다음 밑으로 집어넣었다 다시 올려 박스들을 한 바퀴 두른 뒤, 줄

다리기하듯 몸의 힘을 이용해 바짝 죄고는 고무줄의 다른 한쪽 끝을 카트에 걸었다.

"밀어." 노파가 말했다.

나는 카트 손잡이를 잡고 발로는 아래쪽을 건드려 살짝 눕힌 다음 카트를 밀면서 노파를 따랐다. 골목길 끝에서 꺾어질 때 나는 뒤쪽을 힐끔거렸다. 젊은 친구는 더 이상 따라오지 않았다. 거기 그대로 멈춰 서 있는 듯했다.

노파가 폐지를 보관하는 곳은 노상 주차장 한구석이었다. 그곳엔 이미 폐지가 한 무더기나 쌓인 채 방수포에 덮여 있었다. 그 옆으로 공병들이 비닐에 나뉘어 담겨 있었고, 공사판에서 주워 온 듯한 녹슨 철사 뭉치와 양은 식기들도 제법 쌓여 있었다.

생전의 박 형도 모아 둔 폐기물을 한 번에 처리하는 법이 없었다. 딱히 이유가 궁금하지는 않았다. 매일매일의 일정한 벌이를 위해서였을지도, 아니면 공치는 날이 없도록 날마다 밖에 나갈 구실이 필요해서였을지도 모르겠다.

정리를 마치자 노파는 주머니에서 소보로빵을 꺼내 내게 건넸다. 나더러 집에 가서 먹으라고 했다. 나는 군소리하지 않고 받아 들었다.

"그 아저씨는 요즘 어디 아파?" 노파가 말했다.

나는 잠시 망설였다. 숨길 필요는 없었다.

"… 죽었어요. 며칠 전에." 내가 말했다.

노파는 시선을 내리깔더니 다시 입을 닫았다. 괜히 물어봤다 싶은 표정이었다. 손을 어디다 둬야 할지 모르는 듯 안절부절못했다.

　박 형이 수거하던 동네까지 맡아도 되겠다는 말을 건넬까 싶었지만, 지금 해 줄 말은 아닌 듯싶었다. 폐지 줍는 노인이 어디 박 형과 이 노파뿐이랴. 주머니에서 만 원짜리를 꺼내 따뜻한 식사라도 하시라고 건넸지만 한사코 받지 않았다.

　"빌어먹을 거면은 이 짓을 뭐 하러 해."

　결국 만 원을 도로 주머니에 넣었다.

　"가 봐요, 이제."

　노파는 돌아섰다.

　나는 한 손에 소보로빵을 든 채 집으로 걸어갔다. 방한 마스크를 벗고 숨을 크게 들이켰다. 양손과 온몸에서 묵은 종이 냄새가 풍겼다.

　시간은 자정을 한참 지나 있었다.

　제때 잠들지 못하면 그날 하루가 흐리멍덩해진다. 아침 식사는 야근의 대가로 얻은 빵으로 해결했다. 줄줄이 약을 삼키고 혈압계 숫자를 옮겨 적었으며, 속 터지는 대문을 반복해 잠갔다.

　사람들을 상대하고, 옷가지들을 넘겨받으면서도 머릿속은 다른 곳에 가 있었다.

　그 젊은이가 찾아올지도 모른다는 생각이 내내 들었다. 가게 문을 벌컥 열고 접박을 할까. 그럴 인물은 아니었다. 그보다는 어디선가 도사리고 있을 것만 같았다. 아니면 내 앞에 나타나 나를 다시 조롱하듯 떠볼지도 모르겠다.

도대체 고양이는 어떻게 잡는 걸까. 정말 잡기는 하는 걸까. 이제 와 생각해 보는 의문이다. 나는 실체도 없는 허공에 헛발질하고 있는지도 몰랐다.

정오 즈음에 가게 앞으로 노파가 빈 카트를 끌고 지나가는 게 보였다. 할머니는 내가 이 가게 안에 앉아 있다는 사실을 알 턱이 없다. 딱히 구실이 없어 불러 세우지 못했다. 가게 안에 대접할 게 있을 리 만무했다.

문득 박 형 생각이 나 구청 사회복지과에 전화를 걸었다. 담당자가 자리를 비웠다고 했다. 짜증이 났으나 점심시간이었다. 나는 핸드폰 번호를 남겨 두고 전화를 끊었다.

창문의 블라인드를 내리고, 가게 문을 잠그고 밖으로 나섰다. 가게 안에만 있으니 철창에 갇혀 처벌을 기다리고 있는 기분이 들었다.

국숫집에 들러 끼니를 때우고, 과일을 싸게 파는 가게까지 멀리 걸어가 사과 한 봉다리를 샀다. 노파가 다시 가게 앞을 지나갈 때 건네줄 요량이었다.

삼색 길고양이 한 마리가 담벼락 위에 앉아 있는 게 보였다. 고양이가 내려다보고 있는 담 너머는 내 쪽에선 보이지 않았다. 찬찬히 다가가자 담벼락 너머에 앉아 있는 젊은이가 슬슬 눈에 들어왔다. 그는 고양이 앞에 무릎을 꿇고 앉아 있었다. 발밑에는 참치 캔 같은 게 놓여 있었다. 나는 걸음을 멈추고 그를 바라보았다.

대낮이었고, 젊은이에게는 아무런 포획 장비도 없었다. 가방조차 들고 있지 않았다. 그냥 빈손이었다. 다만 고양이 앞에 먹이를 놓아두고 유혹하는 중이었다. 그는 특유의 서글퍼 보이는 웃음을 고양이를 향해 지어 보였다. 나로서는 그의 속을 알 길이 없었다.

한동안 그 둘의 밀고 당기기가 이어졌다. 고양이는 고개를 위아래로 까닥이며 먹이와 젊은이를 번갈아 보다 몸을 움츠리고 엉덩이를 들었다. 곧 담벼락에서 뛰어내릴 기세였다.

그때 내 바지춤에서 전화벨이 울렸다. 나 같은 노인네는 벨 소리를 가장 크게 해 놓지 않으면 놓치기 일쑤다. 나는 박 형이 어떻게 됐는지 물었다. 공무원은 박 형의 연고자들이 시신 인수를 거부했다고 말했다. 다른 무연고자들과 함께 공영 장례 대상이 되어 화장된 다음 뿌려졌다고 했다.

나는 누굴 탓하지도 못하고 알겠다 하고는 끊었다. 사과 봉다리를 다시 꽉 감아쥐었다. 마음을 다잡으려 했다. 날이 화창했다. 죽는 건 대수롭지 않다. 먼저 간 친구도 있으니까.

젊은이와 삼색 고양이가 있던 자리를 돌아봤다. 참치 캔만 덩그러니 놓여 있을 뿐 아무도 없었다.

해가 저물었고, 가게 문을 닫았다.

나는 천천히 발걸음을 옮겨 주택가 좁은 골목길을

단골손님

지나 집에 다다랐다. 대문에 열쇠를 꽂으며 문득 생각했다. 이건 불공평한 게임이었다. 나는 그가 사는 곳을 알고 있지만, 그는 그렇지 못하다. 내가 젊은이에 대해 신경 쓰는 만큼 그도 나를 거슬려한다면, 기울어진 균형을 바로잡는 일부터 시작할 것 같았다. 그러니 내가 사는 곳을 알아내려고 하겠지.

'정말로 날 쫓아왔다면 어떨까? 그럼 내 인정하지. 제정신이 아닌 놈이라는 거, 인정해.'

매번 혈압을 올리는 대문을 걸어 잠그고, 야외 화장실과 좁다란 시멘트 바닥을 지났다.

'이제 찾아올 인간도 없는데, 그놈이라도 어슬렁거리고 있으면 심심치는 않겠어.'

방문에 다다라 한 번 더 자물쇠를 열었다. 신발을 벗어 놓고 계단 두 개를 올라 차가운 방 안으로 들어가 불을 켰다.

'갈 때가 됐나, 나도 제정신이 아니구만.'

외투를 벗어 행거에 걸고, TV와 전기장판을 켜고, 밥상을 가운데로 끌어다 놓았다. 저녁 식사를 준비했다.

'어쩌면 밖에 와 있을지도 몰라. 어쩌면. 그럴 수 있어. 정신 나간 놈이니까.'

설익은 밥을 퍼 놓고 냉장고에서 반찬 그릇 두 개를 꺼냈다. 밥알 질감이 모래 같았다. '이 거지 같은 밥솥, 당장 바꿔야지.'

나는 TV에서 나는 소리도 무시한 채 젊은이에 대해 생각했다. 그가 밖에 숨어 이 집을 엿보고 있다면,

나도 그런 젊은이를 지켜보고 싶다는 마음이 불쑥 솟았다. 젊은이는 내가 안전한 보금자리에서 편안히 발 뻗고 있는 모습을 상상할지도 몰랐다. 머릿속에서 고양이는 지우고 나에 대한 나쁜 상상을 펼치고 있을 것만 같았다. 더 큰 사냥감을 노릴 수도 있는 자신의 가능성에 도취되었을 그 얼굴을 훔쳐보고 싶었다. 생각만 해도 마음이 동해 가만 앉아 있기가 힘들었다. 나는 서랍장을 뒤져 공업용 커터 칼을 꺼내 들었다. 샛문에 청 테이프로 붙여 둔 방풍 비닐과 은박 보온재 위로 칼날을 찔러 넣어 샛문과 벽 사이의 틈새를 따라 그어 내렸다. 외풍을 막기 위해 비닐과 보온재를 몇 겹으로 덧붙여 놓아 여러 번 반복해 그어야 했다. 벌어진 틈으로 찬 공기가 새어 들어왔다. 빗장 부분을 따 내자, 붉게 녹슨 잠금장치가 드러났다. 뻑뻑한 손잡이를 억지로 올려 젖힌 다음 샛문을 밖으로 밀어 열었다.

샛문 밖은 곧바로 집 뒷길이다. 낮에는 차와 사람들이 오가는 곳이다. 나는 외투를 걸치고 신발을 들고 와 샛문 아래 길바닥에 내려놓고 다리를 밖으로 내놓은 다음 몸을 빼냈다. 그리고 가만히 샛문을 닫은 뒤, 내 집과 주인집 건물 사이의 비좁은 자투리땅으로 들어갔다.

두 건물 사이는 사람이 서면 양어깨가 담에 닿을 정도로 좁은 통로인데, 주인집에서 내다 놓은 잡동사니들이 가득했다. 이미 오래전부터 버려졌고 아무도 돌보지 않는 곳이었다. 캄캄한 통로 안을 살피니 대충 쌓아 놓은 벽돌들과 합판 쪼가리들, 칠이 벗겨지고 몸체가 삭아 버린 가구들 위로 잔뜩 쌓여 있는 낙엽들이 보였다. 숨어서 밖을 지켜보기 알맞은 곳이었다.

어둠에 눈이 적응되자 나는 벽돌 몇 개를 조용히 옮겨 쌓은 뒤, 그 위에 쪼그려 앉았다.

한동안 밖을 내다보았다. 내가 앉은 자리에선 좌우로 뻗어 있는 도로 일부와 내가 출퇴근할 때 오가는 좁고 휘어진 골목길이 안쪽까지 보였다. 하지만 가로등이 비추는 곳은 길의 일부뿐이어서 빛이 닿지 않는 곳 몇 군데는 칠흑이었다.

앞뒤가 막힌 좁은 틈 안에선 시간이 얼마나 흘렀는지 가늠이 안 되었다. 30분 넘게 흘렀다면 밤 10시가 넘어갔을 터였다. 오가는 사람도 차량도 거의 없었다. 그래도 기다렸다. 나는 가로등이 밝게 비추는 곳과 마치 검은 구멍처럼 보이는 어둠 속을 번갈아 살폈다. 차가운 공기가 온몸에 스며들었지만 나는 지금 벌인 일을 즐기고 있었다. 이건 서서히 죽어 가던 지난 수년간의 시듦 속에서는 생각지도 못했던 모험이요, 활력을 되살리는 불꽃이었다. 그러면 되었다.

한 시간이나 지났을까. 나는 요지부동이었다. 머릿속에선 모험을 더 즐기고 싶다는 마음과 헛짓거리이니 그만두자는 마음이 교차하고 있었다. 다리와 엉덩이의 감각이 점점 사라져 갔고, 몸은 이미 싸늘하게 식어 버린 듯했다.

밥때도 놓치고, 약 먹을 때도, 잠 때도 놓쳐 버렸다. 이만하면 됐다는 생각이 들었다. 그 정도는 젊은이가 나에게 관심을 가질 이유가 못 되는 거였다. 나는 그의 말에 순순히 동의했고, 그는 내가 이빨 조각 따위를 봤는지 못 봤는지 모르니까. 내가 자기 집 주변을 어슬렁거렸고, 그래서 의심은 했을지언정 그게 내 집까지 쫓아올 이유가 되진 않는다는 거다. 혹여 따라왔다 한들 나에게 뭐라고 따질 셈인가? 그 정체 모를 이빨 조각들과 박 형네의 고양이 사체들을 연결 지은 건 그냥 내가 보고 싶은 대로 본 결과일 뿐이다. 한밤의 도주도 헛짓거리였나 보다. 되짚어 보면 그가 자기 집을 기웃거린 사람이 나라고 특정할 만한 단서는 아무것도 없었다. 그날 밤 기척을 알아채고 쫓아 나온 끝에 나와 노파를 봤지만 노인 둘을 상대할 깜냥은 안되었던 게다.

생각이 여기까지 미치자 나는 양 무릎에 힘을 주어 천천히 몸을 일으켰다. 제기랄, 온몸이 다 뻑적지근했다.

그때 어둠 속에서 젊은이가 걸어 나왔다. 그가 나온 곳은 내가 눈알을 굴려 대며 노려보던 곳 중 하나였다. 나는 허리를 펴려다 그대로 멈췄다. 그는 내 집 현관을 바라보다가 몸을 돌려 골목 안으로 천천히 걸어 들어갔다. 가로등 불빛에 그의 그림자가 흰 벽으로 길게 늘어지더니 두 개, 세 개로 보이다 일순간 사라졌다. 나는 일어서다 만 채로 한동안 굳어 있었다.

사흘간 내 나름대로 격랑의 시간을 보냈다. 이후 사흘 동안은 잔잔했으나 팽팽했다. 젊은이는 날마다 나를 찾아왔다. 그가 맡긴 옷가지들이 벌써 들어왔으나 그는 찾아갈 생각이 없어 보였다.

그는 가게에 비해 방비가 허술한 독거노인의 집 앞

으로 찾아왔다. 나는 그의 관심이 흐트러지지 않도록 매일 같은 시간에 가게 문을 닫았고, 집으로 걸어오는 속도도 집에 들어가 하는 일도 일정하게 유지했다. 나에 대해 파악하기 쉽도록, 나에 대한 계획이 필요하다면 순조롭게 세우도록 돕고자 했다.

젊은이가 나를 관찰하고 있듯이, 나 또한 집에 들어오면 저녁 식사를 준비하다가 도중에 TV 소리를 키워 놓고 샛문으로 나가 나만의 은신처에서 젊은이가 도사린 곳을 바라본다. 그도 나도 서로에 대해 좀 더 알기 위해 인내심을 갖고 공을 들였다. 젊은이가 관찰을 끝내고 돌아가는 시간은 일정했다. 그는 날마다 조금씩 대범해졌다.

하루는 그가 내 집 주변을 한 바퀴 돌아봤다. 그때 나는 샛문의 비밀이 밝혀질까 노심초사했으나 젊은이는 그 작은 문의 존재에 관심을 두지 않았다. 대신 쓰레기가 가득한, 내가 돌처럼 굳어 있었던 좁은 통로를 들여다보았다. 난 눈동자가 가로등 불빛에 반짝일까 봐 눈을 감았다. 눈을 감으니 귀로 젊은이의 움직임이 들렸다. 캄캄한 어둠과 잡동사니가 우리 둘 사이를 가로막고 있었으나 실제 거리는 대여섯 걸음이 채 되지 않을 정도로 가까웠다. 그의 숨은 깊고 열기가 느껴졌지만, 나의 숨은 얕고 희미하니 그에게 들리지 않을 것이다.

이튿날에는 그가 대문을 살짝 밀고 당겨 보기도 했다. 내 시야에서는 보이지 않았으나 귀를 통해 대문을 살피고 있음을 짐작했다. 요 며칠 귀가하면서 그 무거운 철문의 션찮은 자물쇠를 붙잡고 애먹는 모습을 보여 주었기 때문인 듯했다.

사흘째에 나는 대문을 잠그다 말고 놔두었다. 그는 자물쇠가 제대로 체결되지 않은 걸 알아챘을 터였다. 현관 앞에 선 젊은이는 한동안 서성였다. 생각에 잠긴 듯했다. 마음만 먹으면 그 문을 열고 안으로 들어설 수 있었다. 다음 단계로 나아가는 문. 거듭나게 될 스스로를 만날 수 있는 문이었다.

하지만 젊은이는 역시 조심성이 많았다. 결코 충동적이지 않았다. 자신이 오늘 준비되지 않았음을 알았는지 조용히 돌아갔다.

이제 곧 내 집에 방문객이 오리라 확신했다. 한편으론 나 같은 노인네의 이빨도 모을까 궁금했다. 그러려면 더 큰 전리품 상자가 필요할 텐데.

그렇게 일주일이 지난 오늘 아침, 가게 미닫이문을 열고 젊은이가 들어왔다. 그는 평소대로 인사말을 건넨 뒤 한 손으로 천천히 문을 밀었다. 나는 끝까지 차분하게 미닫이문을 눌러 닫는 손끝을 바라봤다. 젊은이는 들고 온 쇼핑백을 접수대에 눕혀 정장과 와이셔츠들을 꺼내 놓았다. 모두 세탁하기엔 일러 보일 만큼 깨끗했다.

나는 답례하듯 그동안 그가 찾아가지 않은 옷들을 건넸다. 찾아가지 않았던 이유를 그도 나도 알고 있으니 따지지 않았다.

젊은이의 표정이 환했다.

"중요한 시험을 보러 가요." 젊은이가 말했다.

단골손님

"허, 꼭 통과되어야 할 텐데." 내가 말했다.

"이번 일 잘 치르면, 저도 확신이 생길 거 같아요."

"네. 어려운 관문을 통과하면 거듭나기 마련이니까. 이거, 내가 조금이나마 보탬이 되어야겠는데?"

젊은이가 내게 미소를 지었다. 이번에는 진짜 미소라고 느꼈다.

"이 옷들, 일반 요금만 받고 전부 로열 코스로 보낼게요. 서비스로."

그는 기뻐했다. 나에게 고맙다고 말했다. 인사의 한편에는 스스로가 그런 서비스를 받을 자격을 갖추고 있다는 거만함이 조금 들어가 있었다. 어쩌면 로열이든 뭐든 상관없고 그딴 것보다 '내 선물은 너'라고 생각하고 있는지도 몰랐다.

시간이 되자 나는 가게 문을 닫았고 길을 나섰다. 젊은이는 보통 내가 집으로 가는 길 중간 즈음에, 오르막을 다 오르고 나서부터 어디선가 나타나 따라오는 듯했다. 오늘 밤도 모든 게 평소와 같았다. 이 세상에서 사라져도 죽은 지 한참 뒤에야 발견될, 처음부터 없었던 이 같은 그런 존재. 지금껏 그리 살아왔지만 오늘은 더욱 그렇게 보여야 한다.

골목길로 새어 나오는 메인 뉴스 소리와 생선조림 냄새를 지나 집에 다다랐다. 대문을 열고 들어가 잠갔다. 열쇠가 끝까지 돌아가지 않았다. 그대로 놔두었다. 이어 방문 자물쇠를 따고 계단 두 칸을 올라 방 안으로 들어갔다.

불을 켰다. 심장이 벌써부터 뛰고 있었다. 호들갑
떨지 말아야 한다. TV와 전기매트를 켜고, 밥상을 방
가운데로 끌고 왔다.

압력이 션찮은 밥솥은 방구석에 처박아 놓고, 박 형
의 새 밥솥을 꺼냈다. 쌀 한 컵과 물을 밥솥에 넣었다.
그런 다음 방문 계단 옆에 놔둔 락스 통을 가져와 뚜
껑을 열고 밥솥의 반 정도를 락스로 채웠다. 밥솥 뚜
껑을 닫고 '백미 쾌속' 버튼을 눌렀다. 락스 통은 보이
지 않게 부엌 찬장에 넣었다.

잠시 방 가운데서 서성였다. 젊은이는 어둠 속에서
숨을 고르며 마음의 준비를 하고 있을 터였다. 방 안
에서도 그가 어디쯤 서 있을지 알 듯했다. 두 개의 문
이 가로막고 있지만 나는 젊은이와 마주 보고 있다고
느꼈다.

TV 소리를 더 키웠다. 냉장고에서 반찬 통을 꺼내
밥상에 올리고 수저를 놓은 뒤, 신발을 들고 와 샛문
을 열고 밖으로 나갔다. 신발을 제대로 신은 후 샛문
을 조용히 닫고, 은신처 통로에서 1m가 조금 넘는 투
바이 포(2×4인치) 방부목을 꺼내 샛문이 열리지 않도
록 대각선으로 단단히 눌러 고정했다. 그런 다음 좁은
통로의 장애물들을 순서대로 옮기고 안으로 들어갔
다. 고양이 사체들이 여기서 나왔다 한들 이상할 게
없는 은신처에 자리를 잡았다. 그리고 기다렸다. 몸
안에서 피가 활발하게 돌았다. 손가락 끝과 발가락 끝
이 따뜻했다.

우리 둘은 열흘 가까이 시간을 맞춰 왔다. 서로에

대해 충분히 알게 된 만큼 합이 맞는다면 너무 늦거나 이르지 않게 일어날 일이 일어나게 되리라 여겼다.

그가 공허와 같은 깊은 구멍 속에서 나를 기다려 왔듯이, 내가 있는 곳 역시 깊이를 가늠할 수 없는 까만 구멍 속이었다. 나는 그가 눈부신 빛을 받으며 등장하길 고대했다.

우리는 합이 맞는 사이였다. 가로등은 다가오는 젊은이에게 후광을 비춰 주었다. 그는 배낭을 메고 있었다. 배낭 속에는 그에게 반드시 필요한 도구들이 들어 있는 게 분명했다. 젊은이는 길 양쪽에 아무도 없음을 확인하고, 자신의 집에 귀가하듯 내 집 대문 앞에 섰다. 몇 번의 철컥거림 끝에 녹슨 경첩이 소리를 냈고 문은 조용히 열렸다가 조용히 닫혔다.

나는 어둠 속에 앉아 있었다. 벽을 사이에 두고 그 너머로 들리는 희미한 소리에 귀를 기울였다. 그는 시멘트 바닥을 지나갔고, 불빛과 TV 소리가 나는 방문 앞에 섰다. 그리고 신발을 신은 채 계단 두 개를 올라가 방문을 열고 안으로 들어갔다.

나는 여전히 움츠리고 있었다. 머릿속에 그의 모습과 표정이 생생하게 떠올랐다. 젊은이는 내가 방 안에 없음을 알고 잠시 서성였다. 왜 없는지 의아하다는 생각이 들지만 방 안은 따뜻하며, 식사 준비도 다 되어 가니 나를 기다리기로 마음먹는다. 희미하게 방문이 닫히는 소리가 들렸다.

우리는 어둠과 빛 속에서 서로를 기다렸다. 젊은이

는 지금 이곳이 성인식을 치르는 장소가 되리라 생각
할 것이다. 첫 경험이란 오랫동안 기억되니까. 오늘은
기념일이다. 그가 스스로 말했듯 더 큰 가능성을 가진
인물로 성장하는 날이다. 마음이 한없이 들뜨고 용솟
음칠 테다.

그때 취사가 완료됐다.

나는 벽 너머에서 짧고 경쾌한 멜로디를 들었다. 곧
이어 압력이 분출됨에 따라 뿜어지고 있을 수증기, 아
니 염소 가스 소리를 들었다. 염소 가스는 밀폐된 3평
방 안을 금세 가득 채운다. 그리고 젊은이는 멋모르는
채 그걸 들이마신다. 냄새가 역하니 창문을 찾을지도
모른다. 그가 샛문을 몇 번 밀어 보더니 발로 걷어차
는 소리가 들렸다. 하지만 열리지 않았다. 결국 염소
가스를 수차례 들이마신 뒤에야 방문을 열고 뛰쳐나
갔다.

나는 어둠 속에서 일어섰다. 대문이 벌컥 열렸다.
하지만 젊은이는 도망치듯 뛰진 않았다. 지금은 뛸 수
없는 몸이다. 그는 살짝 비틀거리며 걸었고, 한 손에
들고 있던 배낭을 다시 메려고 했으나 힘겨워 보였다.
그가 골목길 안쪽으로 사라질 즈음 나는 길가에 나왔
다. 이번엔 내가 젊은이의 뒤를 따랐다.

그는 가다 서다를 반복했다. 노인처럼 느리게 걷는
데도 숨이 가빠 보였다. 몇 번이나 헛구역질을 하더니
아무 담벼락에 양손을 짚고 구토를 했다. 걸쭉한 내용
물이 두 번 쏟아졌고 침 줄기가 기다랗게 늘어졌다.
그는 바닥에 침을 몇 번이나 뱉어 냈다. 내가 할 수 있

는 일이라곤 그저 바라보는 것뿐이었다.

　젊은이가 다시 천천히 걷기 시작했다. 억지로 기운을 내려 애를 쓰고 있었다. 뒤를 돌아보거나 주변을 신경 쓸 여유 같은 건 없어 보였다. 5분 정도 걷더니 양손을 무릎에 짚고 한참 숨을 골랐다. 기침을 해 댔다. 하지만 아무리 해도 개운치 않은 듯해 보였다. 그는 다시 몇 걸음 걷다 전봇대로 다가가 속에 든 것을 또 쏟아 냈다. 나는 여전히 토해 낼 게 있다는 사실에 놀랐다. 전봇대 위에선 CCTV 촬영 중이니 쓰레기 무단 투기를 하지 말라는 경고 메시지가 무정하게 흘러나왔다. 젊은이가 울기 시작했다. 가쁜 숨소리에 울음소리가 섞여서 들렸다. 그때는 나도 마음 한구석이 무거웠다.

　그는 포기하지 않았다. 마음을 추스르고, 독하게 먹고, 속이 망가진 몸을 옮겼다.

　그가 향하는 곳은 자신의 집이었다. 보통 걸음으로 15분만 더 가면 도착하는 거리였다. 하지만 지금의 그에게는 너무 멀어 보였다. 그는 예상 시간보다 세 배나 더 걸린 여정 속에서 두 번 더 토했다. 그리고 그때마다 체념하듯 주저앉아 버렸다. 마지막 구토를 할 때는 내장이 쏟아져 나오는 게 아닌가 싶었다. 그는 자기 몸속에 있는 것들을 전부 뽑아내고 싶어 했다. 엎드려 기고 머리를 찧어 댔으며, 숨은 세 갈래 네 갈래로 갈라져 나왔다.

　젊은이가 마침내 보금자리 101호에 들어서자 나는 뒤따르기를 그만두었다. 나는 젊은이를 보내 줬다.

집으로 돌아오면서 젊은이의 흔적들을 다시 한 번
씩 눈으로 확인했다. 토사물을 보는 게 유쾌한 일은
아니었지만 그냥 지나칠 수가 없었다. 아까는 가까이
서 보지 못했으니 다가가 눈에 담아 두고 싶었다.

집에는 여전히 역한 냄새가 남아 있었다. 나는 모든
문을 활짝 열어 두고 마스크와 고무장갑을 낀 다음 방
안을 치웠다. 청소는 새벽 내내 이어졌다. 락스를 끓
인 박 형의 새 밥솥은 젊은이를 훔쳐봤던 자투리땅에
두고 그 위를 방수포로 덮었다. 방 안을 모두 치운 뒤,
처박아 두었던 예전 밥솥을 꺼내 쌀과 물을 넣고 일어
나는 시간에 맞춰 취사 예약을 해 두었다.

쓰레기들을 모아 버릴 때 박 형 집에서 가져왔던 수
면제를 함께 버렸다. 불을 끄고 자리에 몸을 눕히니
지난 하루의 모든 장면들이 하나하나 선명하게 보였
다. 문득 오늘을 기념일로 삼을까 하다가 마음을 접었
다. 잠이 쉬 올까 걱정되었지만 나는 곧 깊은 잠에 들
었다.

하루, 이틀이 지나갔다. 우울함도 설렘도 더 이상
느껴지지 않았지만 대신 시들어 가는 기분에서 벗어
났다. 요즘은 아침마다 가게 앞에 떨어진 낙엽을 치우
며 하루를 시작한다. 묵은내가 나는 겨울 이불과 코트
들이 슬슬 들어오고 있었다. 본사 광고 모델이 젊은
여성에서 훤칠하고 깔끔한 남자 연예인으로 바뀌었
다. 새로운 포스터를 유리창에 붙였다.

노파가 카트를 끌고 가게 앞을 지나가자 나는 처음

샀을 때보다 무게가 반으로 줄어든 사과 봉다리를 건네줬다. 봉다리 크기에 비해 사과가 많이 부족했지만 노파는 신경 쓰지 않았다. 그보다는 내가 이곳에서 튀어나온 데 놀란 듯해 보였다. 나는 지나가다 여기 들러 꼭 쉬었다 가라고 말했고, 노파는 고개를 끄덕였다. 그녀는 사과 봉다리를 손에 꽉 쥐고 걸어갔다.

정오에 도착한 배송물로 젊은이가 맡겼던 정장과 와이셔츠들이 들어왔다. 새 옷처럼 깨끗했다. 점심시간에 맞춰 가게 문을 닫은 뒤, 비닐 포장된 옷가지들을 들고 원룸으로 향했다.

젊은이가 건강을 회복 중이라면 날 손보러 찾아올지도 모를 일이었다. 하지만 몸 상태가 정상이 아닐 가능성이 컸다. 그와 다시 마주하게 되었을 때, 빛나던 눈빛과 생생한 젊음을 다시 볼 수 있을지 궁금했다. 그가 나에게 어떤 말을 건넬지도 궁금했다. 그 해답에 늙은 목숨을 걸 가치가 있는지는 모르겠지만 내 마음속에서는 두려움보단 호기심이 앞섰다.

원룸 건물 주변은 조용했다. 101호의 모습은 이전과 다를 게 없었다. 우편함에 든 것은 고지서 몇 개뿐이었고, 방범 창 틈으로 들여다본 집 안은 텅 비어 있었다.

실망감과 안도감이 동시에 들었다. 나는 현관 문고리에 옷을 걸어 두고 노란색 포스트잇에 메모를 남겨 놓았다. '오다가다 겸사겸사 들러 두고 갑니다.'

몸을 돌려 가게를 향해 걸었다. 명치 부근을 쥐어짜던 느낌이 서서히 풀리고 있었다. 가만히 걷는데 헛웃음이 나왔다. 아무리 생각해도 나는 제정신이 아닌 듯했다.

"겸사겸사 들렀다니, 미쳤구만."

'다시 돌아가 떼고 올까?' 하는 생각에 멈춰 서서 돌아봤다. 그때 삼색 고양이 한 마리가 차 밑을 지나가다 날 보고 멈춰 섰다. 내가 움직이지 않으니 녀석도 그대로 동작 그만이었다. 나는 잠시 머뭇대다 단념하고 고개를 돌려 내리막길을 걸어 내려갔다. 그러자 삼색 고양이도 사뿐한 걸음으로 제 갈 길을 갔다.

작가 후기

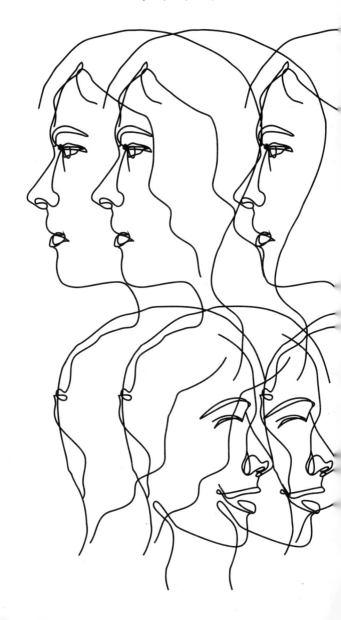

최원수

작가 후기 · 344

지난 몇 년간 전쟁에 대해 생각하기를 멈출 수 없었습니다. 그것에 대해 생각하면 할수록, 어느 한 전쟁과 그 누구도 무관할 수 없다는 걸 깨달았습니다. 모두는 모두와 필연적으로 직간접적인 영향을 주고받으니까요. 아무리 먼 곳에서 벌어지는 일이라 하더라도 전쟁은 늘 마음을 무겁게 짓눌렀습니다. 결국엔 내가 있는 이 자리에서 무엇을 할 수 있을지 고민했어요. 2022년 여름, 한 이야기를 쓰기로 다짐한 이유입니다.

이 소설을 완성하기까지는 이틀이 걸렸습니다. 하지만 이틀 만에 모든 걸 처음부터 끝까지 완성한 건 아니에요. 오래도록 상상하고 고민해 온 인물들과 설정, 세계관, 사유들이 운이 좋게도 적절한 시간에 모이게 된 것입니다. 평소 시간에 쫓겨 긴박하게 글을 쓰는 방식을 선호하진 않았지만, 이번에는 생각하는 시간이 조금 더 많이 필요했습니다. 숙고해야만 하는 주제들이었기에 조심스럽기도 했습니다. 하지만 그렇다고 쓰기가 망설여지진 않았습니다.

〈열일곱, 여름, 전쟁〉은 제가 여러 방면으로 첫 시도를 해 본 이야기입니다. 처음으로 새로운 판타지 세계관을 지었고, 처음으로 사랑에 대해 길게 썼습니다. 어렸을 때부터 환상적인 이야기를 늘 동경해 왔어요. 실제로는 가 본 적 없으면서도 현실적으로 존재 불가능한 세계에 대한 깊은 그리움을 가졌고요. 지금은 지독하게 현실적인 세계 위로 아주 잠시 환상이 스쳐 지나가는 이야기를 좋아하게 되었습니다. 앞으로 그러한 이야기들을 계속 쓰게 되겠지요. 저는 많은 사랑을 겪기보다 사랑에 대해 많이 생각하는 쪽이었습니다. 사랑에 대해 스스로 내리는 정의는 매번 달라져요. 지금은 '그럼에도 불구하고'로 시작하는 문장들이 사랑에 가장 가깝다고 느낍니다. 영과 이비가 서로를, 그리고 자신을 위해 내린 선택들은 제 마음속에 오래 남아 있을 거예요.

이 이야기는 전쟁으로부터 무관할 수 없는 사람들을 위한 이야기입니다. 내가 원하지 않았음에도, 혹은 나도 모르게 이중의 삶을 사는 사람들을 위한 이야기이기도 합니다. 처음엔 '이중생활자'는 특별한 직업군을 가진 사람들에게만 해당하는 소재라고 생각했어요. 하지만 사실 생각해 보면 누구나 그런 삶을 살고 있지 않나요? 이중의 삶을 살아가는 이들이 오롯한 자기 자신으로 자유로워지기를 바랍니다.

언젠가 글쓰기가 업(業)이 되기를 오래 바랐습니다. 이 업을 꾸준히 이어 나가고 싶어요. 계속 글을 쓸 수 있게 곁에서 아낌없이 응원해 준, 제가 사랑하는 모두에게 감사의 말씀을 전해 드립니다. 큰 상을 주신 안전가옥에게도 감사드려요. 저는 지금까지 '나는 계속 써도 되겠다.'라는 믿음을 간직하며 이야기를 써 왔습니다. 〈열일곱, 여름, 전쟁〉을 통해서도 같은 믿음을 얻었으니 계속 써 나가겠습니다.

이 이야기가 멀고도 가까운 당신에게 무사히 가닿기를.

나혜림 작가 후기 · 346

'꿈'이란 참 기묘합니다. 이루어졌다 싶으면 지루한 현실이 되어 그 맛이 변하고, 이루어지지 않으면 한으로 남습니다. 그걸 알면서도 우리는 계속 꿈을 꿉니다.

문득 이런 생각이 들었습니다. 꿈이 이루어지든 이루어지지 않든 우리는 실망할 텐데. 그럼에도 불구하고 우리는 왜 꿈꾸는 걸까. 우리가 계속 꿈을 꾸도록, 누군가 그 꿈을 지켜주고 있는 건 아닐까. 현실에 치이고 실망하면서도 꿈을 꾸기 때문에 우리가 살아 있는 건 아닐까.

제가 꿈꾼 이야기를 활자로 담아내기 위해, 국사편찬위원회 대국민 온라인 서비스 사이트에서 제공하는 《조선왕조실록》 국역본, 《어우야담》 완역본(돌베개, 2006), 《천예록》 국역 정본(성균관대학교 출판부, 2005), 《괴물, 조선의 또 다른 풍경》(곽재식, 위즈덤하우스, 2021), 《새의 감각- 새가 된다는 것은 어떤 느낌일까?》(팀 버케드, 에이도스, 2015)를 참고하였습니다. 또 안전가옥의 스토리 PD님들께서 고견을 나누어 주셨으며, 이혜정 편집자님께서 이야기의 세부적인 부분을 다듬어 현실성을 더해 주셨습니다. 책에 있는 좋은 부분은 작가가 운 좋게 주워들은 것일 뿐이라는 헤밍웨이의 말이 옳다는 걸, 저는 이렇게 또 한 번 느낍니다. 정말 감사합니다.

이 이야기는 '현실', '책임', '직무'처럼 우리를 골치 아프게 하고 월요일을 증오하게 만드는 것들이 아닌 그저 '꿈'에 대한 한담(閑談)입니다. 가볍게 웃어넘기고 나면 은은한 단맛이 남는 이야기를 쓰고 싶었습니다.

모두 좋은 꿈 꾸시길.

〈케빈에 대하여〉가 방영 중이다. 커서가 명멸한다. 익숙한 거랑 좋아하는 건 달라. 운을 뗄 때 본다. 엄만 나한테 익숙한 거야. 아마 4월이었을 것이다.

휴학과 함께 집을 나왔다. 새집은 서해와 가까운 곳이었다. 한국인보다 중국인이 많았고 밤이면 싸우는 소리에 잠이 깼다. 출장 마사지 딱지가 붙은 빌라촌. 수많은 사람이 지나쳤을 단기 원룸. 내 집. 내 영역. 누구도 내 허락 없이는 넘어올 수 없어. 그곳이 나의 첫 집이었다. 필름 카메라를 사서 사진을 찍고 현상을 하고 모아 뒀던 돈을 까먹으며 몇 개월을 놀았다. 돈을 모두 쓰고 난 뒤에는 아르바이트에 적응을 못 해서 종종 울었다. 연고 없는 곳이 이따금 나를 외롭게 했다.

그럴 때는 글을 썼다. 노트북 앞에 앉아서 글을 쓰다가 울다가 악을 지르다가 다시 노트북 앞에 앉았다. 인정받아야만 성취를 느꼈다. 읽히지 못하면 외면당하는 기분이 들었다. 글은 나를 팽창시키는 동시에 협착시켰다.

그리고 7월이었을 것이다. 공모전 정보를 뒤지다가 '이중생활자'를 발견했다. 시작에는 거창한 사유가 없었다. 그저 돈이 없었고, 읽히고 싶었다. 글은 하루에 1000자씩 책상에 앉아서 차근차근 완성해 나갔다. 나름 괜찮은 한 편을 완성하고 나서야 공모전에 낼 수 있었다. 캐릭터 시트 양식을 뒤늦게 발견해 치킨집 아르바이트를 가기 10분 전에 채워서 함께 제출했다.

그리고 기다리는 동안 다시 글을 썼다. 노트북 앞에 앉아서 글을 쓰다가 울다가 악을 지르다가 다시 노트북 앞에 앉았다. 글을 읽어 주는 사람이 많지 않았다. 외로워서 글을 썼는데 글을 쓰면 더 외로워져서, 글을 완성하는 게 이따금 무서웠다. 10월이 다가왔을 때부터 휴대폰 무음 모드를 해제했다. 전화가 울려서 받으면 대출 전화였다. 끝났나, 싶을 즈음 안전가옥에서 전화가 왔다. 정식 발표가 날 때까지 믿을 수 없었다.

〈부귀수산〉의 원래 제목은 〈마더〉였다. 영화 〈마더〉를 본 적은 없다. 그저 글을 쓰면서 엄마 생각이 많이 났다. 나를 집 밖으로 밀어낸, 나를 가장 사랑하는 사람. 자식 때문에 현실에 묶여 있던 사람. 피해자이자 가해자여야 했던, 이중 적이었던 한 여자. 어쩔 수 없었다는 걸 알면서도 유년을 생각하면 엄마를 이해하기 힘들었다.

〈부귀수산〉은 엄마를 이해하는 과정이 담긴 소설이다. 춘단의 입장에서 글을 쓸 수 있었던 것은 춘단도 결국 누군가의 딸이었기 때문에 가능한 일이었다. 딸이었던 한 사람이 엄마가 되는 과정. 글을 모두 완성하고 나서야 조금이나마 엄마를 이해할 수 있게 됐다.

그럼에도 〈부귀수산〉은 남을 위해 쓴 글이다. 그런 마음으로 쓴 글이 완전하다고는 생각하지 않는다. 불온한 원동력이 온당한 의욕으로 바뀌어, 나를 위한 글을 쓸 수 있게 될 때 비로소 완벽한 글이 나오는 것이 아닐까. 내 글이 세상 밖으로 나올 때까지 나의 집필을 응원해 준 J와 Y, 그리고 K에게 감사를 전한다. 내 글을 세상 밖으로 나오게 해 준 안전가옥과 수차례의 퇴고를 함께해 주신 S PD님, L 편집자님께도 감사를 전한다.

전훈련

(비트 주세요)

안전가옥 그리고 왓챠
공모 주제는 이중생활자
당선작 발표 그날이 왔잖
내 이름에 얼굴이 활짝
들뜬 기분에 냅다 무리수 두기
랩으로 쓰는 미증유의 작가 후기
빠듯한 마감 뒤 뿌듯한 마음이
한도 없이 이어지니 이걸로 마무리
공모 주제 보자마자 오 이거 내 거네
이중생활하는 비구니 여성 래퍼네
예전 글 씨앗 주머니에서 앨 꺼내
부처핸접 제목부터 예뻤네
승은이는 래퍼들과 배틀하고
지거는 관세음보살 진언을 뱉으라고
허세뿐인 랩 신을 근본으로 평정
만인의 맘이 모여 악귀들은 멸종
레퍼런스는 음 글쎄 《공작왕》?
할 말은 많은데 분량이 좀 작아
그래도 이것저것 담은 건 많아
성차별 환경파괴 탐욕과 만행
하지만 내 개그 기질 어디 가나
다들 신나게 웃으며 읽길 바라
혹시나 영상화의 이변이
생긴다면 주인공은 이영지
그럼 전혀 없어 남은 미련이
(삭발을 하라고 내가 미쳤니)

여기부터는 땡스 투
All my ladies and some gents too
내 글이 구려지면 돌직구로 "Don't do it"

때끔하게 때려 주는 내 필명의 본주인
지구 끝까지 함께할 백화제방
이루 말할 수 없는 갬사의 맘
괴력난신의 붐은 온다 김이삭
김청귤 당신은 SF 작가입니닥
늠연은 문장을 짜네 피땀 모아
유머 있는 휴머니즘 강엄고아
이 구역의 동양풍 광인 이연인
란데릿 로판에 진심이야 이 언닌
듬직한 능력자 페나 교수님
조용하게 강한 건 홍레테였으니
리리브 열정이 절대로 안 식죠
뜨거운 것 하면 또 19금 화식조
안전가옥에 있는
알렉스와 헤이든
두 분께 배웠으니 다음엔 내가 해 1등
문제 있는 문장들은 이혜정
마스터가 만져 레벨업했죠
원 앤 온리 장아미 봄봄이와 름름
따사로운 여백 둡 두릅 연여름
송경혁과 함께 라면 먹겠수
바쁘다 바뻐 멀티 차원 서계수
이야기보따리 짊어진 한켠
빅토리아 담에 꼭 만나요 한번
배명은 더 친해지고 싶어요
최정원 친구 돼서 기뻐요
음 음
여기까지래요 내 기억이
이름 빠졌다고 삐지기 없기

(마이크 드랍)

여느 날과 다름없는 무료한 오후였다. 나는 세상에서 제일 편한 옷차림으로 책상 앞에 삐딱하게 앉아 인터넷 삼매경에 빠져 있었다. 모르는 번호로 전화가 한 통 걸려 왔다. 나 같은 사람에게 주소록에 등록되지 않은 번호로 걸려 오는 전화는 백중 구십구가 스팸이다. 허구한 날 몇 통씩 걸려 오는 스팸전화 때문에 모르는 번호로 오는 전화는 끝까지 받지 않는 고집까지 생겼다. 누가 이기나 보자는 심보다. 그러다 전화벨이 멈추면 결국 내가 이겼다는 기분에 잠시 도취되었다가 다시 무료한 일상으로 돌아온다. 잉여인간의 생활이란 게 보통 이렇다.

벨 소리가 끈질기게 울려서 걸어 온 이가 근성 있다는 생각이 들었다. 나는 망설이다 어디서 건 스팸인지 알아나 보자는 생각이 들어 인터넷 검색창에 번호를 입력한 뒤, 결과를 시큰둥하게 쳐다보았다. 그런데 보통 첫 줄에 보이는 몇십 번 스팸 신고된 번호라는 얘기는 없고 작은 지도 아래에 '안전가옥'이라는 글자가 보였다. 가슴이 철렁했고 몸이 움찔했다. 나는 선입견과 무례한 자세를 자책하며 공손히 전화를 받았다.

내가 만든 이야기에 대한 후기를 쓰게 되리라곤 상상도 해 보지 못했다. 아니 솔직히 상상은 해 봤지만 그게 현실이 되리라는 기대는 하지 않았다. 고배가 거듭되면 상상력도 기대도 쪼그라든다. 독거노인이나 고독사, 동물 학대 등 사회문제에 평소 관심이나 조예가 있었는지 물어 오면 부끄러워진다. 나는 남들보다 아는 게 별로 없다. 다만 내가 읽고 싶은 이야기를 쓰고자 한다. 그리고 그 이야기가 재미있길 바란다.

소재에 대한 영감은 장인어른으로부터 받았다. 수년간 세탁편의점을 하신 그분을 통해 보고 들은 것들이 내게 크고 작은 영향을 끼쳤다. 하지만 이야기 속 노인과 장인어른은 전혀 다른 인물이다. 결코 호기심으로 사람 잡는 분은 아니다.

전화를 받은 날 밤, 나는 아내와 딸아이를 불러 앉혀 놓고 낮에 안전가옥에서 전화가 왔다는 말을 꺼냈다. 아내는 놀라고 웃고 울었다. 초등학생 딸아이는 '안전가옥'이란 말을 듣고 내가 무슨 불치병에 걸려 안전가옥 같은 격리시설에 들어가야 한다는 말인 줄 알았다고 했다. 그날 밤 우리는 모두 얼싸안고 행복해했다. 주변으로부터 많은 축하를 받았다. 커피 쿠폰도 받고, 치킨 쿠폰도 받았다. 당선이란 할 만한 것이다.

10여 년 동안 지지부진하던 작가 지망생을 끝까지 응원해 주고, 기다려 준 가족들에게 고마움을 전한다. 그 긴 시간 동안 지지리 궁상떠는 걸 지켜보기는 괴로운 일이다. 희망 고문이 사라지면 의심과 체념이 빈자리를 채운다. 이 믿기지 않는 소식을 알리려 어머니에게 전화를 드리니, 처음에는 정말 믿지 않으셨다. 자초지종을 얘기하는 몇 분 동안 어머니의 반응은 봄기운에 얼음이 녹듯 의심과 불신에서 칭찬과 격려로 바뀌었다. 다들 나에게 한마디 하고 싶은 마음과, 폐부를 찌르는 쓴소리가 턱밑까지 올라왔을 터인데 끝까지 인내해 주셨다.

한 줌 재가 되려던 불씨를 되살려 준 안전가옥에 감사하다. 이야기가 좀 더 나은 방향으로 가도록 조언해 주시고, 교정을 통해 말이 되는 글로 만들어 주신 PD님들과 편집자님께 특히 감사를 드린다. 마지막으로 아내에게 고맙다. 그녀가 없었으면 나도, 작품도, 이 후기도 없었다.

이중생활자 안전가옥 앤솔로지 10

지은이	최현수·나혜림·김해일·전효원·이산복
펴낸이	김홍익
펴낸곳	안전가옥

기획	안전가옥
콘텐츠 총괄	이지향
프로듀서	신지민
	고혜원·김보희·윤성훈·이수인
	이은진·임미나·조우리·황찬주
공동기획	(주)왓챠
퍼블리싱	박혜신·임수빈
편집	이혜정
디자인	금종각
비즈니스	이기훈
서비스디자인	김보영
경영지원	홍연화

출판등록	제2018-000005호
주소	(04779) 서울특별시 성동구 뚝섬로1나길 5, 헤이그라운드 성수 시작점 201호
대표전화	(02) 461-0601
전자우편	marketing@safehouse.kr
홈페이지	safehouse.kr
ISBN	979-11-91193-83-1
초판 1쇄	2023년 3월 15일 발행